生命《いのち》の詩人・尹東柱《ユン・ドンジュ》

『空と風と星と詩』誕生の秘蹟

Kichiro TAGO
多胡吉郎

影書房

「序詩」

死ぬ日まで空を仰ぎ
一点の恥辱《はじ》なきことを、
葉あいにそよぐ風にも
わたしは心痛んだ。
星をうたう心で
生きとし生けるものをいとおしまねば
そしてわたしに与えられた道を
歩みゆかねば。

今宵も星が風に吹きさらされる。

一九四一・一一・二〇

（伊吹郷訳）

◉目次

はじめに

2017年は、詩人・尹東柱《ユン・ドンジュ》が生まれて百年になる。

生まれ育ったのは、朝鮮半島のつけ根にあたる「満州」の北間島《プッカンド》で、今では中国の延辺朝鮮族自治州と呼ばれる地域である。

祖国・朝鮮は、詩人の生まれる7年前から日本の植民地統治下にあった。尹東柱は、平壌《ピョンヤン》の崇実《スンシル》中学校に半年間在籍したのを除き、北間島で成長するが、長じて後、ソウル（当時は「京城」）に出て、今の延世《ヨンセ》大学の前身、延禧《ヨンヒ》専門学校（延専）に学んだ。

北間島にいる時から詩作を始めたが、ソウル時代がもっとも充実し、延専を卒業する際に、『空と風と星と詩』という詩集を編《あ》む。時局がら出版は果たせなかったが、朝鮮語で書かれたそれらの詩は、清冽《せいれつ》にして至純、時代や国境を超えて今も人々の胸を打つ。

亡くなったのは、1945年の2月16日――。1942年の春から東京の立教大学に学び、その年の秋からは京都の同志社大学に移った尹東柱は、10カ月後、治安維持法違反の疑いで逮捕、懲役2年の判決を受けて福岡刑務所に服役していた。

何もかもが「大日本帝国」の遂行する戦争に総動員され、朝鮮の文学者たちの少なからぬ人々が日本語での時局迎合的な作品に手をそめることになったこの時期、朝鮮語でのみ詩を書き続けた尹東柱は、韓国文学の暗黒期に燦然《さんぜん》と輝くかけがえのない「民族詩人」として称揚される。

隣国・韓国では知らぬ人とてない国民詩人でありながら、留学先でもあり、没したところでもある日本では、長くその名が全くといってよいほど知られていなかった。だが、1984年に影書房から伊吹郷氏の訳で、『空と風と星と詩　尹東柱全詩集』が出版され、それ以降、日本でも次第にその詩が知られ、愛されるようになってきた。

私自身、この翻訳詩集によって尹東柱の魅力に目を開かされ、またその生涯や人となりについても、知るようになった。尹東柱の詩を原語で読みたいとの望みから、韓国語の学習も続けた。

そうした流れのなかで、尹東柱が没し、戦争が終わって50年目の年にあたる1995年に、当時NHKのディレクターだった私は、韓国放送公社（KBS）との共同制作によって、尹東柱のドキュメンタリー番組を制作した。NHKという機構組織のなかで何度となく提案を出しては却下される憂《う》き目にあったが、結局はKBSとの共同制作というかたちで、ようやく陽の目を見たのだった。

番組は「空と風と星と詩――尹東柱・日本統治下の青春と死」というタイトルのもと、NHKスペシャルの枠で放送されたが、視聴率も低く、さして注目もされなかった。ところが面白いことに、近年になって視聴を望む人々が増え続け、20年がすぎた今でも、個人的なツテをたどって、私のところまで連絡が入ったりもする。

毎年2月、詩人の命日のころには、東京、京都、宇治、福岡と、尹東柱ゆかりの場所で、追悼行事が催される。こうした行事に関しては韓国より日本のほうが盛んなくらいで、韓国のメディアがそのことに注目して押しかけもする。

生前、1冊の詩集も世に出せなかった尹東柱は、1948年に韓国で最初の詩集が出版され、詩人として「復活」した。今や日本でも、詩人尹東柱は多くの人々の心をとらえ、魅了している。

さて、番組が終わった後も、私は尹東柱に惹かれ続けた。1999年からイギリスに派遣され、3年後に帰国命令を受けたのを機にNHKを退社、英国にとどまって文筆の道に進んだが、西洋文明の砦のような土地に暮らしながら、尹東柱のことは、遠い航海を導く羅針盤か燈台の灯りのように、心の片えにずっとかかえ続けた。

むしろ、地球の裏側の異郷に個の時間をつむぐなかで、尹東柱は純化し、21世紀に日々をつなぐ私自身にとっての生きる糧《かて》のような、人生の真に大切な宝となったのだった。

英国生活10年を区切りに、2009年に日本に戻ると、尹東柱の研究、調査を、本腰を入れてふたたび進めることになった。没後50年の際の番組取材に際して得た膨大な情報をあらためて見なおし、そこに接《つ》ぎ木をするように、関連する資料や証言を求め、新たな事実の発掘や詩句詩文の新解釈をさぐった。

そこで見えてきたのは、日本とのかかわりの重要性だった。

尹東柱は、越境の人だった。生まれ故郷の北間島から朝鮮へ、そして日本へ——。短い生涯にたどることになった地域は、今の国の仕分けでいえば、中華人民共和国、朝鮮民主主義人民共和国（北朝鮮）、大韓民国、そして日本と、4カ国におよぶ。

韓国が誇る民族詩人であることはいかにもその通りだが、韓国だけで終結してしまうのではなく、広い視野からその人と詩にアプローチすることが、尹東柱の人となり、その文学を複層的に理解することを導くと信じる。

わけても、日本とのかかわりは重要だ。尹東柱の遺品として伝わる蔵書は42冊にのぼるが、そのうち27冊は日本語で書かれた著書である。そのなかには、詩「星をかぞえる夜」にも登場したフランシス・ジャムやライナー・マリア・リルケ、またヴァレリーやジョイスなど、日本語に訳された西洋文学者の著書もある。

誰よりも朝鮮語での詩作にこだわった尹東柱だったが、一方では、翻訳書をふくめた日本語の書籍によって、たいへんな勉強を重ねていたのだ。そのような気持ちがあればこそ、創氏改名の屈辱に耐えてまで、日本に留学したのである。

私はかつて、同志社大学に日本で初めての尹東柱詩碑をたてた尹東柱詩碑建立委員会の編になる『星うたう詩人　尹東柱の詩と研究』（１９９６年　三五館）という本に、「尹東柱・没後五〇年目の取材報告——日本での足跡を中心に」という文章を発表したことがある。番組制作の過程で知りえた情報を、ごく一部しかテレビ番組では紹介できなかった悔いから、記録として残したものだった。

それから20年後、ここに1冊の本としてまとめることになったのは、没後70年目の取材、研究報告であり、かつまた、日本というプリズムを通して見た、尹東柱の人となり、詩と文学への新たな照射である。

延禧専門学校卒業時に編まれた詩集『空と風と星と詩』の完成から稿をおこし、日本人詩友との交際、日本留学と治安維持法違反での逮捕、福岡刑務所での死、さらに残された蔵書にいたるまで、主として詩人の晩年に焦点をあてている。

尹東柱に親しんだ人にとっても、これまで全く耳にしたこともない新情報も多いはずだ。韓国で語られてきた既定の尹東柱像に、もうひとつ、新たなイメージを加えることにもなるだろう。暗黒の時代にあって、至純さを失うまいとした若き詩人の魂の彷徨《ほうこう》も浮き彫りになるであろう。小さな生命《いのち》の息づきに、限りない共感を示した詩人の愛の深さにも触れることになるだろう。

詩作品の残されていない日本での最後の日々、日本の敗戦とその先にくる朝鮮の解放を見こしての、朝鮮人知識人としての尹東柱の考えも、おぼろげながら見えてくるはずだ。そして、謎の多い福岡刑務所での死にも、できる限り迫りたい……。

20代の半ばすぎに尹東柱の詩に初めて出会って以来、30年以上の歳月が流れた。その間、尹東柱の詩を人生の同伴者のように愛読しつつ、おりにふれ、調査・研究を積みあげてきた。

その原動力となったものは、第一には尹東柱自身の詩の魅力である。人生の深いところに発せられた珠玉の言葉と、暗闇のなかにも真実の光を求めようとする生きかたに、私は励まされ、幾多の困難のなかに心強い道しるべを得る思いがした。

「序詩」の1行が、胸にこだまする。

「そしてわたしに与えられた道を歩みゆかねば」――。

この著作も、その結果にほかならない。

ささやかなこの本が、尹東柱への理解を深める一助となり、詩人とその詩世界への愛を多くの人々とわかち合う契機となることを願ってやまない。

なお、本文において登場する尹東柱の詩もあるが、もう少し、全体として尹東柱の詩世界の風をかよわせたいとの思いから、各章のおわりに、その章にふさわしい詩を置いた。調査報告やそれにもとづく論考と、こだまをかわし合うように、尹東柱の詩が薫りたち、読者の胸に深い感銘を与えてくれるものと信じたい。

第1章 『病院』から『空と風と星と詩』へ
――詩人誕生の秘蹟にあずかった日本語のメモ

――「美を求めれば求めるほど、生命が一個の価値であることを認める。何となれば美を認めることは、生命への参与を喜んで承認し、生命に参加することに他ならないのであるから」――

（ウォルドー・フランクの文章から尹東柱による日本語での引用文）

1 オリジナル詩集『病院』

１９４１年11月20日、その日の一場面から始めよう。

彼は、自作詩集の清書用に用意しておいた原稿用紙を、新たに1枚、取りだした。「コクヨ　標準規格Ａ４」と左下隅に印字された、コクヨ社が発行する４００字詰め原稿用紙である。すでに18篇の詩が、26枚の原稿用紙に清書されていた。

朝鮮は31年前から、日本の植民地統治下にある。日本の文具会社が出す原稿用紙が、朝鮮でも流通

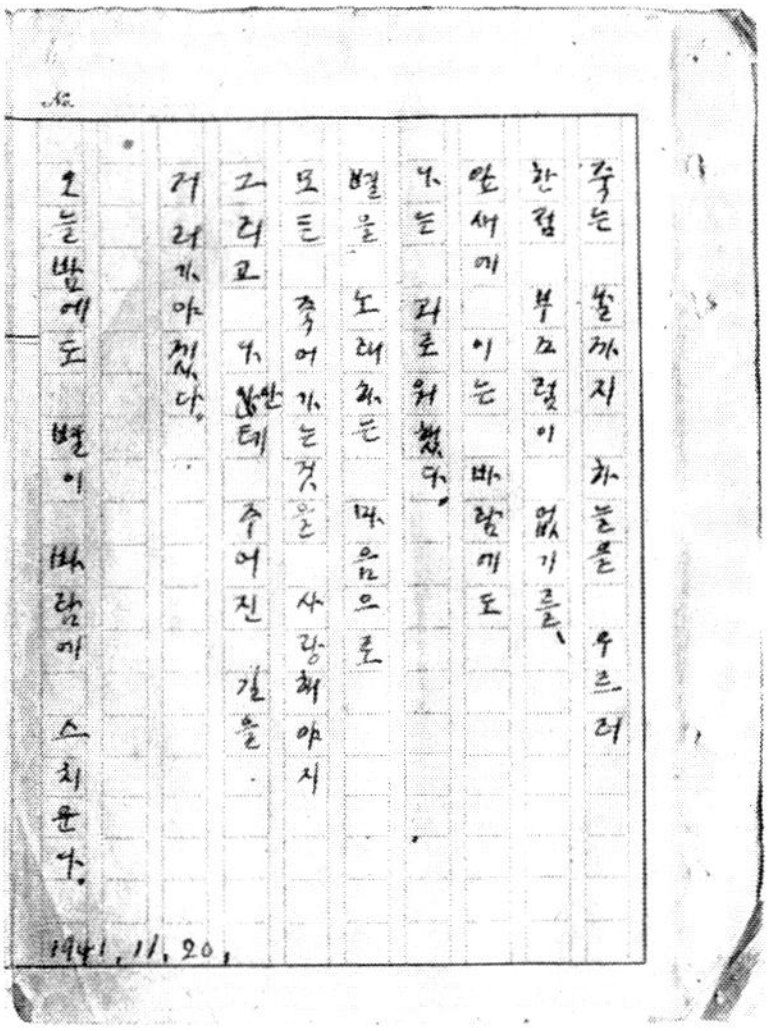
죽는 날까지 하늘을 우러러
한점 부끄럼이 없기를,
잎새에 이는 바람에도
나는 괴로워했다.
별을 노래하는 마음으로
모든 죽어가는 것을 사랑해야지
그리고 나한테 주어진 길을
걸어가야겠다.
오늘밤에도 별이 바람에 스치운다.
1941.11.20.

「序詩」


し、普通に使われている。

万年筆を手にした彼は、まっさらな原稿用紙に、新たな1篇の詩を書きだした。

既成の18篇の詩は、いずれもそれぞれにタイトルを付し、そのタイトルを頭3字分のマスを空けて記し、詩の本文は原稿用紙の頭から使うかたちで清書していた。

だがこの新しい詩を、彼はタイトルもつけずに、しかも原稿用紙の頭1字分を下げて書き始めた。明らかに、それまでの18篇の詩とは異なる意識のもとに書きだされたのだった。

400字詰めの原稿用紙は、1行が20字、20行で1ページになるが、半ページ10行で中折りできるよう、中央に1行分の間が置かれている。

新しい詩は、半ページ分10行を使い、中折りにして綴《と》じた際に体裁よく表ページにおさまるよう、配慮がゆきとどいていた。内容的にも体裁的にも、詩集の巻頭を飾るべく、明白な意図のもとに書かれた詩だったのである。

詩を書き終えると、彼は最後に、詩の終結部の下に、横書きの算用数字で、「1941、11、20、」とその日の年月日を記入し、万年筆を置いた。

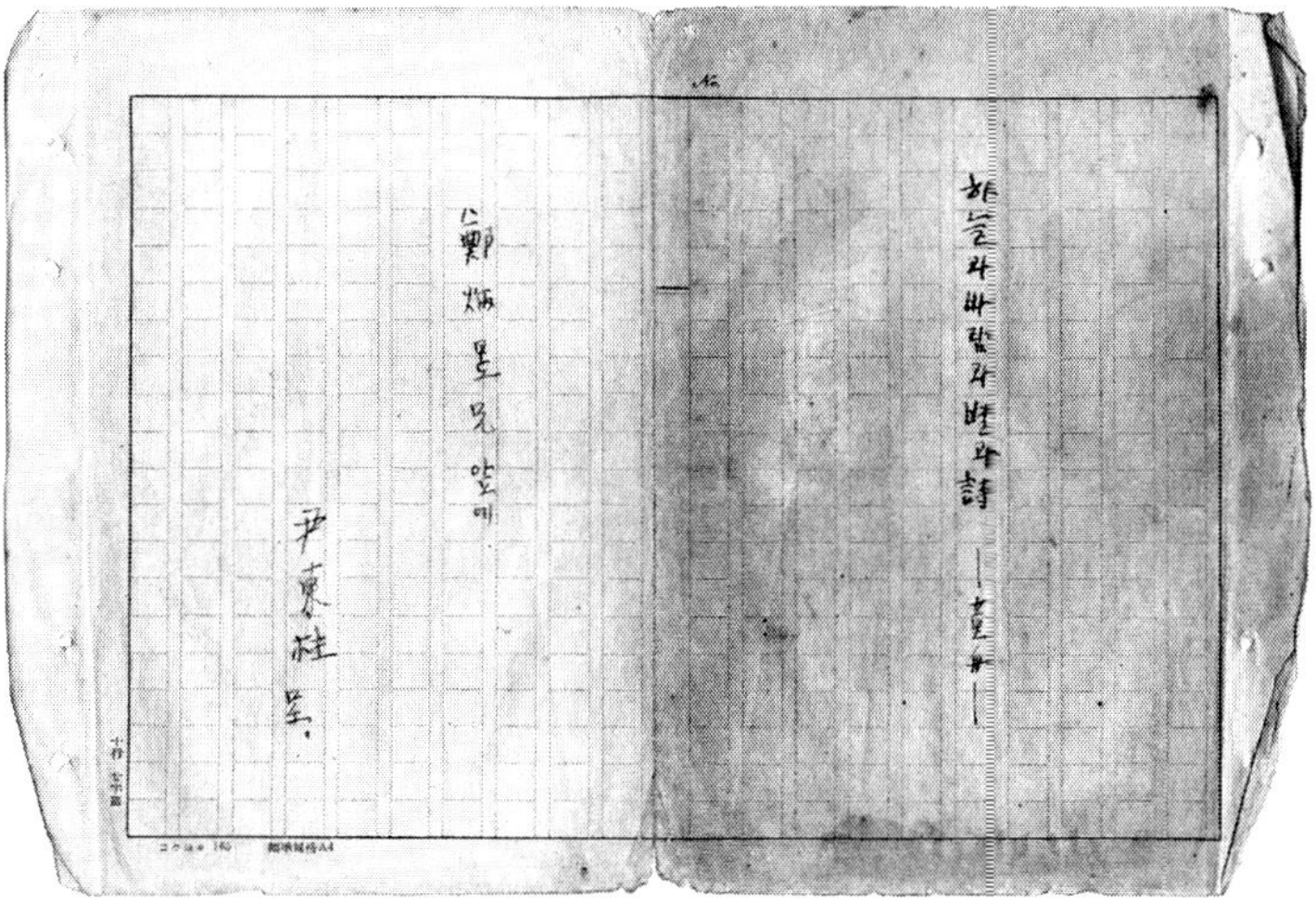

『空と風と星と詩』表紙

彼——尹東柱《ユン・ドンジュ》が心血をそそいできた詩集、『空と風と星と詩』が成就《じょうじゅ》した瞬間であった。

巻頭に掲げられた新しい詩とは、今では「序詩」と呼ばれて、ひろく愛唱されている詩である。この「序詩」をふくめ、計19篇の詩が、最終的な『空と風と星と詩』の完成版としてまとめられたのだ。

この後、尹東柱はもう1枚、清書用の原稿用紙を取りだし、表紙を作成した。

中折りにして綴じた後、表紙となる右半分の中央に、「하늘과바람과별과詩」（空と風と星と詩）という詩集タイトルを、漢字交じりのハングルでつづった。

続いて、その下に「童舟」という作者名を書いた。「童舟」は音読みすると「東柱」と同音のため、主として童詩を書くときなどに、ペンネームとして用いたものである。

そして最後に、表紙の裏になる左半分に、「鄭炳昱兄앞에」（鄭炳昱兄に）と献呈する相手の名を、その左下には「尹東柱呈」と、本人の名を記した。

作業は終わった。

尹東柱と鄭炳昱（右）

尹東柱の胸中は複雑であったに違いない。自費出版でもと詩集の出版を望んだものの、時局がら果たせなかった。詩の内容に、当局の目からは不穏当とされかねない部分があったからだった。

原稿用紙に手書きで清書し、紐で綴じるしかない「詩集」であった。それでもなお、ようやくにして、詩人として納得のゆく詩集を編《あ》むことができたという充実感も、尹東柱の胸を熱くしていたはずだ。

親友・鄭炳昱《チョン・ビョンウク》に贈られた後、この『空と風と星と詩』の詩集は、官憲の目を逃れるために床下の甕《かめ》のなかに隠されて守られ、詩人の死後、祖国解放の後に、ようやく陽の目を見ることになる。

尹東柱が韓国で国民的詩人として愛され、今や、日本でも少なからぬファンが存在するのも、このコクヨの原稿用紙に清書された『空と風と星と詩』が残されたからこそであった。

私が尹東柱という詩人を知り、その詩になじむようになったのは、今から30年あまり前、20代の後半のころからである。

１９８４年に、伊吹郷氏の訳になる『空と風と星と詩　尹東柱全詩集』（影書房）が刊行され、日本語ですべての詩を読めるようになったことが、決定的な出会いとなった。その後、韓国に出かけるたびに、韓国語の尹東柱詩集や朗読テープ、関連書などを購入し、韓国語の学習を重ねながら、尹東柱への理解、愛情を深めてきた。

１９９４年になって、『空と風と星と詩』のオリジナル原稿に、この目でじかに接する機会を得たことは、忘れがたい大きな喜びであった。

ＮＨＫのディレクターとして、１９９５年の詩人の50周忌（日本にとっては終戦、韓国にとっては「光復」50年でもあった）を機に、韓国放送公社（ＫＢＳ）との共同制作で尹東柱のドキュメンタリーを制作することになったが、その過程で、尹東柱の甥にあたる尹仁石《ユン・インソク》氏のお宅で、オリジナルの自筆詩集を撮影させていただいたのである。

貴重な遺品が照明などで傷むことがないよう細心の注意をはらい、原稿に触れるときには必ず尹仁石氏の手を煩わせるかたちで撮影を進めたので、細部にいたるまで詳細に観察するわけにはいかなかったが、目の前にひろがる原稿用紙を埋めたハングルの行間から、尹東柱その人の想いが立ちのぼるような気がしてならなかった。

その詩稿が守られた奇跡のような経緯を知ればなおさら、感動で胸を熱くせざるをえなかった。

表紙を撮影しながら、気づいたことがあった。

それは、詩集の表紙の中央に万年筆で「空と風と星と詩」と書かれたその左横に、鉛筆書きで「病院」と漢字でつづり、消した跡が、はっきりと残っていることだった。

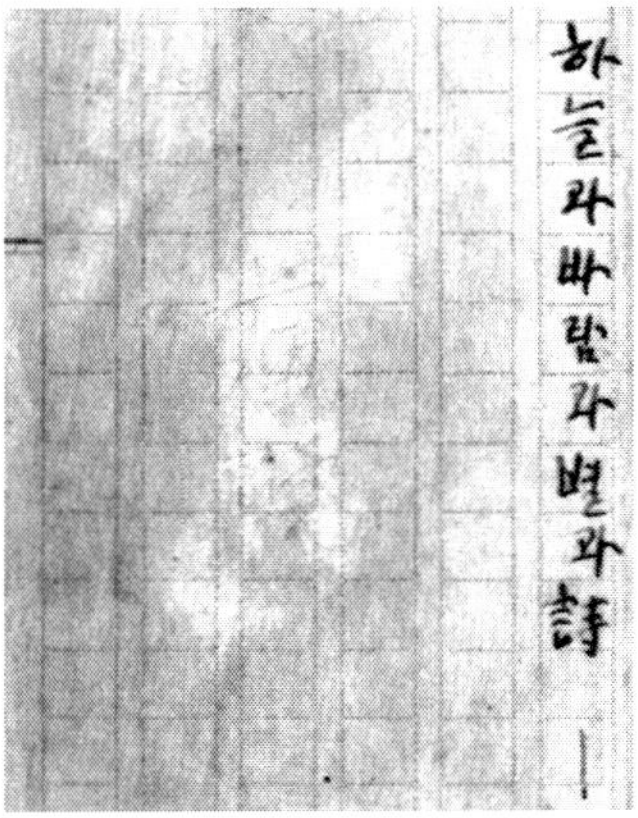

「病院」の字の跡がうっすらと残る

尹東柱が鄭炳昱に自筆詩集を献呈する際、詩集はもともと『病院』というタイトルであったことを明かして鉛筆でつづり、消したものだと、尹仁石氏から、そのように教わった。氏は尹東柱の弟・尹一柱《ユン・イルジュ》氏を父に、鄭炳昱の妹・鄭徳姫《チョン・トッキ》氏を母にもつ方である。

　尹東柱本人の想いは言うにおよばず、そこに、詩集を守り伝えてきた家族たちの気持ちまでが加わり、詩集からは思念を幾重にもたばねて迫るものがあった。半世紀以上の歳月を経て消えぬ筆跡が、何かを訴えてくるような気もした。

『病院』から『空と風と星と詩』へタイトルを転じたことが、何かとても大切な事情を秘めており、その重要性を、声なき声によって尹東柱自身が語りかけているようにも思えた。

　番組放送から4年後、１９９９年より私はロンドン勤務となり、２００２年には独立して英国で文筆の道に入ったが、地球の反対側に起居を重ねていても、尹東柱のことは忘れようもなかった。英国の文学、文化に親しむ過程で尹東柱に関してひらめきを得ることもあり、遠いまわり道をたどりながら、やがて訪れるふたたびの邂逅《かいこう》の機が熟すのを待つ感があった。

　次に私の尹東柱理解が大きく飛躍したのは、２００９年に英国から日本に戻ったころに、写真版の『尹東柱自筆詩稿全集』（ミンウム社　１９９９年）をある方から贈られてからであった。

　久しぶりに自筆原稿の『空と風と星と詩』と対面した。タイトル横に記された「病院」の文字の跡は、写真版でも明白に確認できた。ふたたび、尹東柱の声を聞くように感じた。

私は尹東柱を愛する者である。

若き日には、その詩を通して隣国人の痛みを知ることができるという理由で近づき学んだが、やがてそのような次元を超え、私自身の生の根本にその詩が深く結びつくようになった。生きがたい闇のなかに光を与え、生を導いてくれる精神的支柱のような存在になったのである。

月日を重ねることで、私自身の物事を見る眼差しが深められたこともある。尹東柱の人と詩世界について、若いころには気づかず、問うこともなかった事がらが、いろいろと見えてきた。

27年におよぶ詩人の生涯において、私があらためて惹かれてならないのは、『病院』から『空と風と星と詩』にいたる詩人の内面の変化である。それは、ひとりの青年が不滅の詩人へと成長した濃密な時間のドラマであり、尹東柱という詩人の特質をもっとも集約的、象徴的にあらわす核心部分ともいえる。

単なるタイトル変更ですむような些細《ささい》な問題では決してない。「死ぬ日まで空を仰ぎ」の「序詩」が書きあげられるとともに行なわれたこの変更は、詩集全体、ひいては尹東柱という詩人の生命に、決定的な差をもたらしたと私は考える。

暗黒の時代に呻吟《しんぎん》する苦衷《くちゅう》の淵に詩を胚胎《はいたい》させ、言葉をつむいだ青年は、この変更を経験したからこそ、時代の闇に没し、「病院」の囚《とら》われ人として蹲《うずくま》るのではなしに、時代や国、民族を超えて、光り輝く永遠の詩人に昇華したのである。

今に残るかたちで詩集がまとまるに際して、尹東柱の内面にどのような変化があったのか。ひとりの青年が詩人へと成長した濃密な時間は、どのような劇的展開を見せたのか。詩人誕生の秘蹟にかかわる魂の成長が、太平洋戦争の開戦（１９４１年12月８日）を前にした時間のなかで飛躍的に進んだ背景には、いったい何があったのか――。

　これまであまり顧みられなかったさまざまな局面から、この詩人誕生の秘蹟のドラマに、光をあててみたいと思う。

2. 英国で出会った「mortal」と「序詩」の真意

　私は１９９９年から10年間、イギリスに暮らした。現地で英語になじむにしたがって、それまで高校や大学で習ってきた英語とは異なる語彙《ごい》や表現があることを知った。

　イギリスに暮らし始めて5年がすぎたころ――、すでにＮＨＫを辞め、文筆生活に入って３年目を迎えた時分に、私は英語を通じて、それまでの尹東柱《ユン・ドンジュ》理解を跳躍させるひとつの出会いを迎えた。以下、しばらくは遠まわりをするように論を進めるが、必ず尹東柱に返ってくることなので辛抱を願いたい。

　きっかけは、アンデルセン童話の『人魚姫』のストーリーや、それに類似したドヴォルザークのオペラ『ルサルカ』の解説をラジオで聞いたことだった。

　水中に棲む人魚姫（『ルサルカ』では水の精）は、人間の王子に恋するあまり、自分も人間になりたいと望むようになるが、このときに使われる英語が、きまって「mortal」になりたいと、そのように語られる。「human being」になりたい、というような表現は使われず、必ず「mortal」という言葉が選ばれるのである。

大学入試のために学んだ英語の知識から言えば、「mortal」とは「死に行く、致命的な」の意味である。「mortal wound」（死にいたる傷、致命傷）というような使いかたなら、英国に暮らす前から知っていた。語源的には、ラテン語の「mors（死）」から派生している。

だが人魚姫は、死にたいなどということではなく、王子との恋を成就するため、人間になりたいと欲しているのである。「mortal」という言葉の意外な使われかたに、初めは戸惑いを覚えるばかりだった。

やがて「mortal」という言葉の真の意味は、その反対語である「immortal」（不死の、永遠の）という言葉との対比によって理解できることに気がついた。

つまり、人魚姫は人魚として水中に暮らす限り、神と同じく不老不死＝「immortal」なのである。だが王子に焦がれるあまり、不老不死でなくてもかまわない、いずれは死ななければならない限りある命となってもかまわないと考え、王子と同じく生身《なまみ》の人間になりたいと、「mortal」になることを欲したのである。

同じ理屈から、「the mortal」といえば「人間」を意味することにもなる。「限りある命を生きる身」だからである。

別に瀕死の重傷を負ったり、余命いくばくもない重病を患ったりするわけでなくても、私たちは「mortal」として生きるのである。くどいようだが、花の盛り、青春の真っ只中に生きる若人といえども、等しくみな「mortal」なのだ。

その後、スコットランドの国民的詩人ロバート・バーンズ（Robert Burns）の詩のなかに使われた「mortal」に出会い、この言葉がもつ奥深さに目を開かされる思いがした。

農民詩人でもあったバーンズが畑を耕していると、鋤《すき》をあてた土から野ネズミが跳び出てきた。驚き、恐怖に襲われたその顔。バーンズは、小さな命を脅かしたことを詫び、野ネズミにやさしく呼びかける。

「fellow-mortal!」（限りある命をともに生きる仲間よ！）――。

バーンズの詩は、「To a Mouse（ネズミに）」と題された作品だが、当該箇所を引こう。

I'm truly sorry man's dominion
Has broken Nature's social union,
An' justifies that ill opinion
　　Which makes thee startle
At me, thy poor, earth-born companion,
　　An' fellow-mortal!

本当にすまないと思う、人間の高慢は。
自然がもつ社会の調和を破壊し、

不当な意見を正当化して何食わぬ顔なのだ。
おまえを仰天させ、驚きの目を私に向かわせたのもそれだ。
貧しくも、この世に生を受けた同輩よ、
そして、限りある命をともに生きる仲間よ！

限りある命をともに生きる仲間、たまさかにこの世に生を受け、死を迎えるその日まで天から与えられた命を懸命に生きるご同輩……。

小さな命に向けられた、何という深い愛であろうか。生命への共感に満ちた、慈愛の極致をゆくような愛である。そして驚くべきことに、本来は「死」を意味する「mortal」が、ここでは生を謳いあげる高みにまで昇華されて、命あるものへの愛を語っている。

そのとき、私の胸にひらめきが走った。地球の裏側で、突如として得た尹東柱への新たな光であった。詩集『空と風と星と詩』の冒頭を飾る「序詩」に登場する「죽다（死ぬ）」は、この「mortal」という概念によって初めて正しく理解することができるのではないか！

わかりやすく説明するため、「序詩」の韓国語の原文と、巻頭にもあげた伊吹郷氏による日本語訳とを、列記してみよう。

죽는 날까지 하늘을 우러러
한점 부끄럼이 없기를、

잎새에 이는 바람에도
나는 괴로와했다.
별을 노래하는 마음으로
모든 죽어가는 것을 사랑해야지
그리고 나한테 주어진 길을
걸어가야겠다.

오늘밤에도 별이 바람에 스치운다.

死ぬ日まで空を仰ぎ
一点の恥辱《はじ》なきことを、
葉あいにそよぐ風にも
わたしは心痛んだ。
星をうたう心で
生きとし生けるものをいとおしまねば
そしてわたしに与えられた道を
歩みゆかねば。

今宵も星が風に吹きさらされる。

韓国語で「死ぬ」は「죽다（チュクタ）」という。詩の冒頭、「죽는 날까지（チュンヌン　ナルカジ）」でこの語が使われている。「死ぬ日まで」という訳は、韓国語を文字通り、日本語に移している。伊吹氏の訳では見えてこないが、実は、この詩にはもう一か所、「죽다（チュクタ）」＝「死ぬ」という動詞が使われている。

6行目の、「모든 죽어가는 것을 사랑해야지（モドゥン　チュゴガヌン　ゴスル　サランヘヤジ）」の「죽어가는（チュゴガヌン）」が、文字通りを直訳すれば、「死にゆく」となり、ここで「죽다（チュクタ）」が登場する。

この2度目に登場する「죽다（チュクタ）」をどうとらえればよいのか、愛さなければならないと詩人が胸に誓う「죽어가는것（チュゴガヌンゴッ）」＝死にゆくもの」とは、どのような意味をもつのか、この点が、「序詩」を理解するうえで最大の難関となっている。

死を生に逆転させたかのような伊吹氏の大胆な翻訳に対しては、民族主義的な理解を優先する立場から、批判が寄せられている。

すなわち、極端な皇民化政策が押しつけられ、朝鮮の民族文化が滅亡に瀕《ひん》していた当時、民族詩人である尹東柱はまずはそのことを嘆き、惜しんだのであって、「死」を離れては詩の本質から外れてしまうと、そのように説かれる。声高な批判は「誤訳だ」との非難になり、ひどい場合には、「歪曲だ」とののしられる。

伊吹氏は、翻訳詩集を上梓する前に、尹東柱の弟の尹一柱《ユン・イルジュ》氏に逐一確認を求め、いわば「お墨つき」をいただくかたちで、世に出している。尹東柱の詩世界を誰よりもよく知る人であり、自身もまた詩を書いた一柱氏が認めた伊吹翻訳なのである。

「죽다（チュクタ）」の訳をめぐる批判はそれとして、さすがに「歪曲」といったようなバイアスのかかった物言いには、底意地の悪いものを感じる。そのような悪口《あっこう》自体が、尹東柱の詩精神からひどく遠いものに思える。

とはいえ、私自身、伊吹氏の訳に惹かれつつ、一方では、「死」から離れることのおぼつかなさに、ずっと割りきれなさを覚えてきた。たいへんな名詩であり、いかにも尹東柱らしい詩であることは明白ながら、長い間、隔靴《かっか》掻痒《そうよう》とでもいうか、何かしら、芯《しん》に届かぬようなもどかしさをかかえてきたのだった。

それが、イギリスで「mortal」という言葉に出会い、その奥深い使われかたを知ることによって、突如として「序詩」の核心部分へと導かれる思いがしたのである。これまで曖昧《あいまい》さをぬぐいきれずにきた詩が、「mortal」という概念によって、見事に解くことができるように感じたのだ。

「죽는 날까지（死ぬ日まで）」という詩の冒頭部は、敢えて英語にするならば、"Until the end of my mortal life"とか、"Until the day my mortal life will end"となるだろう。

そして「모든 죽어가는 것을 사랑해야지（すべての死にゆくものを愛さなければ＝直訳）」は、"I should love all the mortals"とか、"I must love all the mortal lives"という英訳で考えることに

よって、尹東柱の胸に湛《たた》えられた海のような深い愛に届くのではなかろうか。つまりは、死を語りつつ、極めて高い哲学的、宗教的な次元で、それは生へと昇華する尊い輝きを内包しているのである。しばらくは震えがとまらなかった。熱い涙が頬を伝った。

「序詩」は、尹東柱作品のなかでも、もっとも早くになじんだ愛する詩であった。にもかかわらず、ずっと落ち着きどころを欠いた曖昧さをかかえてきたわけは、民族文化が抹殺されていく狂気の時代にいっさいの「死」に向かうものを愛惜しようとした詩人の意図を理解しつつも、「死」に収まりきらない、彼方に輝く生命の光を感じてならなかったからだった。

それが「mortal」に出会い、この言葉を核として詩を眺めることで、長年抱いてきた曖昧さが一気に雲散霧消したのである。

疑問が解けただけではない。愛してやまないこの詩を、はるかに大きく、高い座標軸に立って、しみじみとした感動とともに味わうことができるようになったのだった。

3.『聖書』のなかの「mortal」

尹東柱《ユン・ドンジュ》が「mortal」という英単語に、私のような特別な出会いをもったかどうかはわからない。ロバート・バーンズの詩集は蔵書にもないし、「To a Mouse」の詩は知らなかった可能性のほうが高い。

だが、それはたいした問題ではない。「mortal」に寄せたバーンズの愛の背景には、間違いなくキリスト教の精神がある。地に生きる者、限りある命を生きる者はすべて「mortal」であり、反対に、永遠の命につつまれた神の世界は「immortal」なのである。

尹東柱は、キリスト教の理解と信仰を通して、「mortal」と「immortal」の本質についてつかむことになったのだろう。

しかも、尹東柱は聖書を英訳で読んでいた。延禧《ヨンヒ》専門学校の3学年であった1940年には、梨花《イファ》女子専門学校内の協成《ヒョプソン》教会で、ケーベル夫人が指導する英語聖書班に通ってもいたのである。

遺品の中の英語版『新約聖書』

遺品として残された所蔵書籍のなかには、1936年にイギリスのオックスフォード大学出版部から出された英語版の『新約聖書』がふくまれている。「mortal」という言葉に、尹東柱は英語による聖書のなかで必ずや出会ったはずである。だがもちろん、単に英単語との邂逅《かいこう》という以上に、キリスト教がもつ「mortal」「immortal」という概念について、その本質をわきまえるところとなったことが肝心なのである。

東洋人にはわかりにくい「mortal」「immortal」の概念を端的に述べた聖書の一例を、尹東柱の遺品となったオックスフォード版から、以下に英語のまま引用しよう。ヘンデルのオラトリオ「メサイア」でも使われた、聖書のなかでもたいへんに有名なくだりである。

「コリント人への手紙　第1」（1 Corinthians 15・51～54）

Behold, I shew you a mystery; We shall not all sleep, but we shall all be changed.
In a moment, in the twinkling of an eye, at the last trump: for the trumpet shall sound, and the dead shall be raised incorruptible, and we shall be changed.
For this corruptible must put on incorruption, and this mortal must put on immortality.
So when this corruptible shall have put on incorruption, and this mortal shall have put on immortality, then shall be brought to pass the saying that is written, Death is swallowed up in victory.

見よ、ひそかな真実を示しましょう。私たちはみな死ぬのではありません。私たちは変えられるのです。

最後のラッパが鳴るとともに、たちまちのうちに、まさに目をまばたくがごとき一瞬にしてです。最後のラッパが鳴ると、死者は起こされ、朽ちることがなくなり、私たちは変えられるのです。

つまり、朽ちる身であった者は、不朽の身となり、限りある命を生きる身（mortal）であった者は、永遠の命（immortality）を得るのです。

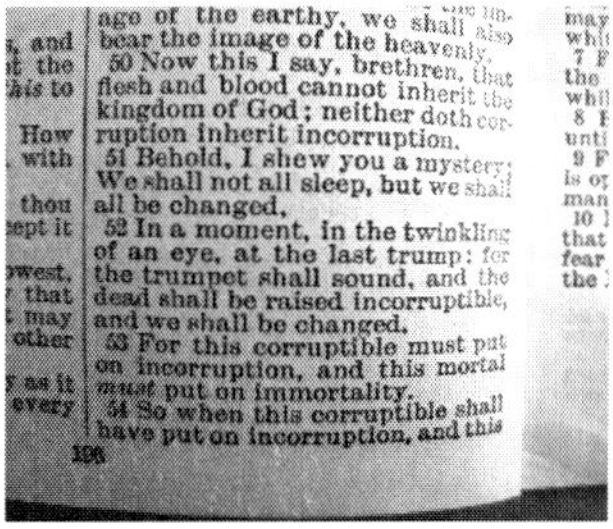
age of the earthy, we shall also bear the image of the heavenly.
50 Now this I say, brethren, that flesh and blood cannot inherit the kingdom of God; neither doth corruption inherit incorruption.
51 Behold, I shew you a mystery; We shall not all sleep, but we shall all be changed.
52 In a moment, in the twinkling of an eye, at the last trump: for the trumpet shall sound, and the dead shall be raised incorruptible, and we shall be changed.
53 For this corruptible must put on incorruption, and this mortal must put on immortality.
54 So when this corruptible shall have put on incorruption, and this

「コリント人への手紙　第１」（部分）

ですから、この朽ちる身が不朽の身になったとき、「mortal」としての人間は「immortality」を身につけ、そして「死は滅び、勝利に呑みこまれた」と記された御言葉《みことば》が、真実のものとなるのです。

英語からの翻訳は私訳によるが、最後にくりかえして登場した「mortal」「immortality」については、敢えて英語のままにしておいた。そのほうが「mortal」「immortal」の対比がわかりやすいと考えたからである。

通常、世に出ている翻訳版の『聖書』では、「immortal」については「永遠の」とか「不滅の」「不朽の」といった訳語があてられているが、まあこれは訳語でも理解がしやすい。

問題は「mortal」のほうで、私の知る限り、「死ぬ身の」「朽ちる身の」などとされる場合が多い。ただ、これでは、「mortal」という語が内包する、限りある命をもってこの世を生きるというニュアンスには完全には届きえないように思う。「生」の部分が、すっぽり落ちてしまうからだ。

「mortal」「immortal」の対比軸は、あくまで現生、地上にて限りある命を生きる私たち人間（生物）と、天上にある永遠の命（神）なのである。

なお、尹東柱が聖書のこのくだりを熟知していたことは、彼自身の詩のなかにその証左が見られる。詩集『空と風と星と詩』に収められた「夜明けがくるときまで（새벽이 올 때까지）」（1941年5月作）の詩の最後が、以下のように締めくくられているからだ。

「やがて夜明けがくれば　喇叭《らっぱ》の音が聴こえてくるはずです」――。

4.「immortal」へと書き加えられた「星をかぞえる夜」

私がことさら「mortal」にこだわり、尹東柱《ユン・ドンジュ》の「序詩」に結びつけて考えるのは、『病院』から『空と風と星と詩』への変更の過程で、この「mortal」「immortal」がたいへんに大きな役割を果たしたと考えるからだ。

先に自筆原稿に最初に接した際の印象として、表紙に残る「病院」の痕跡について述べたが、その後、写真版の『自筆詩稿全集』を詳細に見てゆくなかで、体裁的にもたいそう気がつかわれた『空と風と星と詩』に、もうひとつの顕著な傷跡（手術跡）があることに気がついた。

それは詩集の最後、「星をかぞえる夜（별헤는 밤）」の末尾が、今に知られる最後の4行の前でいったん完成とされ、完成日である1941年11月5日という日づけまで記されているにもかかわらず、その後に、原稿用紙の余白に押しこめるように4行が追加されていることである。

つまり、詩集『空と風と星と詩』中の屈指の名詩である「星をかぞえる夜」は、もとは今知られるかたちではなく、ラスト4行の欠けたかたちで用意されていたことになる。

その11月5日段階のオリジナル詩の終わりは、以下の2行になる。

딴은 밤을 새워 우는 벌레는
부끄러운 이름을 슬퍼하는 까닭입니다.

なるほど、夜を明かして鳴く虫は
恥ずかしい名を悲しんでいるからなのです。
（＊注　訳は私訳による。次ページの翻訳も同様）

おそらくこれは、『病院』というタイトルによって構想されていた詩集のラストとなる部分なのだろう。

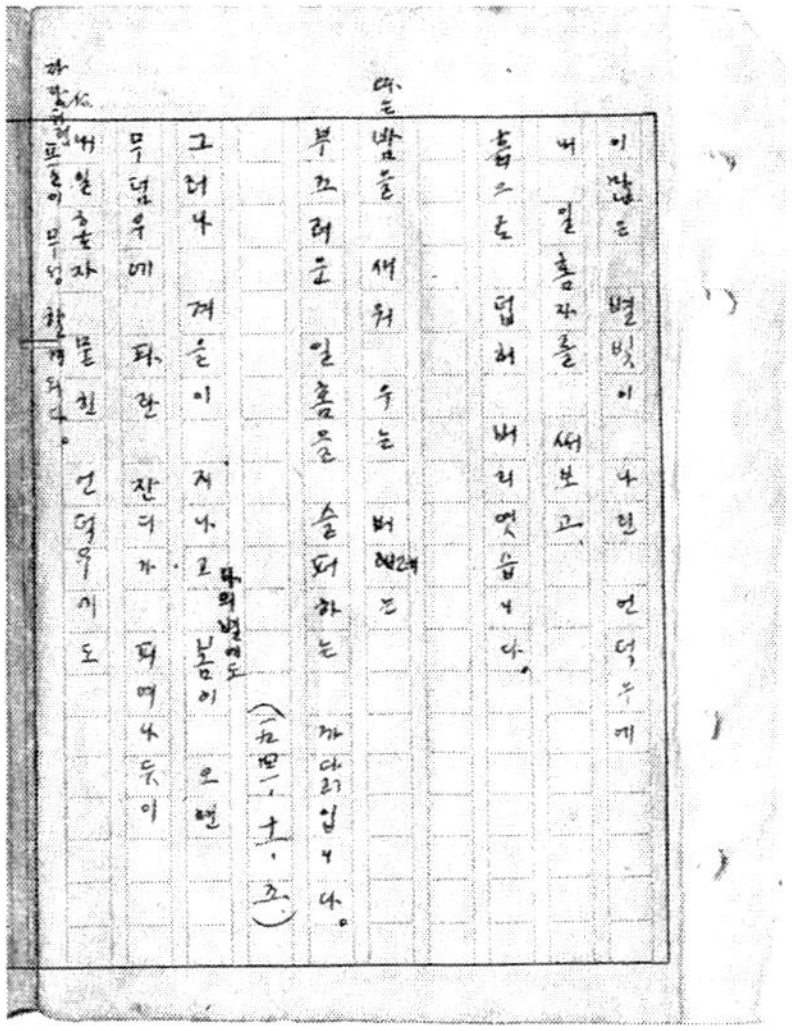
이 많은 별빛이 나린 언덕우에
내 일홈자를 써보고,
흙으로 덥허 버리엿습니다.
딴은 밤을 새워 우는 버레는
부끄러운 일홈을 슬퍼하는 까닭입니다.
그러나 겨을이 지나고 나의 별에도 봄이 오면
무덤우에 파란 잔디가 피여나듯이
내 일홈자 묻힌 언덕우에도
자랑처럼 풀이 무성할거외다.
(一九四一.十一.五)

「星をかぞえる夜」の末尾

世の中のすべてが病み、患うなかで、自分もまた内なる志を空しくし、「患者」として日々を重ねるしかない……。

その喪失感、閉塞感が、『病院』という詩集のメインテーマであったろうし、狂気の時代に青春を生きざるをえなかった感性豊かな若き詩人が、詩を胚胎させる土壌となるものだった。

無論、それはそれで尊い営為である。詩集『病院』に収められた詩のなかにも、きら星と輝く素晴らしい詩はいくつもある。

だがやはり、そのままでは決定的に何かが違う。それでは、『空と風と星と詩』にはならない。そのままでは、尹東柱は尹東柱にならない。追加された4行、つまりは現在私たちが目にする「星をかぞえる夜」のラスト（詩集全体のラストでもある）を見てみよう。

그러나 겨울이 지나고 나의 별에도 봄이 오면
무덤위에 파란 잔디가 피어나듯이
내 이름자 묻힌 언덕위에도
자랑처럼 풀이 무성할 게외다.

しかし、冬が過ぎ私の星にも春が来れば
墓にも青い芝が萌え出るように
私の名を埋めた丘にも
誇りのように草が茂ることでしょう

これはあたかもイエス・キリストの最期のように、死から復活を予想し、再生の運命を高らかに宣言したような詩句である。あるいはまた、先に引用した「コリント人への手紙」の、死が勝利に呑みこまれ、永遠の命に蘇ることを確認したようにも見える。

それまでの、「病院」に閉塞せざるをえなかった精神の闇を突きぬけて、光の世界に立ち入る解放感にあふれている。死を超える生が誇らしく称揚され、預言者的な確信をもって永遠の命が謳いあげられているのである。

つまり、尹東柱が詩集の最後に行き着いたところは、「immortal」な至高の絶対性だったのだ。彼方の光を見すえて、その高みにまでのぼりつめたが故に、詩集は『空と風と星と詩』として昇華され、暗黒の時代に輝く不滅の金字塔として揺るぎない真実の結晶となったのである。

それにしても、この4行の追加は、かなりの強引さ——やむにやまれぬ力にうながされて完遂されたように見える。

写真版でオリジナル詩集を見れば明らかだが、傷跡と形容することが妥当なほどに、手術の痕跡は歴然とし、外観、体裁上の歪みをもたらしている。

最後の4行目にいたっては、原稿用紙のマス目に入れることすらできず、中折りの空白部に、スペース的にはかなり無理をして書きこんでいる。次行にまたいでしまうと、折り返した際に、裏ページにまわることになり、詩集の巻末に無地の裏表紙を残すことができなくなってしまうからだ。

つまり、いったんは4行前、日づけを記入した箇所までを清書して疑いもなく完成と考えられていたものが、その後に何かの事態が生じ、一定期間を経て、新たな覚悟のもと、体裁上の美しさを損ねてでもどうしても書きたさなければならなかったことを窺わせるのである。

表紙に残された『病院』の筆跡が詩集成立の隠された事情を物語るのと同様、この巻末の「傷跡」もまた、詩集『空と風と星と詩』誕生にいたる何がしかの秘密を語っているに違いない。

詩集成就の最終段階で、尹東柱にいったいどのような事情が起きたのだろうか。詩集の巻頭に新たな詩（「序詩」）を追加挿入したことと、巻末に置かれた詩の最終部分を改編したこと、またそれらの変化を統合するようにもたらされたタイトルの変更は、どのような連環性のなかに行なわれたのだろうか。

そして、若き詩人の胸中に展開された変容のドラマに、「mortal」「immortal」はどのように関与することになったのだろうか――。

5. 詩集『空と風と星と詩』の誕生

『病院』はもともと、尹東柱《ユン・ドンジュ》が延禧《ヨンヒ》専門学校卒業を機に出版を願い、準備を進めてきた詩集であった。所載する詩のうちもっとも早い時期に書かれたものが、１９３８年5月10日の「新しい道（새로운길）」で、これは延禧専門学校入学直後の清新な気持ちに満ちた詩だが、詩集の上梓が卒業記念に計画されたがゆえに、掲載詩はすべて延専に在学した4年間に書かれたものが散りばめられている。

その詩集の最後、巻末に置かれた「星をかぞえる夜」（初稿版）が、執筆順からいっても最後の作品になるわけだが、日づけが記入された11月5日をもって、一応の完成を見たと考えることができる。

そして、何らかの理由でしきりなおしが行なわれ、「序詩」として知られる新たな巻頭の詩が完成されたのが11月20日。「死ぬ日まで」で始まる巻頭詩に「空」「風」「星」が象徴的に使用されていることから、この11月20日をもって、『空と風と星と詩』という詩集が新たに完成したと見てよかろう。

この間、およそ２週間――。

「星をかぞえる夜」の終結部を追加したのは、11月20日と同日か、限りなくその日に近い日であったはずである。

「星をかぞえる夜」の最終的な加筆変更と、「序詩」の完成と、『病院』だったはずの詩集が『空と風と星と詩』として生まれ変わることと、これらはすべてがひとつの流れのなかで集約的に行なわれたに違いない。というのは、「星をかぞえる夜」の加筆部分と「序詩」とが、互いに対になる世界をかたちづくっているからだ。

「星をかぞえる夜」のラストは「immortal」を謳いあげたものである。それに対して、「死ぬ日まで」で始まる「序詩」は、「mortal」としての生きる覚悟、誓いを宣言した内容になっている。

先に引用した「コリント人への手紙」が対にして描いた両者の世界を、ふたつの詩は見事なまでに踏襲しているのだ。しかも、そのふたつは、対立、反目し合うものではない。調和のなかに、息をひとつにするようにして、大きな生命体をなしている。

「空」「風」「星」は、いずれも「immortal」なる天上界から「mortal」なる地上の世界へ投げかけられたメッセージとなるものである。神意を受けた使者ともいえよう。「immortal」と「mortal」との間にかけられた橋であり、両者のつなぎ役となるものである。

大事な点は、「詩」がそれらと同格に扱われていることだ。つまり、詩は「mortal」である人間(詩人)によって発せられるが、その言葉は生身の詩人の限りある命を超えて、「immortal」へと飛翔する命を有しているということなのだ。

そう解してこそ、「序詩」の世界と響き合いつつ、詩集をくくる「星をかぞえる夜」の終結部が永遠、不滅の生命を称揚した真の意味を理解することができる。

ラスト4行を欠いた「星をかぞえる夜」が完成した11月5日から、「序詩」を書きあげる11月20日までの間に、「mortal」「immortal」という概念を軸に、尹東柱の胸中には短期間のうちに熟するものがあったのだろう。噴きあがる力に突きあげられるようにして、思想、詩想が極められ、その結果として、詩集が現存するかたちに完結することになったのである。

もともとは『病院』というタイトルで、社会、時代の陰画として構えられていた詩集が、この最後の段階で劇的に飛躍し、『空と風と星と詩』として、宇宙に通じた清冽《せいれつ》な光のなかに解き放たれた。

朝鮮の民族文化が抹殺されようとし、何もかもが滅亡に向かうかのごとき暗黒の時代にあって、すべての死にゆくもの、限りある命を生きるもの、生きとし生けるものへの愛を、尹東柱は自分に与えられた使命としたのだった。

詩集『空と風と星と詩』の成立事情にからんで、尹東柱の胸中を窺わせる興味深い証言がある。延禧専門学校の同窓であり、尹東柱の友人のひとりであった柳玲《ユ・ヨン》氏――。私自身は、ＫＢＳとの共同制作番組の取材過程で、１９９４年にお目にかかった。

そのおりの氏の述懐によれば、最終学年の当時、尹東柱は英文学の担当教諭で著書もある李敭河《イ・ヤンハ》先生に詩を見せたという。李先生は教室で、学生たちを前に、次のように語った。

「尹東柱君、詩を読ませてもらった。とてもよかったよ。だから、私がどこかに口ききをしてあげられるとよいのだけれど、この内容では出版は難しいだろう」――。

悲憤慷慨《ひふんこうがい》や声高な政治的主張からほど遠い静謐《せいひつ》の詩でありながら、時局がら、詩は内容的に不穏当と見なされる惧《おそ》れがあったのである。

李敭河先生といえば、尹東柱との関係でいつも語られるのは、尹東柱が延禧専門学校卒業に際して詩集発刊を思いたったが果たせず、詩集『空と風と星と詩』を3部手書きでつくり、1部を李先生に、もう1部を親友の鄭炳昱《チョン・ビョンウク》に渡したということである。

自身のために作成した残りの1部は、後に京都で尹東柱が逮捕された際に警察に押収され、返ってこなかった。鄭炳昱に渡った詩集が、鄭の応召時に故郷の家族に託され、官憲の目から逃れるために床下の甕に入れられて守られたことで、詩集『空と風と星と詩』は世に残ることになった。

一般には、初めから『空と風と星と詩』という完成された詩集があって、それを李敭河先生に献呈もし、出版の相談もしたと考えられているように思うが、先の柳玲氏が語る事実は、少々ニュアンスを異にしている。

つまり、詩集出版の夢を断念せざるをえなかった尹東柱が、最終的に手書きの詩集を3部つくるその前に、李敭河先生に見せて評価を仰いだ生原稿の詩集が存在したということなのだ。

撮影の際、柳玲氏は、かつて尹東柱と学んだ教室に立って、李敭河先生が口にした「出版は難しい」という公的な「評価」について明言した。同じ場に身を置いてなされた証言には、まるでつい先日のことのような臨場感があった。

尹東柱が最終的に『空と風と星と詩』の手書き詩集を李敭河先生に献呈したことは事実であろうが、出版を期して師に見せた詩は、最終完成本ではなく、その前段階のものであった可能性が高い。

となれば、それは『病院』というタイトルでくくられる詩集の作品群だったことになる。教室で李敭河先生が「よく書けているが出版は無理だ」と尹東柱に告げたのは、詩集『病院』に関してのコメントだったはずである。

尹東柱は卒業記念に編《あ》んだ詩集『病院』の出版を断念せざるをえなかった。尊敬してやまない師であり、出版に際して頼りにもしていた李敭河から否定されたのである。作品としての内容は高いが、時局にそぐわぬという理由で……。

無論、尹東柱としては大きな打撃であったろう。悲嘆に暮れ、しばらくは悶々としたに違いない。

何もかもが狂っている。お先真っ暗である。すでに泥沼化していた中国戦線に加え、アメリカとの間に戦争が近づいていた。世界中で、暴力とファシズムの嵐が吹き荒れ、猛《たけ》り狂うばかりであった。がらがらと、世の中が音をたてて崩れるような思いがしたことだろう。

だが尹東柱は、傷心と苦痛につぶれ、自壊してしまうことはなかった。

その胸は限りなく孤独で、絶望に打ちひしがれていたことだろう。それでも、挫折をバネとするかのように、尹東柱は目を凝《こ》らし、心を澄ます。狂気の時代に、なおも宇宙の神秘と真実を見ようとする。

死は強く意識された。詩とともに生きてきた青年にとって、詩集断念は「死」を意味した。もとより、民族全体が死の淵にいる。生命がこれほど軽んじられる悪徳の時代もない。

だが、死の匂いを濃厚に嗅ぎとりつつ、尹東柱はより高い次元に異なる真実をつかもうとする。死は生につながっている。暗黒の闇が地を覆うなか、けがれを知らぬ空にはなおも永遠の生命が満ちているのだ。昼には澄みきった青空に風が吹き通い、夜には星々が清冽な光にまたたき、輝いている……。

11月5日にラスト4行を欠いた「星をかぞえる夜」(『病院』版)を書いて以降、11月20日に「序詩」を書きあげるまでの2週間の間に、以上のことが集約的に尹東柱を襲ったのである。

時代の暗雲は詩集出版の夢をくじいた。しかし、尹東柱は逆に思想を深め、志操を磨いて、地を覆う暗雲をはらいのける大きな真実に達した。

尹東柱は壁を越えた。闇をつきぬけた。「mortal」「immortal」が、彼の胸にこだましていた。あふれる光のなか、「最後のラッパ」を聞いたのだ。

詩集は「再生」し、はるかに高いステージに生まれ変わった。彼自身もまた、「限りある」命を懸命に生きる覚悟を得た。

詩集『空と風と星と詩』は、このような苦悶と超克を経て、誕生したに違いないのである。

6.こだまする「生命」

11月5日から20日まで、尹東柱《ユン・ドンジュ》の胸中に、極めて集約的に変容のドラマが展開された。だが、その下地となる意識は、少し以前から徐々に涵養《かんよう》されていったものと思われる。清水のように湧き、模糊《もこ》としていたが、やがて実をなし、熟成してゆくものを胸中にかかえていたのである。その傍証となる、尹東柱自身の手になる貴重なメモが残されている。その内容に立ち入る前に、まずはメモが書かれた場所、すなわち尹東柱が使った原稿用紙に着目して論を進めたい。

現存する自筆詩集『空と風と星と詩』が、コクヨ社が発行した「コクヨ　標準規格A4」と印字された原稿用紙に清書されていることは先に記した。

コクヨ社は当時も今も原稿用紙を発行する代表的な会社であり、多様な種類の原稿用紙を出してきた。重要な点は、Ａ４判の４００字詰め原稿用紙のなかでも、尹東柱にとって「コクヨ　標準規格Ａ４」が、極めて特化された原稿用紙だったことである。

尹東柱のすべての作品中、『空と風と星と詩』以外には、使用例がない。つまり、この原稿用紙は、卒業記念詩集をまとめて清書するために購入され、一定期間にのみ使用された原稿用紙だったのである。

では、この原稿用紙を使った清書は、いつから始まったのだろうか。注意を要するのは、それぞれの詩の終わりに付された日づけは、もともとの詩が完成を見た日どりであって、最終的な清書の時期を示すことにはならないことである。

『空と風と星と詩』所載詩のうち、もっとも早くに書かれた「新しい道（새로운길）」を見てみよう。

「新しい道」

川を渡って森へ
峠を越えて村に

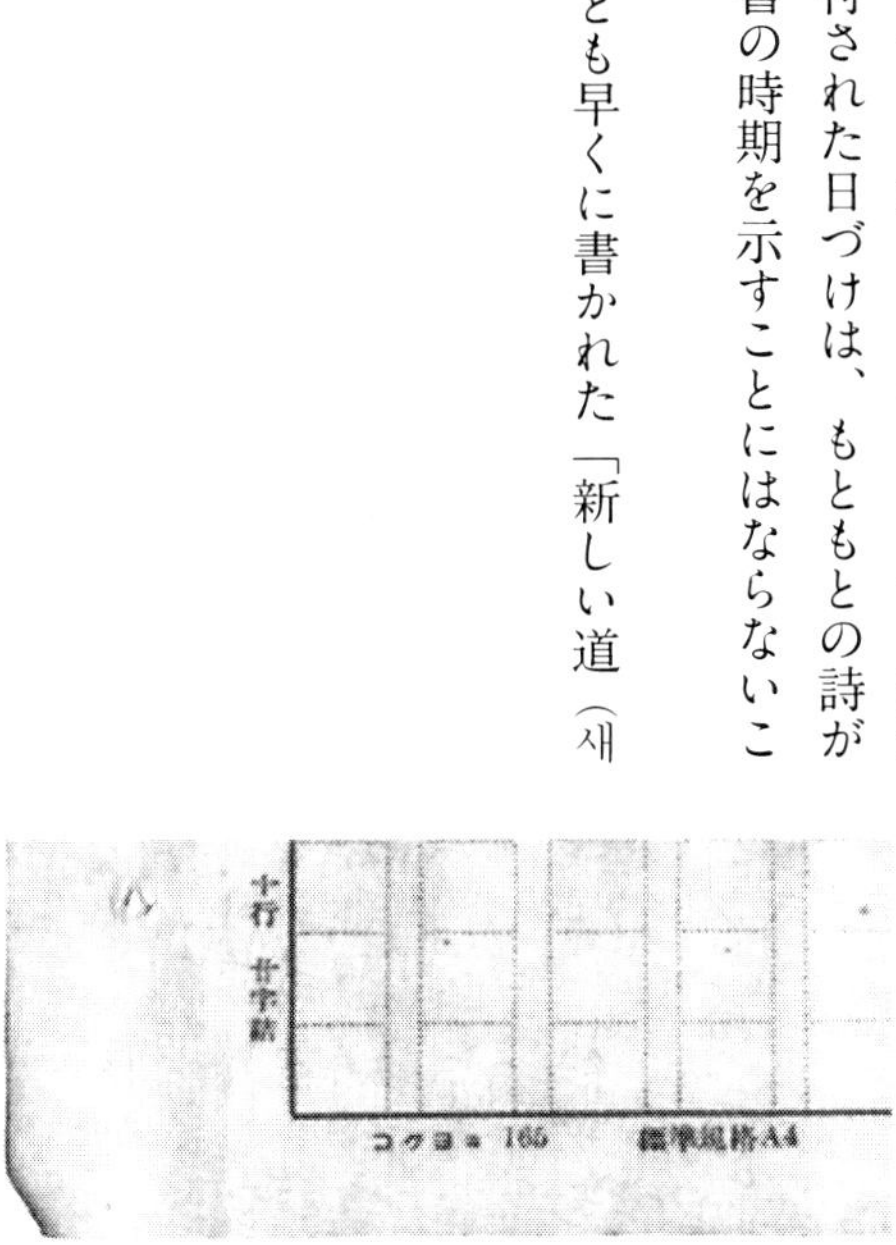

『空と風と星と詩』の清書に使った原稿用紙（部分）

昨日もゆき　今日もゆく
わたしの道　新しい道

たんぽぽが咲き　かささぎが翔び
娘が通り　風がそよぎ

わたしの道は　つねに新しい道
今日も……　明日も……

川を渡って森へ
峠を越えて村に

（伊吹郷訳）

『空と風と星と詩』の自筆詩集では、この「新しい道」の完成日として、1938年5月10日の日づけが記されている。

しかし、だからといって、詩集完成から3年半ほど遡《さかのぼ》るその日に、この詩が「コクヨ　標準規格A4」の原稿用紙に書かれていたわけではない。

この詩が最初に記録されたのは、「窓」と題された習作記録用の原稿ノートで、その後、詩の一部

の変更（「ひばりが飛び（종달이 날고）」が「かささぎが飛び（까치가 날고）」に変更された）を経て、最終的に卒業記念の詩集用に原稿用紙に清書されたものなのである。

おそらく、新たに買い求めた原稿用紙（「コクヨ　標準規格A4」）を使って清書が始まったのは、1941年の夏も終わり、秋になったころだったと思われる。

ひとつの状況証拠となるのが、『空と風と星と詩』には収録されなかった散文詩の「終始」である。この詩は内容から明らかに尹東柱が楼上洞《ヌサンドン》にあった作家・金松《キム・ソン》の家に下宿した当時（1941年5月から9月まで）に書かれたものだが、この詩を記した原稿用紙は「コクヨ　165」と印字されたものであって、「コクヨ　標準規格A4」ではないのである。

楼上洞の下宿を出た尹東柱は北阿峴洞《プクアヒョンドン》の下宿に移るが、季節も秋になり、卒業がいわば「射程距離」内に見えてきたころになって、記念詩集の発刊に向けて準備が始まったのだろう。その清書用に買いこんだ原稿用紙が、「コクヨ　標準規格A4」だったのである。

実は『空と風と星と詩』以外に、この「コクヨ　標準規格A4」の原稿用紙が使われたものが、尹東柱の遺稿のなかに、たった1枚分だけ残されている。A4の用紙を中折りのところで半分に切り、それぞれを横長の長方形に置いて使用しているので、もとの原稿用紙としては1枚だが、遺稿の点数としては2点になる。

原稿用紙を切った右半分を使った1点は、「流れる街（흐르는거리）」と題された詩を推敲した下書きである。

詩本文の1行目に「帰って見る夜（돌아와보는밤）」という詩句が登場するが、実はこの詩はこの後、

「流れる街」というタイトルが捨てられ、「帰って見る夜」というタイトルのもとに散文詩として再生され、『空と風と星と詩』に掲載された。「いま、思想がりんごのように熟れて行きます」という最終部が心に残る作品である。

詩集『空と風と星と詩』に載った「帰って見る夜」に付された日づけは、「1941・6」となっている。もとは「流れる街」として構想され、1941年6月に一応のかたちとなったこの詩は、片割れの原稿用紙に残された校正の跡を見る限り、もとは散文詩的なスタイルではない普通の詩として構成されたが、清書段階のぎりぎりのところで尹東柱は熟慮し、校正を重ねたのだった。

その結果、『空と風と星と詩』の4番目に登場する散文詩として完成を見ることになるが、清書用の原稿用紙を半分に切ってまで詩の校正を重ねた時期は、1941年の6月のような早い時期ではなく、清書作業に費やしたその年の秋のことだったに違いない。

では、「コクヨ　標準規格A4」の原稿用紙を半分に切ったもう片方、左半分のほうには、何が書かれていただろうか……。そこには、まずはタイトルをふくめた5行分の詩が書かれている。

못자는밤

하나、둘、셋、네

……………………

밤은

많기도 하다.

眠れぬ夜

ひとつ、ふたつ、みっつ、よっつ
……………
夜は
かぞえきれないなあ。

（伊吹郷訳）

ちょっと童詩のような雰囲気をもつ詩だが、この詩の執筆時について、正音社《ジョンウムサ》から出された『尹東柱全詩集』以来、しばしば1941年6月と推定されているのは、「コクヨ　標準規格A4」という特化された原稿用紙の意味を視野に入れない論であるように思える。

その推定の根拠は、2分された原稿用紙の残り

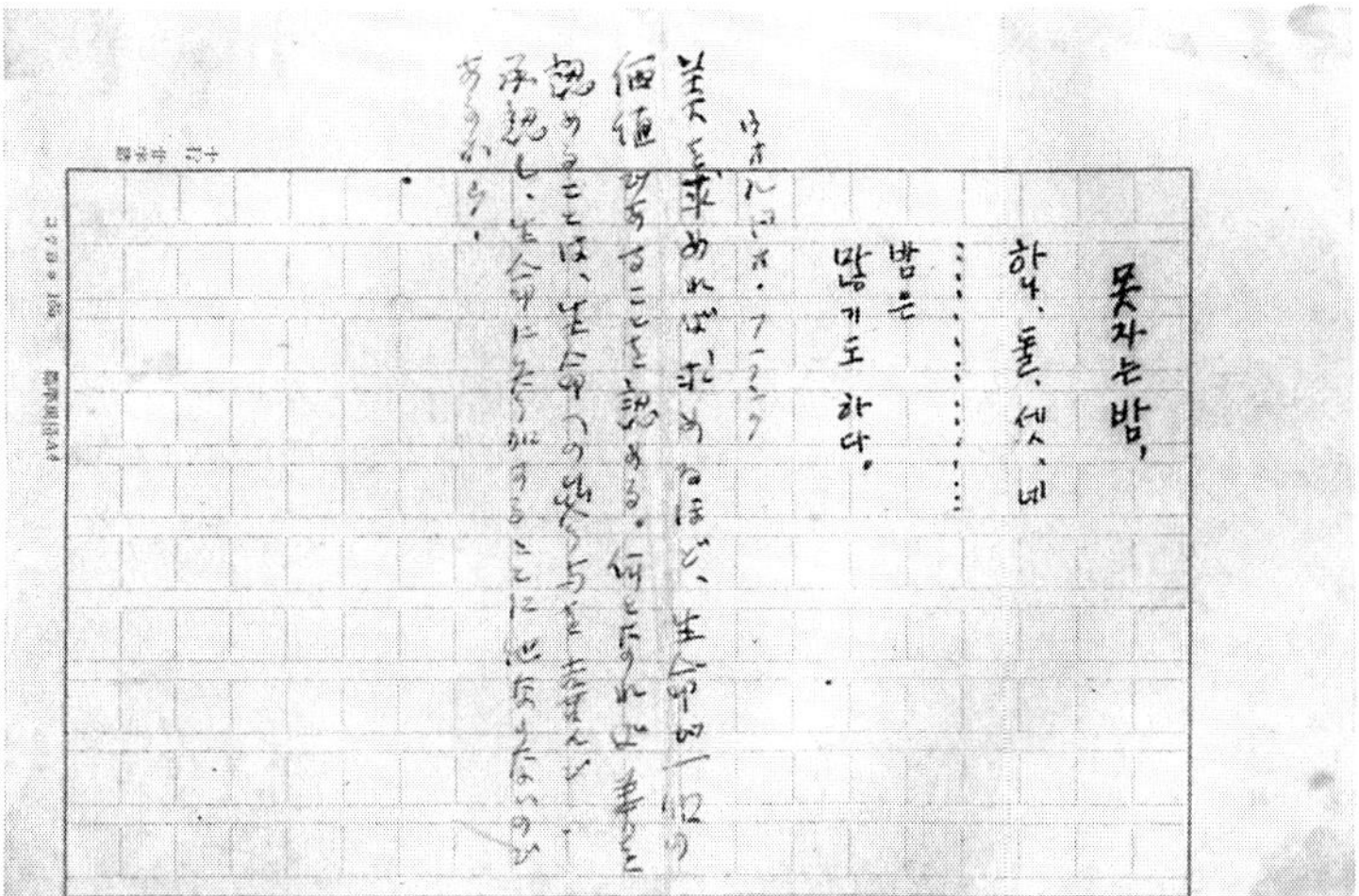

「眠れぬ夜」が書かれた半切の原稿用紙。尹東柱の手になる日本語の引用文がある

の片方に「帰って見る夜」の詩の校正メモがあり、その詩が詩集『空と風と星と詩』に収録されるに際して、「1941・6」と執筆期が明示されたからであろうが、清書用に用意された原稿用紙の上で、推敲が行なわれたり、メモが記されたりする可能性があるのは、あくまでも1941年の秋の話なのである。

さて、ここからがもっとも肝心な点である。原稿用紙の左半分の、「眠れぬ夜」の5行が書かれた後の余白には、なんと、尹東柱自身の手になる6行の日本語の引用文が記されている。

「ウォルドオ・フランク　美を求めれば求めるほど、生命が一個の価値であることを認める。何となれば美を認めることは、生命への参与を喜んで承認し、生命に参加することに他ならないのであるから。」

ウォルドオ・フランク（ウォルドー・フランク　Waldo Frank　1889〜1967）はアメリカの作家で、特にラテン・アメリカに造詣が深く、北米と南米との間の文学的架け橋になったことで知られる。行動派の作家であり、1935年にはアメリカ作家会議で議長をつとめ、またパリで開かれた反戦・反ファシズムの国際文学会議、「文化擁護国際作家会議」にも参加した。

尹東柱が引用した文言の出展が何によるのか、長く不明であったが、檀国《ダンクク》大学の王信英《ワン・シンヨン》教授の努力によって確認された。

王氏は、尹東柱と関係の深い東京の立教大学の図書館で1週間をかけて調査を続け、ようやくこの文章の出所を発見したそうである。それは、小松清が翻訳・編纂した『文化の擁護』（1935年11月刊　第一書房）という本に収められた「作家の本分」という文章のなかにあった。

小松の書は、1935年6月にパリで開かれた「文化擁護国際作家会議」の報告書となるもので、マルローやジッドなどフランスの作家はもとより、イギリスのハクスリーやソ連のパステルナークなど、世界38カ国、250人もの作家が参加したこの会議で披露されたウォルドー・フランクの演説文が掲載されていた。「美を求めれば」の文章は、その1節になる。

尹東柱がどのような経緯で『文化の擁護』の書に接することになったか、委細は不明だが、今に伝わる尹東柱の蔵書のなかにこの本はふくまれていないので、おそらくは宋夢奎《ソン・モンギュ》など友人から借りて読んだものと思われる。

そして、ウォルドー・フランクのこの文章に触れたとき、尹東柱はそのまま読みすごすのではなく、書きとめる必要を感じたのだ。しかも、手帳や講義ノートなどではなく、ほかでもない卒業詩集清書用の原稿用紙に記したのである。尹東柱の感動、共感が強烈だったことはもちろんだが、自分の詩世界に響く至言であると感じたのだろう。

興味深い点は、反ファシズム文学戦線の国際会議の報告書のような本のなかで、尹東柱が政治的主張の勝った威勢のよい箇所ではなく、美と生命の一体感を述べた部分を選択していることだ。

短い引用文のなかに、「生命」という語が3回も登場している。尹東柱が「生命」に惹かれてメモを残したことは間違いあるまい。それこそが、『病院』という名のもとに詩集を計画し、清書を進めていた尹東柱が出会い、感激した所以《ゆえん》なのである。

「生命」という言葉が、彼の脳裏に、天の啓示のように楔《くさび》を打ちこんだ。すべてのものが「死にゆく」ように、時代が坂道を転がり落ちるなかにあって、尹東柱の胸には、「死」や「病」のイメージと同時に、「生命」が強く意識されていたのである。

このことは、「mortal」「immortal」によって詩集が最終段階で革命的な変化をとげる以前から、尹東柱の内面にじわじわと湧き出しつつあるものがあったことを物語る。

それこそがまさに、「生命」への共感であった。『病院』というタイトルで予定された詩集が、やがて加筆され、『空と風と星と詩』へと変貌するのも、その最後の飛躍はいかにも鮮やかながら、そこにいたる序奏は、季節の深まりとともに静かに進行していたのである。

清書の時期が秋であったことも、何がしかの影響があるであろう。

紅葉がいよいよ色を増し、冬枯れを前に最後の命を燃やしていたころである。死を前に、生命がひときわ輝く季節だった。冬将軍の到来によって木々が宿す生命はいったん死滅するが、やがて春の訪れとともに、ふたたび鮮やかな若葉を芽吹かせる。

まさに、「mortal」と「immortal」の連環が構成する宇宙を、尹東柱は四季のサイクルとしても実感していたことだったろう。

時代の闇がますます濃く重く社会を覆うなか、その痛みを人一倍強く感じながらも、尹東柱の胸には「生命」がこだましていたのである。『空と風と星と詩』という詩集の性格を考えるとき、この事実が示唆するところはあまりにも大きい。

「眠れぬ夜」という詩のメモについても、いま一度触れておこう。

このメモは、詩として完成されたものではなく、詩集編纂《へんさん》の清書中にひらめきを得て、原稿用紙の半切に記したものだったろうが、11月になって書かれることになる「星をかぞえる夜」という作品の、発想の基台となるものだったのではないだろうか。

夜半に、ひとつ、ふたつと数を数えるところが似ているように感じる。最後の「夜は数えきれない」とした感慨は、星ひとつずつに追憶や愛、故郷の思い出や母のことを呼んでみた「星をかぞえる夜」へと詩が熟れてゆく一里塚だったように思えてならない。

だとするならばなおさら、この「眠れぬ夜」が「生命」のメモと同じ場所に記された意義は深い。「生命」への強い意識が誘引剤のように働いて「星をかぞえる夜」という名詩を生み、しかも最終的に死を超え、永遠の命に復活させた4行を書き加える後押しをすることになったのだから……。

卒業記念に企画された詩集の清書用に特化された原稿用紙に、尹東柱自身の手になる日本語のメモが残されていたこと。しかもそれが、尹東柱の詩精神を大いに飛躍させ、いま私たちが知る詩人・尹東柱を誕生させる秘蹟にあずかっていたこと――。

これまで民族主義的な解釈が素通りしてきたこれらの事実は、尹東柱という類《たぐい》まれな詩人の資質と『空と風と星と詩』を理解する上で、その実、どれほど強調してもしたらないくらいに重要なことなのである。

7．永遠の詩人

1941年11月20日、「序詩」を書きおろしたことで、詩集『空と風と星と詩』は完成した。万年筆を置いた尹東柱《ユン・ドンジュ》の胸には、深い感慨が満ちていたことだろう。

出版の夢が挫折して以来、「mortal」「immortal」がにわかに浮かびあがり、短期間のうちに思想を深化、成長させることになった。死を思わせる閉塞の状況下にあって、永遠の生への確信を抱くにいたったのである。

その成長をうながした基底には、無論、信仰というものが第一義的にあったことだろう。「mortal」「immortal」がキリスト教から出ていることでも明らかなように、尹東柱はどこまでもクリスチャンである。キリスト教的な文脈を離れて、尹東柱は片時も成立しえない。

だが、苦衷の淵にあって彼を支え、再生の力を生む核となったものは、信仰の力以上に、詩そのものだったように思う。

詩集は出せずとも、詩という言葉が織りなす芸術によって、彼は自分の生きる道を、彼自身に与えられた道をはっきりと自覚したのだ。詩集も出せない時代に生きる生身《なまみ》の自分は「mortal」である。しかし、詩の喚起する力、詩が息をする領域は「immortal」なのだ。

逆説めくが、詩を否定されたことで、尹東柱の詩は飛躍したのである。詩は永遠につながる不滅の命をもつことになったのである。詩集が出る出ないというレベルを超えて、詩人であることが「天命」となったのである。

ここにおいて、尹東柱は真の詩人となった。時代を超えた、孤高の詩人となった。生前にたった1枚しか絵が売れなかったというヴィンセント・ヴァン・ゴッホではないが、1冊の詩集も世に出せぬまま、尹東柱は正真正銘の詩人になったのである。

近代日本がおし進めた帝国主義的膨張の行きつく果てにアメリカとの戦争が迫り、開戦に向けて翼賛体制が強化され、植民地支配も苛烈さをつのらせたこの時期、苦悶に突き落とされたひとりの青年が、その苦しみを懸命に乗り越え、魂を熟成、浄化させていったその精神の営みに、私は熱い涙を禁じえない。

そこにつむがれた至純の言葉は、東アジアを覆った時代の巨悪の只中にあって、なおも純粋に生きようとした清冽《せいれつ》な魂の結晶にほかならない。その詩は、ファシズムの嵐が吹き荒れた20世紀の暗黒期、時代の闇を裂いてつむがれた美しくも貴い精華なのである。

かくて、尹東柱は「詩人」となった。詩集が世に出なくとも、自分が詩人であることを明確に意識した。

苦衷《くちゅう》の淵からしぼり出された覚悟である。矜持《きょうじ》もあろうが、より強くは使命感だったろう。詩人とは天命なのである。覚悟はここに定まった。

この詩人としての覚悟は、1942年6月に東京で書かれた「たやすく書かれた詩」のなかの、「詩人とは悲しい天命であると知りながら」とつづられた心境につながってゆく。

そして、出征にあたってこれだけは何としても守らなければならないと、家族に託した鄭炳昱《チョン・ビョンウク》の気持ちにもつながってゆく。さらに、詩集も世に出せぬまま夭折《ようせつ》した息子の墓に「詩人尹東柱之墓」と墓碑銘を刻んだ、故郷・北間島《プッカンド》の家族たちの思いにまでつながってゆく。

床下の甕《かめ》に隠されて守られた詩集『空と風と星と詩』が祖国解放とともに蘇生をとげたことは、まさしく奇跡であろう。

だが、奇跡は詩が守られたことだけにあるのではなかった。

この詩が生まれるにいたった2週間ほどの彼の心の軌跡を思うとき、たったひとりの孤独の精神の営みに思想を熟れさせ、逆転の発想によって光のなかに言葉をつむぎだした尹東柱の集約的な成長もまた、奇跡以外の何物でもない気がする。

そこには、もっとも純粋な意味での文学の誕生が結晶している。

「序詩」を書き終えた尹東柱が万年筆を置いてからすでに75年以上がたつが、その詩集は今なお、時代を超え、国を越えて、読む者の胸を熱くする。

そしてまた、文学がすたれて久しいといわれる21世紀の現代にあって、あらためて文学というものの貴さ、尊さを、教えてくれている。

伊吹郷氏の先訳に敬意を表しつつ、この章の趣旨に沿ったかたちで、私なりに「序詩」を訳してみた。

詩の冒頭と中間部と、2度登場する「죽다（死ぬ）」を、何とか同じ言葉で訳し、かつ「mortal」にふくまれていた、限りある命を生きるというニュアンス、そして、ウォルドー・フランクの引用文に明らかであった尹東柱の生命へのこだわりなどを包括的に鑑み、しあげたものである。

「序詩」

逝《ゆ》く日まで空を仰ぎ
一点の恥のないことを
葉合いに起こる風にも
わたしは心痛んだ
星を歌う心で
すべて逝く身なる生命《いのち》を愛さなければ
そして　わたしに与えられた道を歩み行くのだ
今宵も　星が　風に瞬《またた》いている

第2章　「半韓」詩人がつづった「我が友」尹東柱（前編）
――尹東柱と交際した日本詩人・上本正夫

――「獄死せし友の遺作に会う日かな」――

（上本正夫氏の俳句から）

1．尹東柱の「詩友」、上本正夫

先にも述べたように、私は1995年の3月に放送された、NHK・KBSの国際共同制作による尹東柱《ユン・ドンジュ》のスペシャル・ドキュメンタリー番組の取材、構成、演出を担当した。

KBS側と合意に達し、取材を始めたのは前年の初夏である。文献的な資料調査に加え、尹東柱と関わった日韓の生き証人たちをさがし、取材する方向で努力を重ねた。

すると、取材を始めてまもなく、驚くような情報が入ってきたのである。それは、生前の尹東柱に会い、親交をもったという日本詩人の存在であった。

その人の名を、上本正夫《うえもとまさお》という。広島在住で、正直なところ、中央では知られていなかったが、地元では葵詩書財団なる組織を結成し、私費を投じて同人や仲間たちの詩を集めた詩集を定期刊行していた。その人の書いた詩のなかに、尹東柱との思い出が登場するという。

当時日本では、尹東柱と親交があり、彼を記憶する日本人は誰一人としていないといわれていた。尹東柱は1942年春から日本に留学し、立教大学、同志社大学で学んだが、彼を直接知るという日本人は発見できていなかったのである。韓国でも、尹東柱と親交のあった日本人の話など、尹東柱関連の本のどこにも登場したことなどなかった。

私は、入手した上本氏の詩をむさぼるように読んだ。詳しい経路は失念してしまったが、詩1篇のコピーだけが送られてきたのである。

「半韓　其の七十二」と題されていたが、上本氏は朝鮮に生まれ育ち、今も半分は韓国人であるとの意識から、「半韓」のタイトルで連作詩集を書き続けているとのことだった。

今ここに、尹東柱が登場したその詩をすべて引用するとしよう。

なお、現代の読者には難しいと思われる漢字がいくつも使われているので、私の判断で、そこにはルビをふった。オリジナルの上本氏の詩には、いっさいルビはふられていないことを、お断りしておく。

「半韓　其の七十三」

※日本の潰《つい》えし年に獄死せる我が友・尹東柱※

嗚呼《ああ》　イマ半世紀ヲ過ギテ耳ヲ聾《ろう》スル如キ我ガ呻《うめ》キハ何デアルノカ　遠キ未ダ青年ノ初メノ期ノ日々ノ幻惑　康徳六年春、満州国交通部局委任官ノ私ハ間島省延吉ノ郵政局監査ニ立会シテイタ

ソレハ全朝鮮ノ文学仲間デ計画シテイタ超現実主義詩学詩「緑地帯」ノ一人デアッタ「尹東柱」ノ故郷ヲ見ルタメデアッタ

然《しか》シ　反日　反帝ノ坩堝《るつぼ》デアリソシテ抗日戦ノ反帝分子ガ渦ヲ巻イテイルコノ辺境トモ見ラレル地帯ハ私ノ役務ノ外ノ情報ノ蒐集《しゅうしゅう》ハ危険デアリ絶望的ナ様相ヲ呈シテイタ　同行シテイル関東軍憲兵司令部員ハ　提示要求ノ調査ヨリモ　左翼詩人トシテモ　まーくシテイル私ノ動向ヲ気ニシテイルヨウデアッタ　軍部ノ情報機関ハ隈《くま》ナク局子街ヲ包囲シテイタガ　彼ハソレデモ日本人ノ詩人ヲ信用シテイナイヨウデアッタ　ソレハ何故ナノカ　彼「尹東柱」ハ朝鮮平壌ノみっしょん系ノ崇実中学生デアッタカラダ　ソレハ　コノ中学ガ日帝ノ教育指導ヲ拒否シテ閉校処分ヲ受ケ学生ハ暴発シカネナイ思想ヲ抱イタ儘《まま》四散シテシマッテイタガ私自身はるびん駐察憲兵隊ノ要注意者デアッタノデ　彼等ノ不穏分子トノ結合ヲ警戒シテイルノデアッタ　伝エラレタトコロデハ総督府ノ役人ハみっしょん系ノ学校ニ朝鮮神宮ノ参拝ヲ強制シタトイウノデアル　コノ蒙昧《もうまい》ノ日本帝国主義ノ思想ハきりすと教ノ教義ヲモ踏ミ躙《にじ》ルモノデアッタ　崇実中学生ガ北間島ニ潜入

ハ当然デアル

コノ間島省一帯ノ反帝斗争ノ処《よ》ッテクルトコロハ何デアルノカ　私ハコノ同行シテイル憲兵士官ニ多分ノ憐憫ヲ持タザルヲ得ナカッタ　「詩人は怖しい思想の持主だね」　多クノ情報ヲ持ッテイル彼ハ絶エズ拳銃ヲ握リシメテイタ　私ハコノ十二月カラ兵役ニ服スルコトニナッテイタ　或ル事件ニ依ッテ私ハ懲罰的ニカ　国際法デ禁止サレテイル或ル部隊ニ入隊スルコトニナッテイタ二年余リノ所在不明ノ儘ノ彼ハ或ル日　突然ニ　新京ニ居ル私ノ手許宛ニ手紙ヲヨコシタ　立教大学英文科ニ入学スルトイウノダ　恰《あた》カモ其ノ時ハ「緑川貢・菫川千童」ト共ニ「満洲文芸」ナル文学誌ヲ刊行シテイタ時デアル　「緑地帯」ノ発禁ハ何故カ　コノ地帯ニ波及シタ事ニナル　私ハ片道的ナ彼ノ言葉ト通信ニ暗号的ナ自ラノ氏名、変造ニ異変ヲ察知シテイタ　十七年四月二十日私ハ馬来《マレー》作戦ニ従軍　九死ニ一生ヲ得テ群馬県沼田陸病ニ居タ　八月末　アル日　突然ニ彼ガ現ワレタ　白衣ノ儘ノ私ニ彼ハ憐憫トモツカナイ微笑ヲ向ケテ私ヲ抱キシメテクレタ　嗚呼　彼ノ詩ヲ読ンデ　以来　実ニ七年ノ歳月ガ流レテイタ　彼ハ九月カラ京都ノ大学デ学ブノダト云《い》ウ端正ナ彼ノ風貌ハ心ナシカ或ル歪ミヲ見セテイタガ　其レガドノヨウナ意味ヲ持ツモノカ愚鈍ナ私ニハ不明デアッタ　彼ハ私ノ戦友デアル高中尉ノ令弟ガ託シテクレタ出刊シタバカリノ日本詩集ヲ手ニシテ居タ　「ドン・ジュ」ヨ　良カッタラ其ノ詩集ハぷれぜんとスルヨ　彼ハ「菊島常二」ノ作品ニヒドク心ヲ惹カレテイタヨウダ　コノ作品ハ彼ノ詩抄「わが神の小さな土地」デアッタカ　ソノヨウナ彼ノ詩心ノ滴《したた》リデアッタ　軈《やが》テ私ハ赤城山ヲ望ム病舎カラ去ッテイッタ　戦傷ガ一応ノ原状回復ニ入ルヤ　回復シタ視力ヲ隻眼ニ託シテ　京都ニ思イヲ託シナガラ私ハ朝鮮海峡

ヲ渡リ　金海ノ生家デ十日間ヲ過シ、京城・平壌ニ泊シテ　新京ニ向カッタ　満洲国ノ首都ハ約五年ノ歳月ノ流レノ中デ著シク変貌シテイタ　十八年四月　嘗《かつ》テノ流残ノ都　哈爾浜《ハルビン》ハ変ラナイ駘蕩ノ相貌ヲ呈シテ居タ　ソレハ僻土残歌ニ似タ日本帝国ノ凋落《ちょうらく》ノ姿デモアッタノカ　一夜ノ哈爾浜ほてるハ海峡ヲ渡ル関釜連絡船ヲ米潜水艦カラ秘匿スルタメ燈火ノ洩レヲ閉ザシタ貝ニ似テイタ　「私ハ其ノ時　東柱ガ暗黒ノ洞穴ノ中ニ在リ乍《なが》ラ猶《なお》モ一条ノ灯リヲ索メテイル夢ヲ見タ　何故ニ日帝排撃ノ灼熱シタ思惟ヲ抱キツツ日本ノ古都ニ潜モウトシテイルノカ　思エバ日帝カラ逃避シテ北間島ニ出生シタ東柱ハ徹底シタコノ地域ノ民族主義ニ染メラレ　少年期ノ終リニ彼ハ遂ニ日韓ノ少年詩人ガ集ウ平壌ノ都ニ出向イテ来タノダロウ」　康徳十年　ツマリ昭和十八年　首都新京　初夏ノ爽カナ官舎ニ在ッタ私ニ届ケラレタ高槻発ノ電文ハ「ドン・ジュ」ノ逮捕デアッタ一瞬　目ノアタリヲ黒イ幕ガ蔽イ　私ハコミ上ゲル憤怒ニ嘗テ戦車砲ヲ我ガ友軍ノ司令部ニ向ケテ発射シタ思考力ノ乱酔ヲ　我ガ精神ノ分裂ト共ニシタノデアッタ　私ノ眼裏ニ美シク鮮ヤカニ花火ノヨウニ消エテハ現レル彼姿　治安維持法違反トイウノハ何デアルノカ　嘗テ出征前ノ秋ニ哈爾浜きたいすかやデ私ニ加エラレタ死ノ鞭　軈《やが》テ彼ハ祖国ノ解放ヲ寸前ニシテ獄中死シタ　「ユン・ドン・ジュ」ヲ　君ハ絶エザル拷問ト尋問ニ屈スル事ハ無カッタデアロウ　恐ラク当局ノ手ニ依ッテ暗殺サレタニ違イナイ　私ハ寒中ノ季節ニハ君ヲ思ウ　君ノ詩作品ハコノ五十年間　見ル事ハナイ　君ノ祖国ノ心アル知識人ニヨッテ　君ノ不屈ノ愛国心ヲ公ケニスルコトハ天運デアロウカ

今モ思イ出スノハ新京日々新聞社長ノ城島舟礼ガ君ノ詩ヲ見テ涙グンダ事デアル　四十四年モ

遠イ日ノ事デアル

――83・2・1――

（注）91・4・27　著作者　金永三氏贈の韓国詩大辞典により、尹東柱詩集の刊行を知る。
汎友社刊84・『空と風と星と詩』

この詩は、最後の付記までふくめ、上本氏が主宰する葵詩書財団が発刊した『日本詩集』の1993年7月号に載せられたものだった。漢字と片仮名をベースにつづられた、決して読みやすくはない文章であり、一般に人々が詩と考えるものとはかなり距離があるに違いなかった。が、ともかくも、そこには尹東柱に関する記憶として、知られざる逸話がいくつも書かれていたので、驚いた。

この詩が伝える内容を箇条書きにまとめてみると、以下のようになる。

1．尹東柱は、上本氏が全朝鮮の文学仲間で計画していた超現実主義詩学誌（＊注　原文に「詩学詩」とあるのはおそらく誤植）、『緑地帯』のメンバーであった。

2．康徳6年の春、満州国交通部局委任官であった「私」（上本氏）は、間島省延吉の郵政局監査に立会うため、現地を訪問した。かねてよりの詩友、尹東柱の故郷を見てみたいという個人的な希望を兼ねてのことだった（＊注　「康徳」はいわゆる「満州国」で使われた年号で、康徳6年は1939年になる。また詩のなかにある「局子街」は、延吉の古名）。延吉行きには関東軍憲兵司令部員が同行、左翼詩人である上本氏を監視したため、結局尹東柱の故郷を訪ねるという目的を果たすことはできなかった。

3．尹東柱は、「日帝」の教育指導を拒否して閉校処分を受けた平壌の崇実《スンシル》中学校で学んだことがあるため不穏分子とされ、上本氏自身は、ハルビン（哈爾浜）駐察憲兵隊の要注意者であった。当局は両者の結合を警戒していた。

4．上本氏はこの年（１９３９年）の12月から兵役に服し、国際法で禁止されている特殊部隊に入隊した。

5．2年あまりの所在不明の後、尹東柱は新京（＊注　「満州国」の首都。現在の中華人民共和国長春市）にいる上本氏の手許に宛て手紙をよこし、立教大学英文科に入学すると報告した。尹東柱は創氏改名した名前で手紙をよこした（「暗号的な氏名」）。

6．当時上本氏は、緑川貢《みどりかわみつぐ》、菫川千童《すみれかわせんどう》とともに『満洲文芸』なる文学誌を刊行していた。

7．昭和17年（１９４２年）にマレー戦線に従軍した上本氏は、九死に一生を得て群馬県沼田の陸軍病院に入院。同年8月末、突如として尹東柱が入院中の上本氏を見舞い、９月から京都で学ぶつもりだと語る。尹東柱は上本氏の病床にあった『日本詩集』（＊注　戦後上本氏が広島で刊行したものとは別）に掲載されていた菊島常二《きくしまつねじ》の詩「わが神の小さな土地」に惹かれた。

8．上本氏は退院後、「満州国」の新京へ向かった。１９４３年4月にはハルビンで尹東柱の夢を見た。

9．１９４３年の初夏、新京の上本氏のもとに、高槻《たかつき》の知人から尹東柱逮捕の電報が届く。

10．祖国解放を前にして、尹東柱は獄死した。

11．44年前、「新京日日新聞」社長の城島舟礼《じょうじましゅうれい》が尹東柱の詩を見て、涙ぐんだ。

上本詩人の胸に湧いた想念の部分は別として、詩から浮かびあがってくる「事実関係」にしぼってまとめれば、ざっと以上のようなことになる。

また、詩の後に付された「注」と合わせ読むことによって、上本氏はこの50年間、尹東柱の詩を見ることはなかったが、1991年4月27日になって、金永三《キム・ヨンサム》氏から贈られた『韓国詩大辞典』によって、尹東柱の詩集『空と風と星と詩』（1984年　汎友社刊）の刊行を知ったことが窺われる。なお、もともとこの詩ができたのは、1983年2月1日であるとされる。

私はとにかく上本氏本人に会って、事実関係を確かめなければならないと思った。

新事実の発掘に期待に胸をふくらませながら、私は早速に、広島市近郊、海田町にある上本氏の自宅を訪ねた。

2．上本詩人の証言、尹東柱の思い出

上本氏を訪ねたのは、1994年5月26日であった。

私の手元に当時の取材ノートが残っているので、以下、この取材ノートのメモと記憶をもとに、この日に伝えられたことを追ってゆきたい。

上本氏は1919年生まれということなので、そのときは70代の半ばになっていたわけだが、がっ

しりとした体軀に眼光も鋭く、言葉は明確で、いかにもエネルギッシュで矍鑠《かくしゃく》とした印象を受けた。中央詩壇とは無縁ながら、地方に自身を長とする詩の王国を築くような生き方は、なるほどこのような気がまえの人物だからこそ可能なのであろうと思われた。

挨拶もそこそこに本題に入ったが、私の最初の質問は、尹東柱《ユン・ドンジュ》といつどのようにして会ったのかということだった。

氏の口から出た答えは、「半韓」の詩にも載らない新たなエピソードであった。1935年秋、当時釜山中学4年生だった上本氏が、満州を訪ねる修学旅行の途次、平壌《ピョンヤン》駅で尹東柱と会い、2時間ほど話をかわしたというのである。

以下、驚きの証言が続くことになったが、平壌駅での出会いにいたる事情を、上本氏の証言をもとに再構成してみると、次のようになる。

早くから詩に目覚め、高名な詩人の金素雲《キム・ソウン》にも私淑した上本氏は、全朝鮮の中学生詩人たちを集めて、『緑地帯』という超現実主義、モダニズムの同人詩誌を始めたいと計画した。日本語による詩誌ではあっても、日本人だけでなく、朝鮮人学生にも加わってもらいたいと願った。

詩に造詣が深く、上本氏の才能を買っていた釜山中学の森亭教諭（1936年からは教頭）は、計画に賛同、ある日「素晴らしい詩がある」と、朝鮮人学生がつづったという詩を見せた。

平壌で出されたYMCAの誌に載った詩だったが、上本氏はその詩を日本語で読んだ。たしか「空想」というようなタイトルだったと記憶する。その詩の作者が、尹東柱だった。

上本氏は計画中の詩誌『緑地帯』にぜひとも参加をうながすべく、ちょうど修学旅行で満州まで行く機会があったので、途中平壌駅で尹東柱と会った。

2時間ほど続いた会話は日本語で行なわれ、上本氏は熱心に詩誌参加を呼びかけたが、尹東柱は「自分はハングルで詩を書きたい」として、『緑地帯』への参加を固辞した。「ハングルをちゃんと勉強しなければいけない」とも語って、民族の言語への強いこだわりを見せた。

多いときには日に4、5篇も詩作をすると尹東柱は言い、ボードレールや西脇順三郎の詩が好きだとも語った。また、「(尹東柱の)父が自分を医者にしたがっているが、自分にはその気がない」という話や、具体的な内容は忘れたが、弟のことも話題にのぼった……。

韓国の雑誌「文藝思潮」に掲載された上本氏の写真

以上が、上本氏の語る尹東柱との出会いに関する証言内容である。私は氏の話を聞きながら、ぞくぞくするような気持ちの高ぶりを抑えることができなかった。

平壌で出されたYMCAの誌とは、アメリカ人宣教師が校長をつとめる崇実《スンシル》中学のYMCA文芸部が出していた『崇実《スンシル》活泉《ファルチョン》』にほかならないし、尹東柱は1935年の9月、それまで通っていた北間島《プッカンド》龍井《ヨンジョン》の恩真《ウンジン》中学校から平壌の崇実中学校に編入し、同年10月に発行された『崇実活泉』第15号に「空想」という詩を載せている。

また、本人に文学志向が強いにもかかわらず、父の尹永錫《ユン・ヨンスク》が医者になることを望み、対立を生じることになるのも、尹東柱の伝記にはしばしば登場する逸話だった。

ただ意地の悪い目で見れば、上本氏の話は、例えば１９８４年に出た『空と風と星と詩　尹東柱全詩集』（伊吹郷訳　影書房）に収録された尹東柱年譜を見て、自分の履歴に合せて都合よく仕立てあげようと思えば、できないことではなかった。

何よりも、平壌の崇実中学校で出された『崇実活泉』に載った尹東柱の詩が、どうして釜山中学校の日本人教諭の目に触れることになったのか、この点が最大の疑問点として残った。

上本氏に確認しても、この点については記憶が曖昧で、事実関係は模糊としたままだった。また、朝鮮語（韓国語）がほとんどできない上本氏は、その詩を見たのは日本語であったと証言したが、これも誰がいつどのようにして日本語に翻訳したものか、謎のままであった。

『崇実活泉』第１５号

初対面のエピソードはそれとして、上本氏には話を続けてもらった。

平壌駅で別れた後、尹東柱と長く会うことはなかった。しかし、上本氏の実家がある釜山近郊の金海《キメ》と、尹東柱の龍井の家と、互いの家を通して、たまさかの郵便による連絡は続いたという。

次に上本氏が尹東柱に会ったとするのが、１９４２年の８月——。

その間、上本氏は１９３７年３月に釜山中学校を卒業後、東京の青山学院専門部に学び、同年９月からは「満州国」郵政総局に勤務、新京に移った。

１９３９年には交通部局委任官に任じられたが、その年の暮れに召集され、毒ガスを扱う特殊部隊（国際条約違反であったという）に入隊、41年暮から42年春にかけてマレー戦線に従軍するも、毒ガスにより負傷、内地に送られて、同年４月から沼田の陸軍病院に入院するところとなった。

そして、その年の８月、突然に尹東柱が病院に姿を現したというのである。看護婦が昔の友人がお見舞いに来たととりついでくれたが、「〜沼」とかいう日本の名前を告げたので、とっさには誰が来たのかわからなかった。

病室に現れた訪問客の顔を見て、驚いた。１９３５年に平壌駅で会って以来、会うことのなかった尹東柱その人だった。病床の上本氏を、尹東柱は静かに抱きしめた。

「東京を離れ、新学期からは京都の大学で選科生として学ぶつもりだ」

尹東柱は語った。

「何のために京都に行くんだ?」

上本氏は尋ね、東京に残ったほうがよいのではないかと疑義を呈した。詳細な前後関係は忘れてしまったが、尹東柱の口からは仙台という地名も出たという。

いずれにしても、東京を離れることは決心が固いようだった。上本氏の病室には、同じ毒ガス部隊で負傷した朝鮮出身の高《コ》中尉が入院していた。その弟がもってきてくれた『日本詩集』を、尹東柱は読みたがった。

プレゼントしようかという上本氏の申し出に対しては、尹東柱は遠慮したが、しばらく目を通した後、誌上に載る菊島常二の詩をよい詩だと誉めたという……。

私はますます興奮をつのらせた。

日本留学に際して創氏改名が必要になった尹東柱は、やむなく「平沼東柱」と名乗ることになった。「～沼」という姓の後半しか記憶がない上本氏の証言は、ここでも事実をはずれていない。

この年の夏休み明け、尹東柱はそれまで1学期を学んだ東京の立教大学から京都の同志社大学に移るが、この点でも年表的事実と符合する。

仙台の話まで出たというが、夏休みに北間島に里帰りしていた尹東柱がにわかに日本に戻ることになったのは、仙台の知人から連絡が入ったからだといわれている。東北大学に進学しようかとの考えまであったという。上本氏の口から「仙台」云々《うんぬん》まで出るにいたっては、年表のきわめて些細なところまで合致することに、身震いを感じるほどであった。

だが一方では、興奮が増した分、はたしてこの人が語るのは真実なのだろうかという、疑問がふくらむのも抑えることはできなかった。

事実関係は微に入り細をうがち、ディテールにおよんでいる。それでいながら、証拠の類がいっさいない。事実であるかどうか、確認のすべがなかった。尹東柱の手紙ひとつ残っているわけでもなく、一緒に撮った写真があるわけでもないのである。

しかも、上本氏は尹東柱の名を、時々日本語読みのまま口にしたが、これがしかるべき「いんとうちゅう」ではなく、「い とうちゅう」と、「尹」の字を「伊」と混同した呼び方だったので、このような間違いが本当に尹東柱当人と親交のあった人の口から出るだろうかと、訝《いぶか》しく思わざるをえなかった。

隔靴掻痒《かっかそうよう》の気分をかかえたまま、「半韓　其の七―三」の詩の最後に出てくる、「新京日日新聞」社長の城島舟礼が尹東柱の詩を見て涙ぐんだというエピソードについても、事実関係を尋ねた。

1939年、新京にいた上本氏のもとに、尹東柱は便りをよこし、詩を送ってきたという。その詩を、城島に見せたというのだ。

だがここでも、その詩が何であったか、上本氏の記憶の糸はそこでぷつんと切れてしまう。1篇なのか複数なのか、短い詩だったのか長めの詩だったのか、私はなおもしつこく尋ねてみたが、ある時は「15行ほどか……」、「いや、20行ほどだったかもしれない……」などと、記憶は模糊としたまま、行きつ戻りつするばかりだった。

ただ、詩とともに送られてきたという便りの核となる部分はしっかりと覚えていた。

「何のために、あなたは満州に行ったのか――?」

と、「満州国」官吏の道を進むことになった上本氏の選択に疑義を唱えるものだったという。

この日、上本氏の家には昼すぎに訪ね、夕方すぎまで話を聞きこんだ。しかし結局、確固とした証拠をともなう証言は得ることができなかった。

証言が虚偽でないなら、これまでに知られることのなかった新事実の発掘になるのだが、氏の言葉通りに信じてよいものかどうか、確信がもてなかった。虚偽、捏造《ねつぞう》という言葉は厳しすぎるとしても、ひょっとして、すべては老詩人の妄想なのではないかという疑念が、頭を離れなかった。

「半韓＝半分韓国人」であるとする文学的自己の経歴に箔《はく》をつけるために、韓国で国民的詩人になっている尹東柱の威光を借りようとしたとは考えられないだろうか。

現に「半韓　其の七十三」の詩のなかでも、実際には『緑地帯』に加わることを固辞した尹東柱を、そのメンバーであったとして、文学的同志だったかのように誇張しているではないか……。


最後に、上本氏の目に映った尹東柱という青年の人となりについて尋ねてみた。

「およそ闘争的なところのない、もの静かな男だった。反日的な思想など、ないように見えた……」

上本氏に映った尹東柱の印象は、およそ抵抗詩人のイメージからは遠いものだった。

それにしても、「反日的な思想」がなかったなどと、露骨なほどに断定的表現が用いられたので、支配された側の人間の思いを、支配者側に身を置いていた人間がそう簡単に言いきってしまってよいものかと、若き日の私の胸に咄嗟《とっさ》に反発がこみあげたのを覚えている。

ただ時間を置くにつれて、そのような上本氏の発言をめぐって、私の思いはふたたび揺れ始めた。

「半韓」の連作詩の内容は、ことごとくが日本近代史を憎悪、呪詛するかのごとき「反日的（反日帝的）」言辞に満ちている。そういう詩人の箔づけのために尹東柱を利用しようとするならば、反日闘志としての尹東柱の抵抗精神、闘争のさまを最大限喧伝したほうが、上本氏の同志としてのイメージはあがるはずなのである。

事実、「半韓　其の七十三」の詩のなかでは、神社参拝を拒否して廃校になった崇実中学校に通った学生として、尹東柱が当局から危険人物視されていたことを記している。忌々《いまいま》しき悪の権力にとって、尹東柱は「札つき」だったというのである。

また、「日帝排撃ノ灼熱シタ思惟ヲ抱キ」と、その抗日的思想について、やや激した表現で触れてもいる。そのような人物が『緑地帯』のメンバーだったと、事実を超えて尹東柱を自分の土俵に引きこんでもいる。

だが、氏の記憶のなかの生身の尹東柱となると、憎むべき「日帝」の犠牲者ではあっても、「日帝」と闘った抵抗者、闘争者のイメージが希薄なのである。

そう考えると、むしろ上本氏は真実を語っているのではないかとの思いに傾きもしたが、所詮はどこまで行っても推論で、はっきりと結論の出ることではなかった。

もし証拠となるような資料が見つかったならば、送ってほしいと言い残して、私は上本氏の家を去った。土産がわりに、伊吹郷氏の訳による『空と風と星と詩　尹東柱全詩集』を1冊、氏のもとに置いてきた。

3．挫折した追跡、上本詩人とのその後

ひと月あまりがたったころだったか、私のもとに上本氏から手紙が届いた。そこには、尹東柱《ユン・ドンジュ》の生涯と自分の事跡を並べて記した自作の年表と、上本氏の病床を見舞った尹東柱が誉めたという『日本詩集』（正確には、『現代日本年刊詩集』）所載の菊島常二の詩のコピーが同封されていた。

上本氏なりに、自己の証言の真実性を裏づけようと努力した結果であるに違いなかった。しかし、依然として決定的な証拠能力には欠けていた。私は番組での上本氏の扱いに悩み続けた。

その後、ソウルでも上本氏に会う機会があった。1994年の秋であったと記憶する。釜山中学校の同窓会がソウルで開かれ、かつての同窓生たちが集まったのだった。

食事会の後の二次会ふうにホテルのカフェでくつろぎ、談笑しているところに、お邪魔した。

1935年秋の修学旅行中に、上本氏が平壌《ピョンヤン》駅で尹東柱と会ったとするなら、同窓生たちの目に触れていた可能性がある。日本から参加した同窓生たちもさることながら、日本人に混じって同席している韓国人同窓生たちに、ぜひとも事実関係を確認してみたかった。

日本人同窓生からすれば、上本氏が詩を愛する文学少年だったことは記憶にあっても、尹東柱という韓国の大詩人に対しては知識がない。

だが、韓国人ならば尹東柱を知らない人はいない。中学時代の日本人同窓生が、祖国解放後に国民的詩人となった尹東柱と親交をもっていたなら、その「事実」の重みは、彼らならば理解してくれるに違いないと思った。

案の定、日本人同窓生たちは、修学旅行中の平壌駅での一学友の動向に、記憶も関心もなかった。期待していた韓国人同窓生たちも、「そうなんだってなあ」と、皆一様に後から聞かされた話として語るばかりで、「そのときは、全く気づかなかった」と、傍証となりえる証言は何も聞き出せなかった。ここでも、上本証言の真偽を確かめるすべはなかった。

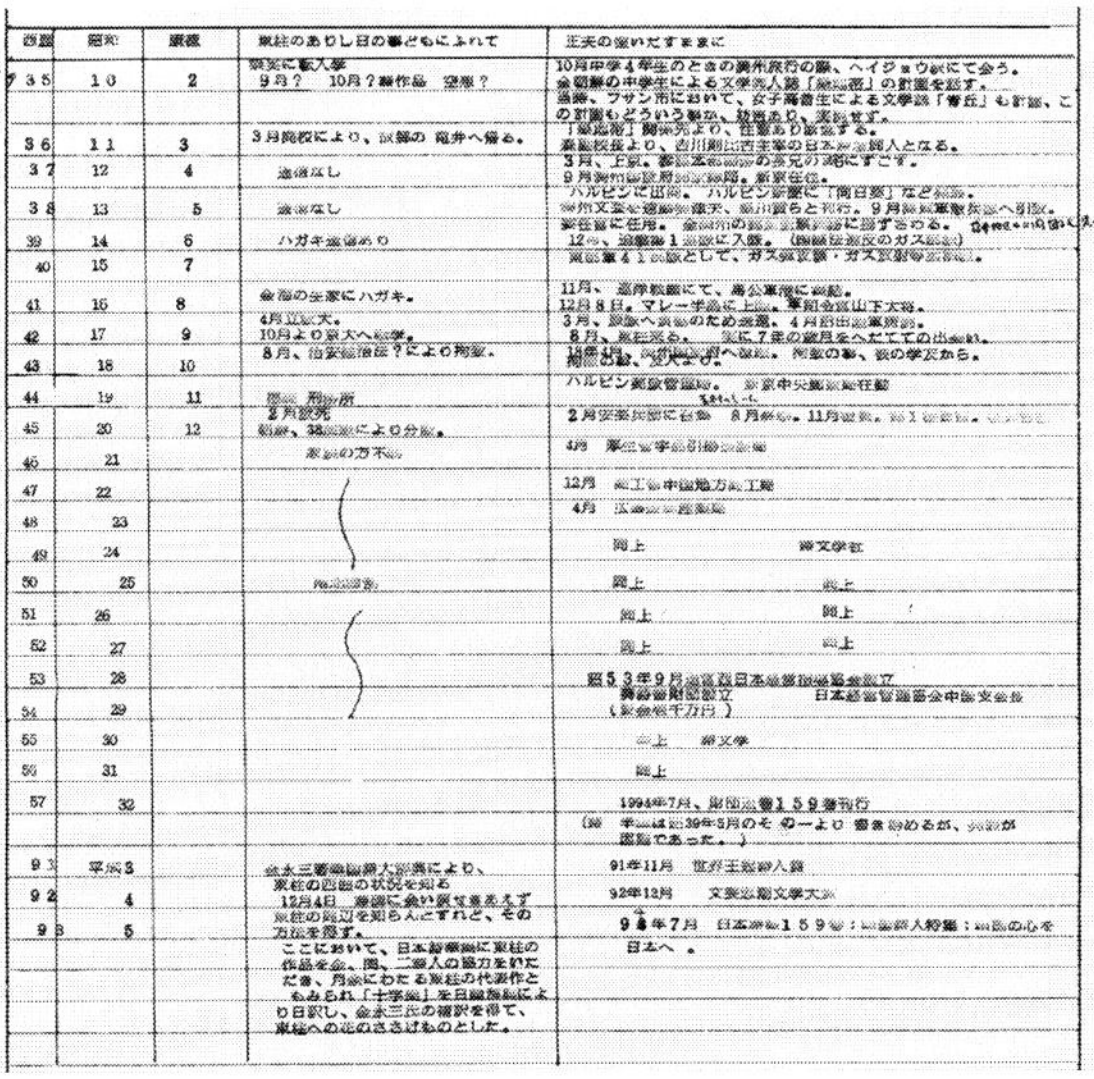

[illegible]	[illegible]	[illegible]	東柱のありし日の事どもにふれて	[illegible]のままに
35	10	2	[illegible]入学 9月? 10月?[illegible]作品 [illegible]?	10月中学4年生のときの[illegible]旅行の[illegible]、ヘイジョウ[illegible]にて会う。 [illegible]の中学生による文学[illegible]人誌「[illegible]」の計画を話す。 [illegible]、フサン市において、女子高等生による文学誌「[illegible]」も計[illegible]、この計画もどういう[illegible]か、[illegible]。
36	11	3	3月[illegible]により、[illegible]へ帰る。	「[illegible]」[illegible]より、[illegible]する。 [illegible]より、[illegible]の日本[illegible]同人となる。
37	12	4	[illegible]なし	3月、上京。[illegible]にすごす。 9月[illegible]。[illegible]。
38	13	5	[illegible]なし	ハルビンに[illegible]。ハルビン[illegible]に「[illegible]」など[illegible]。 [illegible]と[illegible]。9月[illegible]へ[illegible]。
39	14	6	ハガキ[illegible]	[illegible]に任用。[illegible]。 12[illegible]、[illegible]1[illegible]に入[illegible]。（[illegible]のガス[illegible]）
40	15	7		[illegible]41[illegible]として、ガス[illegible]・ガス[illegible]。
41	16	8	[illegible]の[illegible]にハガキ。	11月、[illegible]にて、[illegible]に[illegible]。 12月8日。マレー半島に上[illegible]。[illegible]山下大将。
42	17	9	4月[illegible]大。 10月より[illegible]大へ[illegible]。	3月、[illegible]へ[illegible]のため[illegible]。4月[illegible]。 8月、[illegible]。[illegible]7[illegible]をへだてての[illegible]。
43	18	10	8月、[illegible]?により[illegible]。	[illegible]へ[illegible]。[illegible]の[illegible]、[illegible]から。
44	19	11	[illegible]所	ハルビン[illegible]。[illegible]
45	20	12	2月[illegible] [illegible]、[illegible]により分[illegible]。	2月[illegible]に[illegible] 8月[illegible]。11月[illegible]。[illegible]
46	21		[illegible]の方[illegible]	4月 [illegible]
47	22			12月 [illegible]工[illegible]中[illegible]地方[illegible]工[illegible]
48	23			4月 [illegible]
49	24			同上 [illegible]文学[illegible]
50	25		[illegible]	同上 同上
51	26			同上 同上
52	27			同上 同上
53	28			昭53年9月[illegible]日本[illegible]設立 [illegible]設立 日本[illegible]会中[illegible] （[illegible]千万円）
54	29			
55	30			同上 [illegible]文学
56	31			同上
57	32			1994年7月、[illegible]159[illegible]刊行 （[illegible]39年5月の[illegible]より[illegible]、[illegible]が[illegible]であった。）
91	平成3		[illegible]により、 東柱の[illegible]の状況を知る 12月4日 [illegible]に会い[illegible] 東柱の[illegible]を知らんとすれど、その方[illegible]。 ここにおいて、日本[illegible]に東柱の作品を[illegible]、[illegible]、二[illegible]人の協力をいただき、[illegible]にわたる東柱の代表作ともみられ「[illegible]」を日[illegible]により日訳し、[illegible]の[illegible]を得て、東柱への[illegible]のとした。	91年11月 世界[illegible]人[illegible]
92	4			92年12月 文[illegible]文学大[illegible]
93	5			93年7月 日本[illegible]159[illegible]：[illegible]人[illegible]：[illegible]の心を日本へ。

上本氏の自作の年表

当然のことながら、上本詩人が語る尹東柱との記憶について、私は尹東柱の遺族側にも伝えた。尹東柱の妹である尹恵媛《ユン・ヘウォン》さんは当時オーストラリアのシドニー在住であられたが、韓国訪問の際に何度かお目にかかり、番組でのカメラによる取材インタビューもさせていただいた。

そのおりに、上本氏についても尋ねたのだったが、女史の記憶によれば、兄・尹東柱と親交のある日本詩人がいたということなど、耳にしたことがないとのことだった。そのような人から便りがきたということも、目にしたことも聞いたこともないと語られた。ここでも、確認のすべは断たれた。

だがやがて、証言の信憑《しんぴょう》性を確認する以前に、別の次元から上本氏の取材を放棄せざるをえない状況が訪れた。取材を重ね、番組の構成を組み立てる過程で、とてもではないが番組の放送時間内に入らないことが見えてしまったのである。

時代の流れのなかに尹東柱の生涯と詩世界をとらえたいとする番組の趣旨からすると、氏の語る尹東柱とのエピソードは、どうしてもトリヴィアル（些細）なことになってしまう。

しかも、詳しくは後述するが、取材過程で、尹東柱が通った京都の同志社大学の同級生を発見することができ、しかも一緒に撮影した新たな写真まで出てきたので、もはや上本氏に時間をさく余裕など、なくなってしまったのである。

番組は１９９５年３月に放送された。放送日を知らせる葉書を上本氏にも出した憶えがある。

結局、上本氏には事前取材で２度お目にかかっただけで、カメラを通してインタビューすることもなかった。番組としての判断はそれで間違いなかったと思うが、尹東柱研究の次元でいえば、私はなおも上本氏に執着してしかるべきであった。

だが、私にはそれだけの時間的、精神的な余裕がなくなっていた。担当しなければならない番組は次々とおしよせてくる。１９９９年からは英国勤務となった。２００２年にはＮＨＫを辞めて英国に留まり、文筆の道に進んだ。

上本氏のことはおろか、私はかつて家族のように親しくさせていただいた韓国の知人とさえ、８年もの間、音信不通状態になってしまったのだった。

英国に暮らしていた私が久しぶりに韓国の土を踏んだのは、２００６年のことだった。

それ以降、英国から日本に里帰りするごとに、韓国に立ち寄るようになった。尹恵媛女史と夫君の呉瑩範《オ・ヒョンボム》氏、その御息女の呉仁景《オ・インギョン》さん、詩人の甥の尹仁石《ユン・インソク》氏など、番組取材でお世話になった尹東柱のご遺族たちとも再会を果たすことになった。

そうしたなか、上本詩人のことがふたたび気になり始めた。明らかに、やり残した仕事だった。

英国滞在10年を区切りとして、私は２００９年の9月初めに日本に戻った。そしてその月の下旬には、広島の上本氏のもとへ向かった。今回は、「詩人尹東柱を記念する立教の会」の代表、楊原《やなぎはら》泰子さんも同行することになった。

上本氏の家を訪ねるのは15年ぶりだった。

だが、満90歳になる上本氏は、あろうことか、認知症を患っていた。恰幅のよい、押し出しのよかった体軀は痩せさらばえ、鋭かった眼光は炯々《けいけい》とした輝きを失い、別人のようであった。〈お母さんは亡くなりました〉と、息子さんの手になると思しき張り紙が部屋のあちこちに貼られ、夫人の逝去すら記憶が定かでなくなり、その所在を求めて徘徊してしまうらしい状況を窺わせた。尹東柱について尋ねると、その名前にわずかな反応はあったものの、記憶は支離滅裂で、証言として聞くに堪える内容ではなかった。

「みんな、忘れちゃった……」

弱々しくつぶやく氏の姿が痛々しかった。

介護にあたるヘルパーさんから、肉体的、精神的な負担になるからといわれ、30分ほどでその場を去らざるをえなかった。私はせめて数年早く再訪しなかったことを後悔したが、後の祭りだった。

4．詩書からたどる上本氏の足跡

上本氏本人の口からは、何も望めなかった。それでも、広島まで足を運んだ以上、現地でしかできないことがあった。上本氏が発行してきた詩書のなかのどこかに、さらなる尹東柱《ユン・ドンジュ》関連の記述がないかどうか、つきとめることであった。

地方詩人が自費出版で出す本なので、東京の国会図書館でも、閲覧できるものはごくわずかなのである。地元の図書館ならば、上本氏が寄贈した書籍が多数残されているに違いなかった。

はたして、上本氏の家からほど近い海田町立図書館を始め、地域の公民館の図書室には、氏の主宰する葵詩書財団から発行された詩書の類いが数多く所蔵されていた。

いずれの詩書も、戦後広島に落ち着いた上本氏が私財を投じて編集発行してきたものだが、中心となるのは『日本詩集』と『日本詩華集』という定期的に刊行されてきた詩集で、同人および招待詩人の詩を集めており、「半韓」もほとんどがここに載せられている。

私は同行した楊原さんの手も借りて、片っ端から上本氏の編著に目を通していった。

単独の詩のコピーしか所持していなかった「半韓　其の七十三」の詩が載る『日本詩集』1993年7月号も、初めて全体像を確認した。

さらに、『日本詩華集』1993年12月号に、「序詩」その他、尹東柱の詩4篇が翻訳掲載されていることを知った。

「序詩」は、金永三《キム・ヨンサム》という韓国詩人が日本語に訳していた。訳詩の終わりに、「半韓七十三にあたえる詩とみえて　一九九三、三、二〇　金永三訳」と付記が添えられている。「あたえる」の意味が日本語として判然としないが、「あたう＝適合する」といった意を表そうとしたのであろうか。いずれにしても、「半韓　其の七十三」に登場した尹東柱が書いた詩であることを述べている。

「序詩」に続いて、「十字架」「懺悔録」「自画像」の計4篇の詩が掲載されていた。「十字架」は金永三氏の補助を受けつつ上本氏自身が翻訳し、後半2つの詩は閔勇桓《ミン・ヨンファン》なる韓国詩人が日本語に訳していた。

さらに、同じ『日本詩華集』には、「半韓　その二五〇」として韓国を旅して詠《よ》まれた俳句22句が載せられていたが、そのなかに、尹東柱との思い出にかかわる2つの句を見つけた。

これらの句は、1994年の調査では全く目にとまることのなかった新資料だった。2句ともに、その句の詠まれた状況を説明した後に、句を載せている。

—遠き少年の日の友「尹東柱」の遺作に哭《な》く—
獄死せし友の遺作に会う日かな

—延世大学の詩碑に会う—
口噛みて黙せしは嗚呼《ああ》日帝恨

（＊注　句中のルビは筆者の判断で付した）

「半韓　その二五〇」に載る前後の俳句を見ると、この2句が詠まれたのが1992年の12月であったことがわかる。

上本氏のこのときの訪韓は、韓国の月刊文芸誌『文藝《ムンイエ》思潮《サジョ》』が授ける文学大賞を受けるためであっ

『文藝思潮』文学大賞授賞式での上本正夫氏（左端）

延世大学にたつ尹東柱詩碑

た。上本氏は授賞式参加に合わせて、初めてソウルの延世《ヨンセ》大学構内にたつ尹東柱詩碑を訪ね、その作品にも触れたのだった。延世大学はかつての延禧《ヨンヒ》専門学校であり、尹東柱の母校である。

おそらくは、親交のある韓国詩人の案内を得てのことであったろう。というのも、『日本詩集』1998年6月号に、「大韓民国文藝思潮文学大賞受賞のため渡韓した三ヶ日を京畿道を敬す（＊注　原文ママ）」という付記のついた「半韓」（何故かナンバーはなし）が収録され、ソウルの王宮を始めとする旅先で詠んだ俳句39句が載せられたうちに、「獄死せし友の遺作に会う日かな」の句が再録されており、かつその前後には、「金永三」「閔勇桓」「金昌稷《キム・チャンジク》」といった韓国詩人の姿を名前こみで詠んだ俳句が登場しているからである。一例をあげれば、「英陵を詣し金永三哭きていたり」といった具合である。

私は、上本氏が1994年に送ってくれた自作年表に、この尹東柱詩碑訪問のことが簡単に触れられていたことを思い出した。あらためて確認すると、1992年の尹東柱関連の欄に、「12月4日　詩碑に会い涙せきあえず」とあった。

かつての詩友であり、時代の暗黒に呑みこまれるように若くして獄死した尹東柱の詩碑を訪ねたときの思いが、俳句では「嗚呼日帝恨」

と固い漢字表現で詠まれているが、自作年表では「涙せきあえず」と普通の表現で述べられている。半世紀もの歳月を経て、上本氏は若き日の友の詩碑の前に立った。友の死を悼む気持ちに無念や慙《ざん》愧《き》がからんで、慟哭《どうこく》するしかなったさまが目に浮かぶ。

自作年表の1993年の欄には、「東柱の周辺を知らんとすれど、その方法を得ず。ここにおいて、日本詩華集に東柱の作品を、金、閔、二詩人の協力をいただき、月余にわたる東柱の代表作ともみられる「十字架」を日韓辞典により日訳し、金永三氏の補訳を得て、東柱への花のささげものにした」とあった。

訳詩が載った『日本詩華集』1993年12月号を手にしてみて、私は初めて自作年表に記された上本氏の真意を理解することができたように思った。

前年に詩碑を訪ねた上本氏は、なおも尹東柱について、また韓国に残された尹東柱の詩業について知りたいと願い、しかし言葉の壁もあって思うように果たせず、結局、親交のある金永三氏や閔勇桓氏などの協力を得て尹東柱の代表的作品を教わり、日本語に翻訳もしてもらったのである。

また、ひとつくらいは自身による翻訳でと、慣れぬハングルに苦労しながら、辞書を引き引き、金永三氏の手も借りて、「十字架」を翻訳するにいたったのである。それらの結果を、自身の発行する詩書において発表し、亡き友への手向《たむ》けの花としたのであった。

上本氏は1994年のインタビュー取材において、沼田の陸軍病院で別れた後、尹東柱とは会うこともなかったが、1943年夏の逮捕や、1945年2月の死去については、その事実だけは知人を通して聞かされていたと語っていた。しかし、解放後の韓国において尹東柱が詩人として「復活」し、国民的詩人として親しまれていることは、長い間、知らなかったとも述べていた。

上本氏の記憶に眠っていた尹東柱は、あくまでも植民地朝鮮での学生時代の詩友であり、志半ばに若くして命を奪われた痛ましき「日帝」の犠牲者だったのである。少なくとも、「半韓　其の七十三」で尹東柱との思い出を書いたとき――1983年2月1日までは、そうに違いなかったのだ。

では、長いブランクを経て、尹東柱が韓国の国民的詩人であると上本氏に認知されるきっかけは何だったのか――。

ヒントは、上本氏自身が「半韓　其の七十三」の付記で触れていた。

1991年4月27日、上本氏は金永三氏から贈られた氏の著書『韓国詩大辞典』を見ていて、そのなかに尹東柱詩集の記述を目にしたのである。私宛に送られてきた自作年表でも、1991年の欄に「金永三著韓国詩大辞典により、東柱の四囲の状況を知る」とあって、呼応している。

上本氏本人からさらなる直接の情報を得ることが望めぬ以上、尹東柱との「再会」を果たすことになった経緯など、「四囲の状況」を確かめるすべは、韓国にあるように思われた。

韓国詩人たちとの交わりや、上本氏に賞まで授けた韓国の文芸誌とのかかわりについて調べるべく、私はソウルに飛んだ。

5. 韓国資料のなかの「상본정부（サンボンジョンブ＝上本正夫）」

上本正夫氏は、1990年代に入って、2度、韓国の文学賞を授けられている。1991年の11月に世界王冠詩人賞を受賞。そして１９９２年12月には、月刊文芸誌『文藝思潮《ムンイエサジョ》』が与える文藝思潮文学大賞を受賞している。

どちらの受賞のときにも、日本の新聞にも人物紹介的な記事が出た。また世界王冠詩人賞受賞については、１９９２年にＮＨＫ広島放送局が管内の著名人文化人に経歴を提出してもらった調査票でも確認できる。

上本氏から送られてきた自作年表にも、これらの韓国から授与された２つの賞のことは書かれている。「半韓」詩人の努力と栄誉が結晶した慶事だったに違いない。

広島の海田町で地元の詩人たちとだけ交わり、地道な詩書の発行を続けているだけだったならば、韓国での文学賞受賞になどおよぶはずもない。賞を受けるからには、韓国詩壇との関係がなければならない。尹東柱《ユン・ドンジュ》との縁がそこにどう照射されているのか、上本氏の尹東柱との関係を韓国側の記録から確認するため、ソウルの国立中央図書館に足を運んだ。

金永三《キム・ヨンサム》氏の『韓国詩大事典』はすぐに見つかった。上本氏は『韓国詩大辞典』と記していたが、「大辞典」ではなく「大事典」が正しい書名であった。

１９８８年に乙支《ウルチ》出版社から出たぶ厚い本だが、１２５３人におよぶ詩人たちの経歴と主な作品を網羅している。一見してわかるのは漢字が多いことだ。詩人たちの名が並ぶ目次を見ても、並び順は韓国語のアイウエオにあたるカナタラ（가나다라）順だが、表記としてはほぼ全員が漢字の名を載せられている。

これならば、ハングルのわからない日本人でも、目次を見ただけで、容易に尹東柱にたどりつける。

この本を送られた上本氏は、おそらくそのような過程を経て、かつての詩友の名をそこに見つけたのだろう。

尹東柱の詩としては、『空と風と星と詩』所載の詩を中心に、散文詩や童詩もふくめ、合わせて42篇の詩が収録されている。上本氏が『日本詩華集』１９９３年12月号に載せた4篇の詩（「序詩」「十字架」「懺悔録」「自画像」）も、ここにふくまれる。

続いて、上本正夫という名前がどのくらい韓国の詩書や文芸誌に登場するのか、確認してみることにした。韓国文壇との関係が、そこから浮かびあがってくるはずだからだ。

だが、「上本正夫（うえもとまさお）」という名前をそのままハングル表記したのでは、検索にあがってこない。姓の部分を、「우에모도」「우에모토」「우에모또」と、幾通りにも打ち替えて入力したがヒットしない。

ひょっとしてと思い、漢字表記を韓国語で読んだ音「サンボンジョンブ」のまま、「상본정부」と入力したところ、たちどころに15もの掲載例があがってきた。

『文藝思潮』『世紀文学《セギムンハク》』『詩世界《シセゲ》』『앞선（アプソン＝前に立つ）文学《ムンハク》』『地球文学《チグムンハク》』などの文芸誌、詩誌のあちらこちらに、上本氏の詩作品が散見された。

そのほとんどが「半韓」シリーズだが、翻訳掲載に何か順序があるようには見えなかった。もっとも、これは上本氏が編者である『日本詩集』や『日本詩華集』においても、そもそもがそうした順序だたない掲載だったので、不思議なことではない。

自作年表によれば、上本氏の「半韓」は１９６４年に書き始めたとされる。

1999年に出された『日本詩集』に「半韓　其の四〇〇」が載り、文中に「半韓」の結文にすると明記されているので、氏の手元にあったはずのオリジナル詩稿集には、第1回から最終回まで400篇の詩がつづられたのであろう。だが自身が編《あ》む詩書に限られた回を発表した以外、その全貌を知る者は誰もいないのである。

私が直接確認できた限りでは、韓国の詩誌に初めて上本氏の詩が紹介されたのは『文藝思潮』1992年6月号で、「半韓」19が載った。韓国語訳は金永三氏が担当している。

もっとも、金永三氏が書いた「〝半韓〟の精神に再現した金鴉——日本の良心に火をつけた導火線の〝半韓〟詩人　上本正夫論」という評論——『韓国詩文学《ハングクシムンハク》』第6輯1992年2月号所載。日本語訳が『日本詩華集』1992年12月号に掲載された——によれば、『自由文学《チャユムンハク》』（1991年12月31日発刊）に「半韓　その18」が翻訳紹介されているとのことなので、こちらが初めての紹介になるかもしれない。

いずれにしても、上本作品がもっとも数多く掲載された詩誌はやはり『文藝思潮』で、1992年から2002年まで、管見によれば都合8回にわたって上本氏のために誌面を提供している。

金永三氏を始め、閔勇桓《ミン・ヨンファン》氏、趙鳳済《チョ・ボンジェ》氏、金昌稷《キム・チャンジク》氏らの詩人が翻訳にあたった。いずれの韓国詩人も、上本氏の『日本詩集』『日本詩華集』には、招待詩人としてたびたび名前が載った人たちである。

上本氏はこれら韓国詩人の作品を自身が主宰する詩書財団から出す詩書で紹介し、韓国詩人たちは自分らの関わる韓国の詩誌に上本作品を紹介したのである。両者の間の太い絆が見てとれよう。

上本氏の詩が韓国詩誌に紹介された時期は約10年間におよぶが、とりわけ1996年から1998年までに集中している。韓国詩人たちとの交流がこのころにピークを迎えたということだろう。時代潮流として見れば、韓国の国際化とも関係があるに違いない。そして2002年をもってそうした絆が消えてしまうのは、おそらく高齢化（ないしは死去）によって、関係の維持が難しくなったためだと思われる。上本氏と交流のあった韓国詩人は皆、日本語を学んだ（学ばされた）世代に属する人たちであり、交流は日本語によってのみ成立していた。

『日本詩華集』1993年12月号に発表された、尹東柱詩碑訪問をふくむ俳句2句が載る「半韓その二五〇」も、『文藝思潮』1994年4月号に翻訳掲載されていた。訳者は閔勇桓氏である。日本で発表されてから韓国で翻訳が掲載されるまで4カ月――。双方の密なる関係があればこそ、これだけ短期間のうちに事が運んだに違いない。

さらに驚いたことに、『日本詩集』1993年7月号で「日本の潰えし年に獄死せる我が友・尹東柱」と付されて発表された例の「半韓　其の七十三」までもが、『詩世界』という季刊誌の1996年春号に翻訳掲載されていた。

このときの翻訳は、趙鳳済氏が担当している。尹東柱にかかわりのある日本詩人がいたことを、韓国の詩壇は無視してきたわけではないことになる。

国立中央図書館では、上本氏に関するユニークな資料も見つけた。『World Poetry』と題された詩誌の1993年号であるが、「世界詩文学第11集」の副題がつくこの本に、上本氏の「半韓」19が載っていた。これが韓国語ではなく、日本語でもなく、なんと中国語に翻訳され紹介されているのである。

実はこの『World Poetry』は、上本氏と親交の厚かった金永三詩人によって、1983年から毎年刊行された詩誌であった。自らが興した世界詩研究所の所長として、金永三氏は世界の詩人の作品を誌上で紹介し、また世界金冠詩人賞を授与して奨励、支援に努めたのであった。伽耶《カヤ》国の王族の血を引くという金氏は伽耶の金冠を模して冠を作り、栄誉の印として授与したのである。アメリカ、ソ連、スペイン、ユーゴスラヴィアらの詩人に続き、1991年には上本氏に賞が与えられたのであった。

上本氏に授けられた世界金冠詩人賞の受賞対象とされた作品は、「半韓」シリーズの1から200までの連作詩であった。また、1992年の文藝思潮文学大賞の受賞に際しても、「半韓」シリーズの1から300までの詩が評価対象となったとされた。

ただ私の目には、詩そのものの文学性というより、韓国人の側に立って日本近代史の暗黒部を告発し続ける姿勢や生き方そのものを「詩」と解釈し、評価したように映る。

金永三氏にしても、『文藝思潮』誌にしても、一部を除いて世の中に公表されてもいない「半韓」の全詩に、上本氏が蔵していたオリジナル詩稿集から目を通したとは、とても思えない。

先にあげた金永三氏の評論「〝半韓〟の精神に再現した金鴉――日本の良心に火をつけた導火線の〝半韓〟詩人　上本正夫論」においても、また趙鳳済氏が『詩世界』1995年夏号に寄せた「上本正夫という詩人」という評論風エッセイでも、「日本の良心」「時代の良心」などとして、「良心」という言葉が何度となく使われている。

そのような評価と信頼が、上本氏をかこむ韓国詩人たちの心情的核となっていたことは疑いようもない。

ただ惜しむらくは、せっかく若き日の尹東柱との縁について述べた詩が翻訳発表されながら、韓国で注目を集めなかったことだ。メディアや社会が着目しなかっただけではない。上本氏と親交があり、韓国の詩誌に影響力をもっていた韓国詩人たちもまた、この点に関しては淡白だったのである。例えば、上本氏に尹東柱との縁を尋ねるインタビュー記事のようなものを、どうしてとりあげてくれなかったのか――。

同時代を生きてきた韓国詩人であれば、根ほり葉ほり、尹東柱との親交の詳細を、尋ねることはできたはずなのである。そこから、私などが気づかなかった事実の発見も、ありえたかもしれない。

１９９０年代に続いた上本氏と韓国詩人たちとの濃密な絆を思うとき、この点だけは残念でしかたない。

6.「半韓」詩人と尹東柱

上本氏の編著になる『日本詩集』や『日本詩華集』などの詩書、その作品を翻訳紹介した『文藝《ムンイエ》思潮《サジョ》』などの韓国の詩誌、それに氏から送られた自作年表などから、尹東柱《ユン・ドンジュ》との関係を整理すると、以下のようになる。

１９３５年10月、満州を訪ねる修学旅行の途次、平壌駅で尹東柱と会見。計画中の詩誌『緑地帯』

に誘ったが、尹東柱はハングルで書きたいとして固辞。

1939年、新京にいた上本氏のもとに尹東柱から便り。「満州国」官吏に就職したことを難じた。併せて詩をよこす。

1941年末から1942年初、尹東柱は立教大学に進学する旨、上本氏に便りをよこす。

1942年8月、沼田の陸軍病院に入院中の上本氏を、尹東柱が見舞う。京都に移ることなどを話す。

1943年、高槻の知人を通して、尹東柱逮捕を知る。

1945年、尹東柱の獄死を知る。

1964年、「半韓」を書き始める（この時点では未発表）。

1976年、「半韓」第1回を詩誌『橡《とち》』に発表。

1978年、葵詩書財団設立。

1979年、『日本詩集』の刊行開始。

1983年2月1日、「半韓」73として尹東柱の思い出を書く（この時点では未発表）。

1991年4月27日、金永三著『韓国詩大事典』がきっかけとなって、韓国で尹東柱が詩人として評価されていることを知る。

1991年11月、清州《チョンジュ》で金永三《キム・ヨンサム》氏より世界王冠詩人賞の授与。

1991年12月31日発刊の『自由文学《チャユムンハク》』に、「半韓」18が翻訳掲載される。

1992年、『文藝思潮』6月号に「半韓」19が翻訳掲載される。以後、『文藝思潮』を中心に、韓国の詩誌にて上本作品がたびたび紹介される。

1992年12月、ソウルで文藝思潮文学大賞を受賞。このときの韓国滞在中、延世《ヨンセ》大学の尹東柱詩碑を訪問（12月4日）。

1993年、『日本詩集』7月号に、「半韓」73（「日本の潰えし年に獄死せる我が友・尹東柱」）を発表。

1993年、『日本詩華集』12月号に「序詩」その他、尹東柱の詩4篇を翻訳掲載。同じ号にて、「半韓」250として、前年の文藝思潮文学大賞受賞時の韓国の旅で詠《よ》んだ俳句を発表。尹東柱詩碑訪問など、尹東柱関連の2句が載る。

1994年初夏、NHK（多胡）の取材を受ける。取材後、自筆年表を作成。

1998年、『日本詩集』6月号にて、1993年『日本詩華集』7月号に発表した「獄死せし友の遺作に会う日かな」の句を再掲載。

1999年、『日本詩集』に「半韓」400を発表、連作詩の掉尾《ちょうび》とした。

2002年、『文藝思潮』7月号に、金昌稷《キム・チャンジク》詩人に宛てた上本氏の便りが掲載される（管見によれば、これが韓国誌に載った上本氏の文章の最後）。


「半韓」詩人となって以降の上本氏の動向、尹東柱に関しての発言などは、基本的に把握できたように思う。だが、そもそもの尹東柱との記憶、生前の尹東柱とのかかわりについては、依然として裏がとれていない。物的証拠のないままだ。

「半韓　其の七十三」の実証性を確かめるべく、本人にも会い、その詩書にも足跡を探り、韓国詩人との交流まで追ってきたものの、堂々巡りのように、振り出しに戻ることになってしまう。

もっとも、後年の韓国詩人たちとの親交の厚みを考えると、上本氏の証言が虚偽であるとは思いにくい。「日本の良心」の代表格として信頼され、1度ならず賞まで授かったことを思えば、稀代《きたい》のペテン師でもない限り、韓国詩人たちを巻きこんでの上本氏の言動はなりたたぬであろう。

ただ、調査を進めてゆく過程で、上本証言の真贋《しんがん》を見極めることとは別に、もうひとつ、大事なポイントがあることに思いいたった。

それは、上本氏が真実を語っているとして、その「事実」は、そのままでは知られざるエピソードを越えるものではない、ということである。肝心な点は、尹東柱の人となり、そして何よりもその詩世界にどのような影響を及ぼしたのか、ということなのだ。

言い換えれば、上本証言を、尹東柱の側から読み解くということである。上本正夫ではなく、主体はあくまでも尹東柱でなければならない。

7．上本証言から浮かびあがる、尹東柱の「愛」

人となり、という次元でなら、1942年8月の沼田の陸軍病院訪問は、ひとつの回答になるだろう。

初めてこの話を聞いたときには、7年前にわずか1度しか会ったことのない人間を見舞いに、わざわざ遠く離れた沼田まで足を運ぶことなどありえるだろうかという、狐につままれたような思いがぬぐいがたかった。

詩友といっても中学時代の話で、結局は上本氏の提唱した詩誌の同人になることを拒んだわけだし、しかもそもそもが植民地統治下の現実にあっては、言語のみならず、心理的にも両者の間に何がしかの埋めがたいものがあったと見るのが妥当であろう。心理面においては特に、上本氏よりも尹東柱《ユン・ドンジュ》の胸中に屈折した思いが澱《おり》をなしていたはずである。

だが、初めて耳にしてから20年の月日がたち、今では私も、このようなことがあってもおかしくはないと思えるようになった。

まず、沼田という場所の遠隔性であるが、東京を起点に考えると、いかにも縁もゆかりもないはるかな土地までわざわざ訪ねたように見えてしまう。だが、沼田を訪ねたのは、必ずしも東京からでなかった可能性もあるのだ。

１９４２年の夏休みに北間島《ブッカンド》龍井《ヨンジョン》に帰省中だった尹東柱は、日本に留学中の知人から電報を受けとり、にわかに故郷を発って日本に向かう。東北大学への転入手続きに関する電報だったといわれている。このときの日本行きのルートが、清津《チョンジン》から新潟に向かう船を利用したならば、沼田は新潟から東京へ向かう途次にあたるのである。

実は私もこのルートの可能性に気づいたのは、近年になってのことだ。尹東柱の起点を、延禧《ヨンヒ》専門学校に通っていたソウルとして考えてしまうと、そこからまずは釜山に向かい、連絡船に乗って下関に上陸、そこから鉄道で大阪や京都、東京を目指したとの固定観念にとらわれてしまう。

だが当時、朝鮮半島と日本を結ぶルートは釜関連絡船ばかりではなかった。龍井から東京を目指す場合、清津から船で新潟に向かうことも充分に考えられるのだ。尹東柱がこのルートで日本に向かい、新潟から東京への途次に沼田へ寄ったと考えると、上本証言にあった仙台行き云々の話は、タイミング的にいかにも機を得たものに感じられる。

では、尹東柱の真情についてはどうか。7年前、崇実《スンシル》中学時代の自分の詩を見たとしてラブコールを送ってきた釜山中学の学生――その後は会うこともなかった日本詩人を、尹東柱はどのような思いで訪ね、見舞うことになったのだろうか。

これには、その年の春から東京の立教大学で学んだ経験が、間違いなく影響していると思われる。尹東柱の立教大学時代については、先にもあげた楊原《やなぎはら》泰子氏が立教大学の出身であることもあって、丹念な調査を続けられた結果、いろいろなことがわかってきた。太平洋戦争の開戦から数カ月が過ぎ、英国国教会の流れをくむ聖公会系の立教大学にも、軍国主義の嵐が否応なく押し寄せてきた。

軍の派遣した教練教官が幅をきかせ、キリストと天照大御神《あまてらすおおみかみ》はどちらが偉大かなどという愚問を学生たちに発して、「異端審問」さながら、時局にそった「正解」を迫るようなファッショ的風潮がはびこっていた。

学校教育の根底にすえられたキリスト教精神は否定され、チャペルはその年のうちに閉鎖に追いこまれた。

宗教学教授であり、チャプレンでもあった高松孝治氏は、学識者、人格者として多くの学生たちの尊敬を集め、朝鮮からの留学生たちにも温かい手をさしのべた人物だったが、時代の趨勢《すうせい》によって立場を弱くし、やがては学校から追放されることになる。

日本の始めた戦争によって、ほかならぬ日本人が迫害されるさまを、東京で尹東柱は目《ま》のあたりにしたのだった。

正直なところ、尹東柱にとって上本氏は、たまさかに便りのやりとりがあったとはいえ、長い間、さして気にとめることのない存在だったのかもしれない。上本氏が「満州国」に就職した際には、非難めいた便りを送ってよこしたというのだから、「詩友」というより、わずかな縁を得た異邦の詩人という程度の認識だったのではなかろうか。

ところが、東京で心ある日本人が戦争と軍国主義のために疲弊し、苦しむ姿を見たことで、上本詩人に対する見方が変化してきたのだろう。

1935年の秋、平壌駅で会った上本氏は、熱い言葉で詩誌参加を説いたはずである。情熱とエネルギーに満ち、日本の国是とはおよそ相いれない理想を新しいスタイルの詩にぶつけようと意気盛んだった。ふたりの会話は日本語だったというから、言語的にも上本氏がイニシアティブをとるかたちとなったはずだ。もの静かな尹東柱からすれば、蒸気機関車のような強力《ごうりき》の存在に映ったのではなかったか。

その上本氏が、自己の意志に反する戦争に駆りだされ、毒ガスという非人道的な武器によって負傷し、あたら青春を空しくして病床に横たわっているのである。上本氏もまた、日本の始めた愚かな戦争の犠牲者に違いなかった……。

尹東柱は沼田を訪ねた。7年前に1度きり平壌駅で会っただけの「詩友」を見舞った。

「白衣ノ儘ノ私ニ彼ハ憐憫トモツカナイ微笑ヲ向ケテ私ヲ抱キシメテクレタ」――。

上本氏の記憶のなかの尹東柱は、いかにも尹東柱らしい。あまりにも尹東柱その人の姿である。

1942年夏、最後の帰省時の尹東柱

「憐憫ともつかない微笑」のなかに、尹東柱の胸にあふれていた真情が無言のうちに現れている。

私たちは、この時期の尹東柱の微笑の素晴らしさを知っている。

最後の帰省となった1942年の夏、親族たちと龍井で撮った写真――丸刈り頭の学生服姿で清々《すがすが》しい微笑をたたえた写真は、数ある尹東柱の写真のなかでも特に印象が深く、多くの人々に愛されているものだろう。

凛然とした意志を秘めた顔は目もと涼しく、清冽《せいれつ》な彼の詩と響き合うように、穏やかで澄みきった微笑みを湛《たた》えている。この写真が撮影されたのは8月4日とされるが、それから半月あまりの後に、尹東柱はまさにこの姿で、この微笑みとともに、沼田を訪ねたのだ。

前年、1941年の秋から冬にかけて、卒業記念詩集の出版を目指していた尹東柱が時局がら希望を果たせず、しかしその苦痛と試練のなかから逆説的におのれの詩世界を深め、成長させて、『空と風と星と詩』へと昇華させたことは、前章で述べた。そこに、詩人・尹東柱誕生の秘蹟があるとも説いた。

そして、翌1942年の春から夏、戦争を遂行中だった軍国日本の「帝都」東京での体験を通して、尹東柱はまたもやおのれの眼差しを深め、大きな愛の境地に思想を熟れさせたのである。

不幸をバネに大きな生命への唱和、頌歌へと飛翔させた『空と風と星と詩』と同じく、尹東柱は東京での終末的暗黒のなかから人間愛の光に達したのだった。沼田訪問は、そのようにしてはぐくまれた尹東柱の「愛」の発露にほかならない。

上本氏との縁を、尹東柱を主体に読み解こうという私の試みは、その人となりという側面においては、ひとつの構図を描き出した。終末期につむがれた黙示録の1節を見るかのような、永遠の光につつまれた人間愛の情景のなかに、尹東柱の明確な像が刻印されている。

では、もうひとつの側面、詩世界においてはどうだったのか。上本氏との間で相互に授受された詩人としての影響の有無はもとより、両者の交流を通して、尹東柱の詩の成長や変容、また逆に不変の特質はどのような軌跡を描くことになるのか——。

詩という次元において、上本証言を尹東柱を主体に読み替える試みが、最終的に求められるに違いないのだ。

恥ずかしながら、2009年に英国より戻って以降、日本でも韓国でも上本氏に関して調査を重ねながら、この点については、なかなかゴールが見えなかった。行きつく先の見通しが悪いと、私の疑問はおおもとの証言の真偽に立ち返ってしまい、思考が前に進まなくなった。

だが2015年になり、新たに気づいたことがあって、私なりに視界が開かれる思いを得たのである。1994年に初めて上本氏にお目にかかって以降、堂々巡りをくりかえすばかりで脱け出すことのできなかった迷宮の出口を、ようやくにして探りあてたように思った。

飛躍を生んだ「発見」とは何か。謎を解く鍵はどこにあるのか――。

詩人・尹東柱と上本正夫氏をめぐる核心部分は、次章にて明らかにしたい。


詩集『空と風と星と詩』のもともとのタイトルが『病院』であったことを、もう1度、思い起こしてほしい。完成された詩集には、「病院」の題をもつ散文詩も収められていた。

病院の裏庭、胸を病んだ女が横たわっていた場所に、訳知らぬ痛みをかかえた自分もまた、その身を横たえてみる――。他者の病をわが身にも引きとろうという尹東柱の愛と、詩人として時代に向き合う覚悟がうかがえる詩だ。

この詩が詠まれたのは太平洋戦争開戦の1年前になる1940年の12月――。詠まれたのは植民地朝鮮のソウル（京城）であり、沼田の病院を訪ねた1942年の8月とは、時代状況も尹東柱の立ち位置も異なる。しかしながら、詩人の精神の深いところでは、ひとつの流れにつながっているように思われる。

「病院」

杏《あんず》の木陰で顔を遮り、病院の裏庭に横たわって、若い女が白衣の裾から白い脚をのぞかせ日光浴をしている。半日すぎても　胸を病むというこの女を訪ね来る者、蝶一匹もいない。悲しみもない杏の梢には風さえない。

わたしもゆえ知らぬ痛みに久しく堪えて　初めてここへ訪ねてきた。だが老いた医者は若者の病いを知らない。わたしに病いはないと言う。この堪えがたい試練、この堪えがたい疲労、わたしは腹を立ててはならない。

女はつと起《た》って襟をただし　花壇から金盞花《きんせんか》を一輪手折って胸に挿し　病室へ消えた。わたしはその女の健康が――いやわが健康もまたすみやかに回復することを希いつつ　女の横たわっていた場所《ところ》に横たわってみる。

一九四〇・一二

（伊吹郷訳）

第3章「半韓」詩人がつづった「我が友」尹東柱（後編）

――モダニズムとの邂逅と乖離

――プロペラの音　とどろく
飛行機に載せ　成層圏へ送ろうか――

（尹東柱「薔薇《そうび》病んで」より）

1．尹東柱「空想」のミステリー

上本正夫氏が尹東柱《ユン・ドンジュ》を知り、文学的同志として共感を抱くにいたったのは、1935年10月、平壌《ピョンヤン》にあった崇実《スンシル》中学校のYMCA交友誌、『崇実活泉《スンシルファルチョン》』に載った尹東柱の詩「空想」を読んだからであった。

上本氏は「空想」のどこに惹かれ、創刊を期していた全朝鮮の中学生による同人詩誌『緑地帯』に、尹東柱を勧誘しようと思いたったのか――。

上本氏が計画した詩誌は、新しい時代の新しい詩、具体的には超現実主義とモダニズムを支柱とし、朝鮮から詩壇に烽火《のろし》をあげようとする野心的なものだった。

上本氏は日本語で読んだというが、ここは朝鮮語での詩と、原文になるべく忠実に翻訳した私の和訳を並べて紹介する。

「空想」

空想——
내 마음의 塔
나는 말없이 이 塔을 쌓고 있다.
名誉와 虚栄의 天空에다
무너질 줄 모르고
한 층 두 층 높이 쌓는다.

無限한 나의 空想——
그것은 내 마음의 바다、
나는두 팔을 펼쳐서
나의 바다에서

자유로이 헤엄친다.
黄金 知慾의 水平線을 向하여.

空想――
わが心の　塔
わたしは　だまって　この塔をつみあげている。
名誉と虚栄の　天空にだ。
くずれることを　しらず
ひと重　ふた重　と高くつみあげる。

無限なる　わたしの空想――
それは　わが心の海。
わたしは両の腕を　ひろげ
わが海で
自由に　およぐ。
黄金　知慾の　水平線に向かって。

この詩を初めて読んだとき、私は北間島《ブッカンド》に生まれ育った尹東柱が、「祖国」の学び舎、しかもキリスト教系で民族主義の盛んな崇実中学に学ぶことができるようになった、その喜びを謳った詩だと思いこんでいた。ちょうど、後にソウルの延禧《ヨンヒ》専門学校に入学してまもなく、「新しい道」という清々しい喜びにあふれた詩を詠んだようにである。

だが、どうもこの詩はそのような「単純」な詩ではないようなのである。

そのことに気づかされたのは、『崇実活泉』に載った詩のオリジナル版を見たことによる。もとの詩は、上記に引用し、各種の尹東柱詩集で紹介されている「空想」とは、2カ所で文言が異なる。

1カ所は1連目の4行目、「天空에다」（天空に）の部分が、もとは「天空어다」となっている。尹東柱は新聞や雑誌に発表された自作の詩を切抜きにし、スクラップ帖にまとめていたが、そこにふくまれる『崇実活泉』掲載の「空想」の切抜きでは、「어」に手書きで縦棒を足して「에」に訂正している。（「天空어다」ではハングルとして意味をなさないので、おそらくこれは印刷にあたってのミスなのであろう。）

もう1カ所は、はるかに重要である。『崇実活泉』の掲載詩では、最終行が「金銭　知識의　水平線을向하여（金銭　知識の　水平線に向かって）」となっており、尹東柱のスクラップ帖では、「金銭　知識」の上に否定の二重線が引かれ、右横に「黄金　知慾」と訂正が書きこまれている。

オリジナルの詩に出会う前、私は「黄金　知慾」における「黄金」とは、「黄金時代」とか「黄金分割」のような、価値の高いものを比喩的に表現した意味であると思っていた。素晴らしい知の修養に向けまっすぐに進もうという、素直な決意であると思いこんでいたのである。

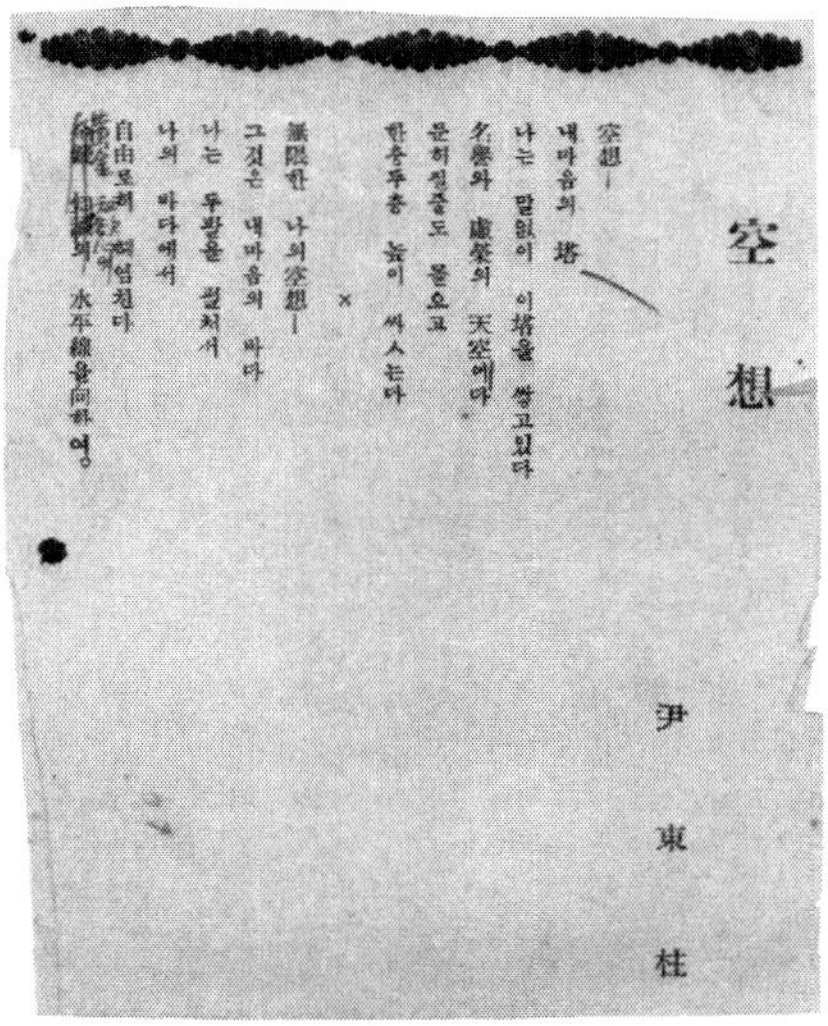
空想

尹東柱

空想—
내마음의 塔
나는 말없이 이塔을 쌓고있다
名譽와 虛榮의 天空에다
무너질줄도 모르고
한층두층 높이 쌓는다
×
無限한 나의空想—
그것은 내마음의 바다
나는 두팔을 펼쳐서
나의 바다에서
自由로이 헤엄친다
金錢 知識의 水平線을向하여.

尹東柱がスクラップした『崇実活泉』掲載の「空想」

「金銭　知識」というオリジナルのかたちに触れてなお、しばらくは、それが印刷の手違いによって生じたものであろうと決めこんでしまった。

尹東柱は1935年の9月に北間島龍井《ヨンジョン》の恩真《ウンジン》中学校から平壌の崇実中学に編入学したが、10月に刊行された『崇実活泉』第15号に「空想」が載る。

平壌に移るや、新しい学窓になじむ間もないほどの短い時間のなかで「空想」が提出され、掲載が決まり、印刷された。その慌ただしさのなかで、手書きの詩稿に書かれていた漢字部分が誤って伝わり、間違いのまま印刷されてしまったと、そのように理解したのである。

だが最近になって、考えを改めるにいたった。この詩は本来、尹東柱によって正しく「金銭　知識の水平線に向かって」と書かれていたのだと信じるようになった。

根拠となるのは、詩の前半（第1連）にある「名誉と虚栄の天空に」という表現である。「名誉」というポジティブ・イメージの言葉に並べて、「虚栄」というネガティブ・イメージの言葉が添えられている。心の塔を積みあげてゆ

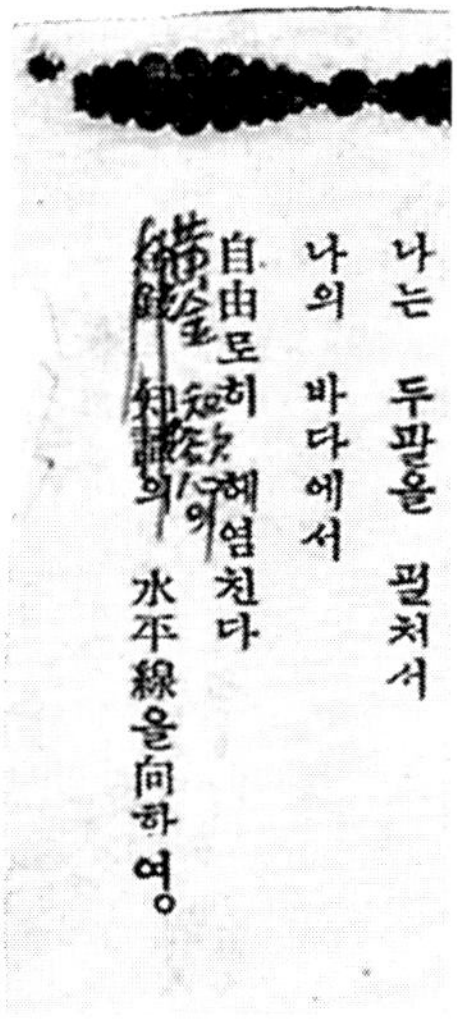

「空想」に書きこまれた
「黄金　知慾」の訂正文字

く先にあるのは、名誉だけでなく、価値のない、嘘っぱちの世界だと告白しているのである。

前半に見られたこのポジ・ネガの並立、混在が、後半（第2連）でも踏襲される。心の海を泳いでゆく先は、「金銭　知識の水平線」である。「金銭」はネガティブ・イメージの「虚栄」と響き合い、欲望にまみれた醜悪さを露呈する。

知的学生が努力を積み、自己を信じて日々を重ねてゆく人生の先に待つのは、名誉ではあっても偽りのものであるかもしれず、知識を積みあげても単に金銭を得るためのものでしかないかもしれないと、近代人としての複雑な将来像に対してシニシズムを吐露しているのである。

敢えて民族主義的に読み解くならば、名門学校で学を積んだとして、その先にあるのは、学問を大成させて名誉につつまれる道ばかりでなく、「日帝」に迎合して金銭に恵まれる偽善家の姿かもしれないと危惧したと考えてもよい。

青年が胸をふくらませる未来への希望と、その希望を空しくさせる冷厳な社会的現実を対立的に表現することで、植民地朝鮮の現実に楔《くさび》を打ちこんだと、そう解釈することも可能だろう。

いずれにせよ、オリジナル詩の「空想」は、シニシズムや懐疑主義、暴露主義など、近代の陰画をふくんだ、かなりひねた文学性を有する作品だったのである。

そして、この点が肝要なのだが、釜山中学校に通う上本正夫氏の目にとまったのは、このような詩だったということなのだ。超現実主義、モダニズムによる新しい詩を目指していた上本氏にとって、「空想」は作者の力を充分に感じさせるものであった。

とりわけ、普通には詩では用いられない「金銭」の語は、ボードレールばりの衝撃を与えたかと思われる。こういう詩語ならぬ詩語を堂々と使う革新性を見こして、上本氏は尹東柱を『緑地帯』という新たな詩誌に招く同志にふさわしいと感じたのではなかったか。

もちろん、朝鮮語がほとんどできなかった上本氏が、『崇実活泉』を直接読んで理解したわけではなかった。あくまでも、日本語で読んでの印象だった。

どのような翻訳であったかは知る由もないが、オリジナルの詩に登場する漢字部分は、間違いなくそのまま使われたはずだ。尹東柱が意図したに違いないが、原詩ではハングル文字が並ぶなかに、ところどころ意識して、硬い印象を与える漢字が使われている。

「金銭　知識」は誰がどのように訳そうと、必ず日本語の訳詩にも残り、極めて意識的に用いられた漢字がもつオリジナルの語感の鋭さのまま、上本氏の胸に突き刺さったはずなのである。

2. 平壌駅での邂逅と別離の意味

『崇実活泉《スンシルファルチョン》』に載った「空想」が上本氏の目に触れることになった経緯は、おそらく以下のようなことだったと思われる。

上本氏の才能を高く買い、『緑地帯』創刊にも賛同した釜山中学の森亭教諭が、全朝鮮の中学生による同人詩誌に参加できる朝鮮人生徒はいないかと崇実中学の日本人教師に問い合わせ、その結果、「空想」を発表した尹東柱《ユン・ドンジュ》が推薦されたのである。

崇実からは、北間島から編入してくるなりこんな詩を書いて皆が驚いていると、そうした感想とともに、日本語に翻訳された「空想」が届けられたのだろう。

崇実中学は、1936年に当局が強要した神社参拝を拒否して閉校になったことから民族主義の牙城といわれ、それはそれでしごく妥当な評価なのだが、実は日本人教師も奉職していた。「空想」が載った『崇実活泉』15号にも、板谷徳栄、篠崎邦輝、楢原といった日本人教師の名前が見える。これらの日本人教師と釜山中の森亭との間に、同郷であるとか師範学校で一緒だったとか、何らかのつながりがあったのだろう。

上本氏の編になる『日本詩華集』1993年12月号（「序詩」など尹東柱の詩4篇を翻訳掲載）の「招待詩人略歴」の欄に、尹東柱を紹介して次のような記述がある。

「1935年　平壌・崇実中学編入学。YMCAの詩作品あり。釜山公立中学校校友会誌所載の上本正夫の詩作品により交信」——。

ここでは、釜山中学の校友会誌に載った上本氏の詩が崇実に届けられたことが明かされている。どのような詩だったのか確認のすべがないのは残念だが、この上本氏の詩とともに、詩誌創刊に参加する朝鮮人学生を紹介してほしいとのリクエストが釜山中から崇実中に寄せられ、尹東柱に白羽の矢が立てられたのだと推測される。

かくて、尹東柱は上本氏と平壌駅で会った。満州への修学旅行の途次であった上本氏は熱心に詩誌参加を呼びかけたが、尹東柱は辞退した。日本語ではなく、ハングルで書きたいという理由からであった。

だが、はたしてそれだけが理由だったろうか。というのも、上本氏が惚れこんだオリジナルの「空想」に、尹東柱本人は完全には満足できなかったのだ。

その核心部分が、ほかでもない「金銭」にある。大胆すぎるほどに大胆な、上本氏の目を引いたに違いないその部分に、尹東柱はどこかなじめぬものを感じていたのだった。

『崇実活泉』掲載詩の切抜きに、尹東柱が修正を加えたことは先に述べた。

自作詩の清書ノートである「わが習作期の詩ではない詩」と題された「文藻」では、1936年の5、6月ごろに書かれた詩の間に、「空想」の清書が載る。『崇実活泉』掲載から、7、8カ月がたっている。あらためて清書された詩は、オリジナル版ではなく、最終行が「黄金　知慾の水平線に向かって」と変更されたものである。

「金銭」という生々しく露骨な言葉は排除され、「黄金」という美しく響く言葉に代えられた。「知識」は「知慾」となった。「慾」は欲望の慾である。位置をスライドしながらも、ネガティブ・イメージの残影は引きずっている。

変更したことで、詩はまろやかになった。オリジナル詩がもつシニシズムのひねた感じは後退した。響きとしては尹東柱らしい詩になったが、衝撃性は影をひそめた。

そして、詩の改変と軌を一にするかのように、尹東柱は上本正夫から遠ざかった。平壌駅でつかのまの出会いの時をもっただけで、その後の文学的な交遊はふくらまなかったのである。

「空想」の翌年、1936年になると、尹東柱は童詩を多く書くようになる。やはり童詩をよくした詩人・鄭芝溶《チョン・ジヨン》の影響ともいわれるが、「金銭　知識」に象徴される観念的で近代主義の勝ったような詩に袋小路を感じざるをえなくなって、童詩に救いを求めたのかもしれない。

その後数年間、尹東柱は一方では童詩に独自の世界を開きつつ、一方ではなおもモダニズム的な観念詩にこだわり続けるという、一見すると矛盾するような両方の道を並行して進むことになる。

なお、上本氏が計画した同人詩誌『緑地帯』は、結局、実現することはなかった。

3．昭和年号の付された詩

ここで少し視点を変えよう。

尹東柱《ユン・ドンジュ》の自筆詩稿を写真版で見ていて、以前から気になっていたことがある。それは、詩作の時期を付記した部分に、西暦年をベースとしながらも、ごくわずかに昭和年号を用いたものがあることである。

尹東柱の自作詩の清書ノートとしては、1934年から1937年までの詩を集めた「わが習作期の詩ではない詩」と題された「文藻」と、1936年から1939年までの詩を載せた「原稿ノート窓」があり、どちらも完成した詩を清書し、完成時の年月日を付すのを基本としている。

なかには執筆時期を記入していないものもあるが、合わせて96篇もの詩が載せられたなかで、7篇

「わが習作期の詩ではない詩　文藻」

「原稿ノート　窓」

の詩だけに何故か昭和年号が付されている。

世に出ている尹東柱詩集の類は、すべて西暦換算をして執筆時期が付されているので、一部の詩が昭和年号をもつことについては、一般読者には地下に埋もれた事実になっている。

「文藻」の最初に置かれた3つの詩――「ろうそく一本（초한대）」「生と死（삶과죽음）」「明日はない（래일은없다）」は、いずれも「昭和九年十二月二十四日」「昭和九、十二、二四」と、1934年ではなく昭和9年と記される。

その後、2つの童詩が西暦年号で続いた後、今度は「ひよこ（병아리）」という童詩が「昭和十一年一月六日」と、再び昭和年号で登場する。

不思議なのは、同じ日、つまり1936年1月6日に書かれた童詩「故郷の家（고향집）」が西暦で年月日を付されながら、「ひよこ」だけが昭和年号である点だ。

そして、2冊目の清書ノートである「原稿ノート　窓」のラスト近くに連続して登場する3篇の詩――「月のように（달같이）」「薔薇《そうび》病んで（薔薇病들어）」と、散文詩と冠

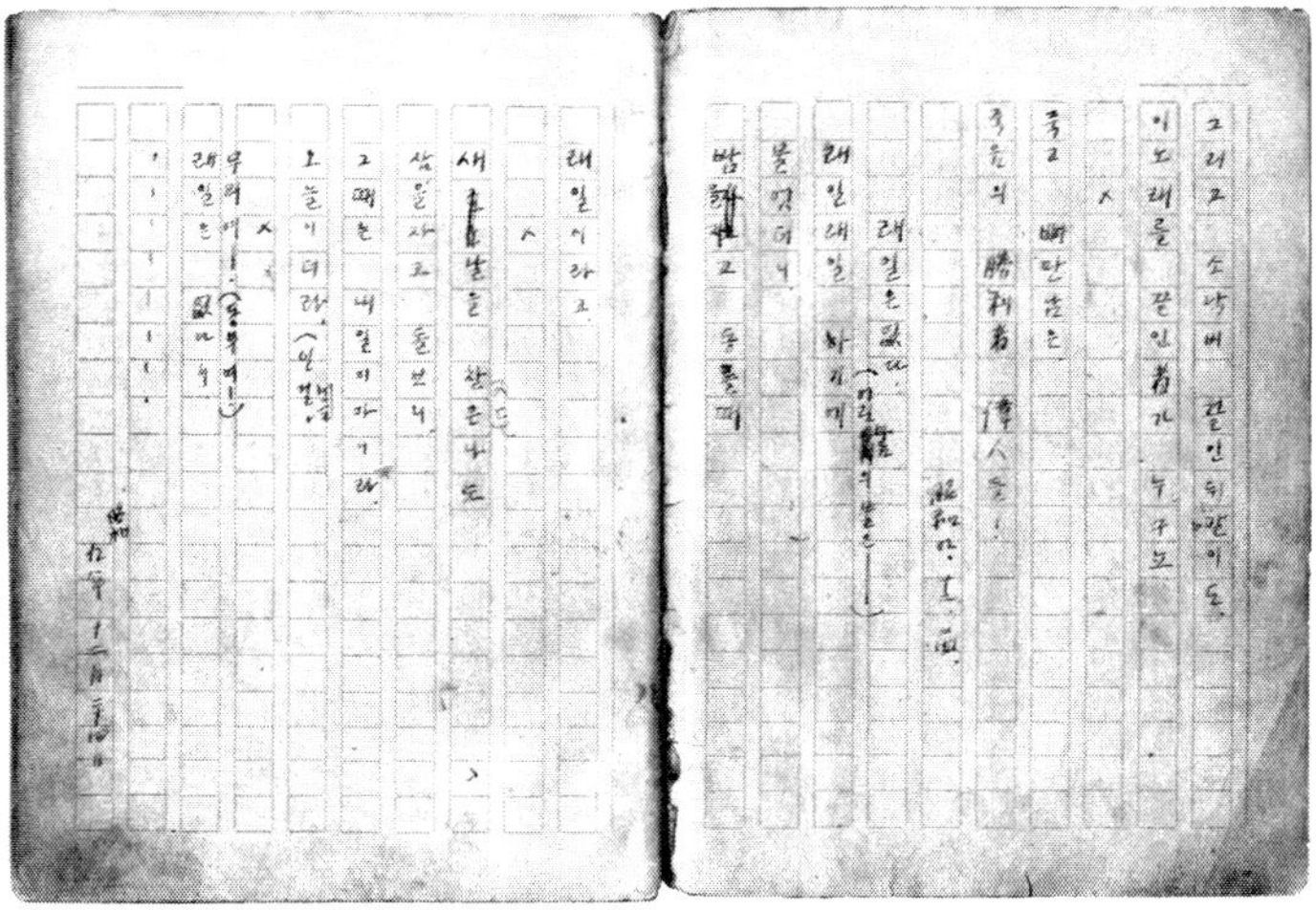

「文藻」より「生と死」（後半部分）と「明日はない」

された「ツルゲーネフの丘（츠르게네프의 언덕）」が、いずれも「十四年九月」「十四、九月」と、昭和年号が付与されている。

いうまでもなく、尹東柱は民族詩人である。日本統治時代の末期、朝鮮文壇の大御所たちが時局迎合的な「親日」行為に手をそめたのと対照的に、終生ハングルでの詩作にこだわり、軍国日本に尾をふるような羞恥から無縁の姿勢を貫いた。

その尹東柱にして、昭和年号を自ら付した詩が例外的に存在するのである。

「親日」行為などと呼ぶには値しない。これには何か隠された理由、事情があるのではないだろうか。清書ノートに残る昭和年号は、秘められた事情を解く暗号なのではなかろうか……。

「文藻」巻頭の3つの詩——「ろうそく一本」「生と死」「明日はない」は、今に伝わる尹東柱の最初の詩となるものだ。

この3篇をもって清書ノートの「文藻」が始まる事情については、明確な推察が可能である。宋友恵《ソン・ウヘ》氏も『尹東柱評伝』のなかで指摘しているが、尹東柱の従兄弟であり、幼な

光明中学時代の尹東柱（左）と宋夢奎（右）

じみでもあった宋夢奎《ソン・モンギュ》が同時期に「東亜日報」の新春文芸に応募してコント部門で当選を果たし、1935年の1月1日に紙上掲載されたことが尹東柱を刺激したのである。宋夢奎の快挙を目のあたりにし、尹東柱も自身の詩をきちんと残してゆくことを決意した結果が、「文藻」誕生となった。

ひょっとすると、「文藻」冒頭の3つの詩は、宋夢奎と同じく、「東亜日報」の新春文芸の詩部門に応募したものだったのかもしれない。

「東亜日報」は朝鮮語による民族系の新聞だったが、紙面での日づけは昭和年号が使われていた。作品は当選を果たせなかったが、清書にあたって、その記憶を残すために敢えて昭和年号を残したと、そのようには考えられないだろうか。

やはり昭和年号が付された童詩「ひよこ」は、龍井《ヨンジョン》で出されていた『カトリック少年』の1936年11月号に掲載された詩である。『カトリック少年』は尹東柱との縁が深い雑誌で、童詩5作品が発表掲載されている。

ただ、清書ノートに昭和年号が付されたのは「ひよこ」だけだ。「ひよこ」だけに昭和年号が付されたのは、『カトリック少年』とは違う外部メディア、ないしは日本人のかかわる組織（学校、教会など）との接触があった可能性を示唆するのかもしれない。

では、1939年の3作品が昭和年号を付されたのは、いかなる事情によるのだろうか――。「月のように」「薔薇病んで」、そして散文詩「ツルゲーネフの丘」――。これらの詩がワンセットの作品であることは、昭和年号に気づくことで初めて見えてくる事実だ。

巷間に出まわる尹東柱詩集では、一般の詩と散文詩とを分けて別場所に掲載することも多いが、それでは3作品がもともとひとまとめに意識されていたことなど、窺いようもない。

正直を言うと、私は長い間、尹東柱の自筆清書ノートに昭和年号の詩が存在することに気づきながら、1939年の3つの詩については、その事実の認識に留まり、そこから飛躍できなかった。

だが、上本証言を精細に検討しなおすなかで、ひらめきを得た。

1994年に取材した際、上本氏は、1939年、新京の在所に尹東柱から便りがあり、「満州国」官吏に就職したことを難じてきたと証言していた。そのときに併せて詩が送られてきて、「新京日日新聞」社長の城島舟礼がその詩を見て感涙したというのである。尹東柱との思い出をつづった上本氏の詩「半韓　其の七十三」においても、城島とのエピソードが最後に登場していた。

「（昭和）十四年九月」と付記された尹東柱の3つの詩は、新京の上本氏のもとに送られた作品だったのではなかろうか。ここでの昭和年号は、日本人の「詩友」にかかわる秘められた記憶を伝える符号なのではないか。そのような視点から3作品を読みかえしたとき、どのような新たな像が描かれることになるのだろうか――。

以下、昭和年号を付された1939年9月の3作品を、清書順に見てゆこう。翻訳はいずれも私訳による。なるべく原文に近いかたちで訳してみた。

4.「昭和十四年九月」の3つの詩

「月のように」

年輪がひろがるように
月がみちてゆく　しずかな夜
月のように　さみしい愛が
胸にせつなく
年輪のように　咲きでてゆく。

内省的で観照的な尹東柱《ユン・ドンジュ》らしい詩だ。尹東柱は前年からソウルの延禧《ヨンヒ》専門学校で学んでおり、同じ月には、後に『空と風と星と詩』に載ることになる代表作のひとつ「自画像」も手がけて

「月のように」

いる。

秋の夜空に月を眺めつつ、詩人の感じた「月のようにさみしい愛」とは何であろうか。寂寥感とまじりあう郷愁、感傷と諦観、深い喪失感……。

年輪がひろがってゆくのは、月日の積み重ねや移り変わりを意味しているのだろう。時の過ぎゆくにつれ、どうしようもなく流され、失うことになってしまう無垢な記憶、胸の奥に染《し》みのように残る大切な思い……。

ならばその「さみしい愛」は、青春の入り口の日々に、詩への真情を通してたまさかに知り合い、しかしその後、思いがけずも「満州国」官吏に転身してしまった異国の「詩友」上本氏に対する気持ちと、どこか重なるのではなかろうか。

ここで語られた愛は、単なる男女の愛を超えている。「序詩」の「すべて逝《ゆ》く身なる生命《いのち》を愛さなければ（＊注　私訳による）」にも通じる、滅びの定めをかかえて生きるすべての命に寄せる深く大きな慈しみの愛である。

「薔薇病んで」

薔薇病んで
移しかえる隣人がいない。

りんりんりん　ひとりさびしく
幌馬車に載せ　山へ送ろうか

ぽー　もの悲しい
火輪船に載せ　大洋へ送ろうか

プロペラの音　とどろく
飛行機に載せ　成層圏へ送ろうか

あれも　これも
みなやめて

育ちゆく子が夢をさます前に
この胸に埋めておくれ。

この詩はとりわけモダニズムの影響が濃い作品だ。

近代文明を象徴する「火輪船（汽船）」「プロペ

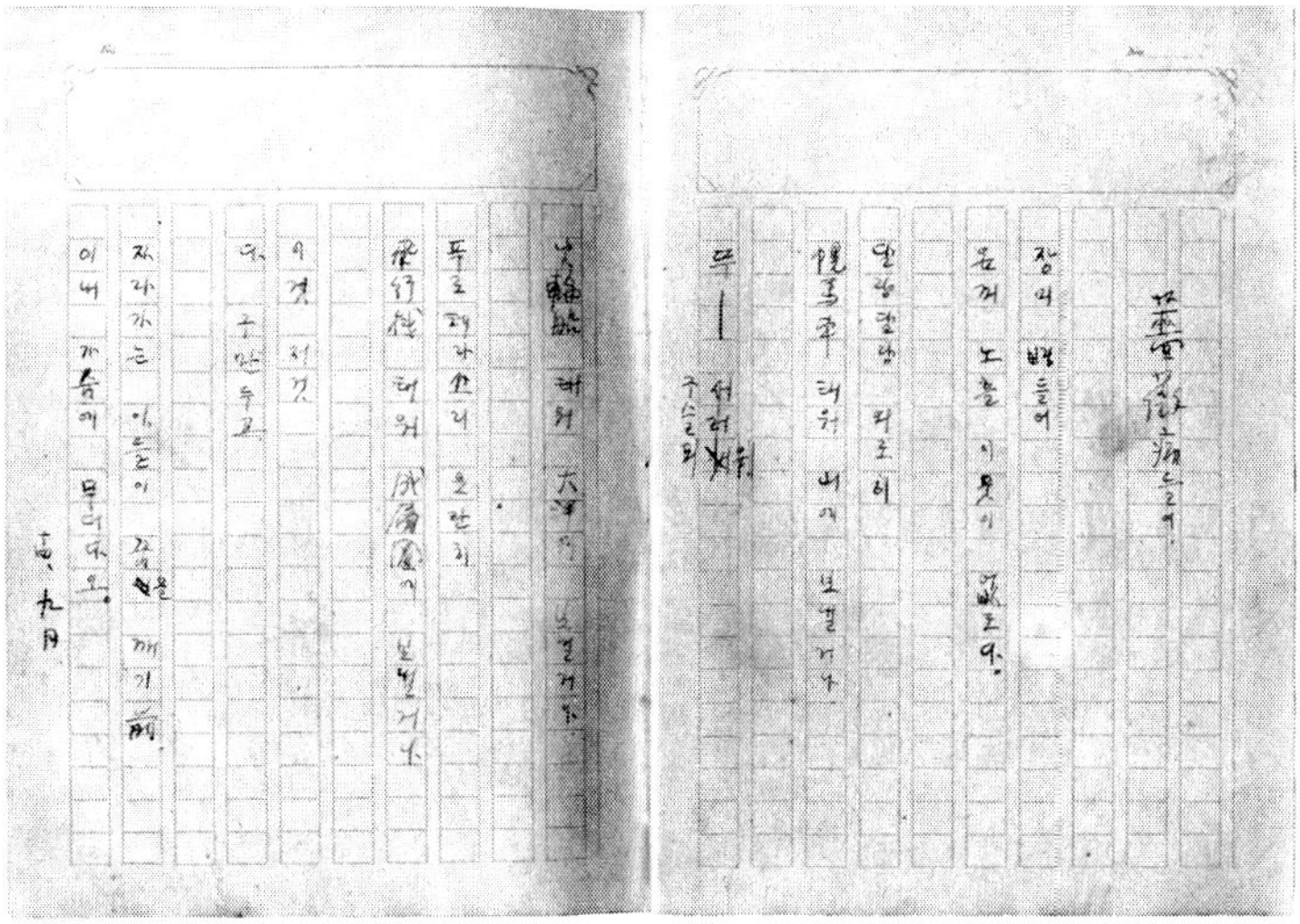

「薔薇病んで」

ラ」「飛行機」「成層圏」といった漢字語、外来語が目立つ。

また、病んだ薔薇という艶やかな犠牲から想を起こして、汽船や飛行機など、はるかな旅を可能にする現代科学技術を登場させ、山や大洋、成層圏にまでイメージを飛翔させて行くさまも、超現実主義やモダニズムといった、上本氏が信じ、道を究めようとした詩の流れに即している。音が意識されているのも、しかりだ。

実は尹東柱自身、こういうモダニズム詩への憧れを多分に有していた。「空想」をふくめ、初期の詩はどれも漢字の熟語や観念的な言葉を用いる姿勢が顕著で、どうしても、無理に背伸びをしたかのような、頭でっかちな印象がぬぐえない。1930年代に文学的関心をつのらせていった多感な青年詩人として、尹東柱も時代潮流としてのモダニズムに無関心ではいられなかったのである。

しかし、「薔薇病んで」はモダニズムの衣装をまといながらも、童詩のようなやさしさをも湛《たた》えている。そういう尹東柱らしさは、同時期に書かれた上本正夫の詩と読み比べたとき、はっきりと見えてくる。

以下にあげるのは、1939年7月4日、「新京日日新聞」に掲載された上本氏の詩「風景」である。

当時、上本氏は「西谷正夫」の名で、「新京日日新聞」に詩やエッセイを頻繁に発表していた。便宜上、私はここまですべて「上本正夫」の名で通してきたが、正確にいうと、生まれてより朝鮮に暮らしていたころは、「西谷正夫」を名乗っていた。それが、もともとの本名である。戦後、日本に引き揚げてきて、結婚し、婿養子に入って以降、夫人方の姓の「上本」に改めたのである。

「風景」　西谷正夫（上本正夫）

白い径《みち》は
胸みちるまで濡れてゆこう
白い巡洋艦には
サキソフォンの郷愁が翳《かげ》っているのか
天使のダンテルはふるえ
緑のリボンは睡《ねむ》っている
疲れた瞼《まぶた》にしみるのは
ミルクのような女の襟足か
白痴美の女の胸にやどるは
海の騒乱か
エスカレーターに花ひとつ
エスカレーターに花ふたつ
ドレミファソラ——
白い径は泪《なみだ》ぐんでいる

——5・27——
（＊注　漢字に付したルビは筆者の手による）

尹東柱の詩にも特徴的に使われていた漢字語、外来語が、ここでは「巡洋艦」「サキソフォン」「ダンテル（＊注「レース」を意味するフランス語）」「リボン」「ミルク」「エスカレーター」「ドレミファソラ」となっている。病み、疲れた心にも、相通ずるものがある。また、聴覚への訴え、音に対する意識も共通している。

だが上本（西谷）氏の詩に満ちる頽廃的要素、女性の肉体や性の匂いといったものは、尹東柱には皆無である。

当時、満州に身を寄せる日本詩人たちの多くはもともと社会主義を信奉し、文学的、政治的な挫折を重ねながら、海を越えた人たちであった。「五族協和」を掲げた傀儡《かいらい》国家の「理想」からほど遠い現実の愚昧《ぐまい》さを知ると、しばしば紅灯の巷《ちまた》に逃避し、遊蕩、痛飲を重ねた。

上本氏の詩は技巧的にはなかなかに達者で、白を基調とする抽象画のような味わいにジャズっぽい音楽までが加わり、絢爛たる響きをかもしだす。だがそれでいて、詩が内包する精神としては、満州モダニズム詩人の類型を脱していないところがある。

それに比べて尹東柱の詩は、モダニズム的技巧性の華麗さこそ控え目なものの、隣人の病いをわが身に引きとろうとする、イエス・キリスト的な精神が芯をなしており、読む者の魂に響く。後の『空と風と星と詩』で大成する尹東柱の詩精神の真髄がすでに脈打っている。

尹東柱はこれ以降、この「薔薇病んで」ほどにモダニズム的要素が濃厚な詩を書いていない。尹東柱の詩作品中、モダニズムの最後の花火となるような作品が、かつてモダニズム詩誌に尹東柱を誘い、長じて「満州国」に生の場を求めた上本氏に届けられたのは、決して偶然ではないように思える。

そう考えると、「隣人がいない」との詩のなかのつぶやきは、なおいっそう陰影を濃くし、喪失感、寂寥感が尾を引くのである。

「ツルゲーネフの丘」

わたしは峠の道を越えていた……そのとき三人の少年の乞食がわたしとすれちがった。

はじめの子は背に籠を負い、籠のなかにはサイダー壜《びん》、罐詰の罐、鉄屑、ぼろ靴下等　廃物がいっぱいだった。

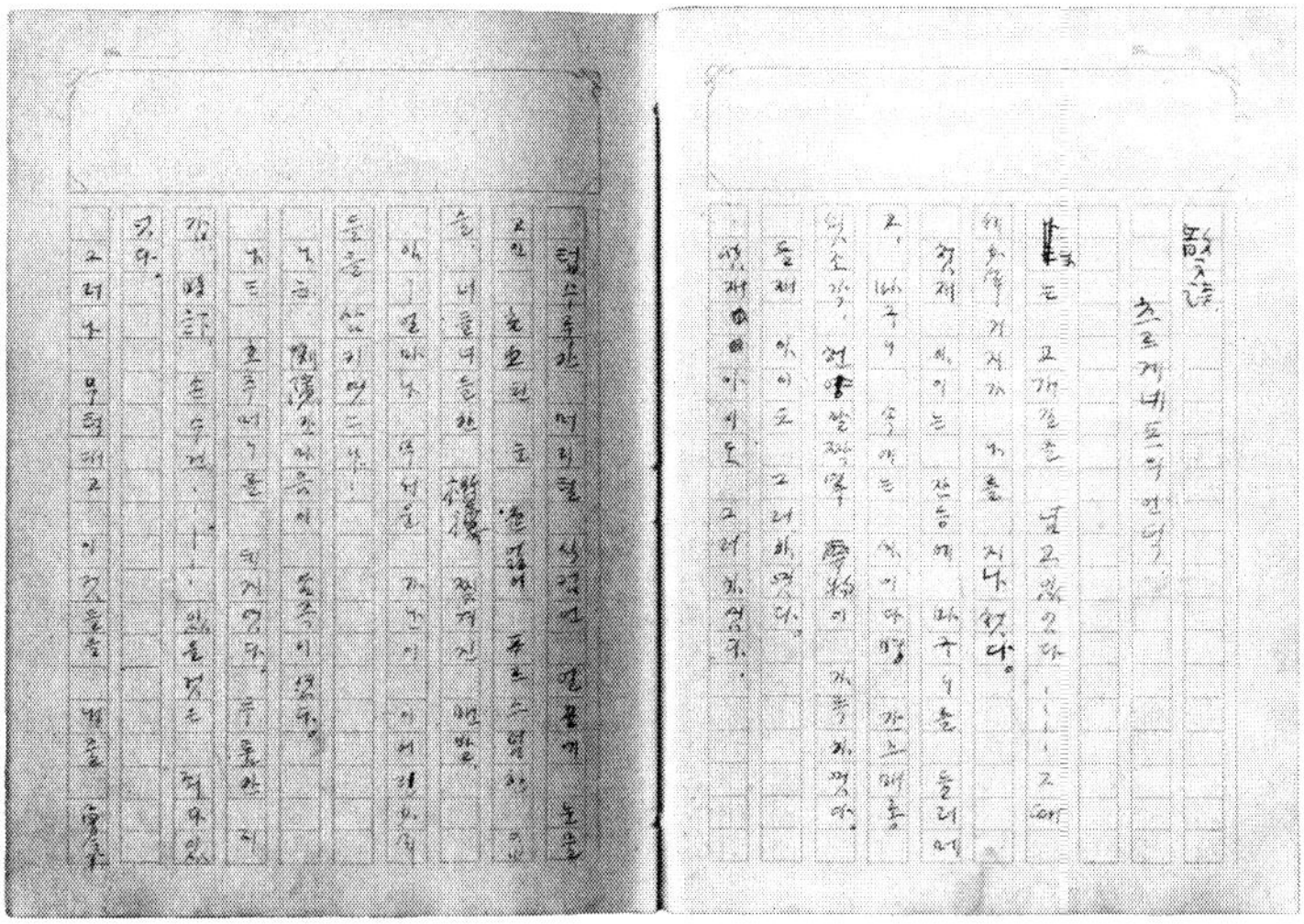

「ツルゲーネフの丘」（前半部分）

二番めの子も同じだった。

三番めの子も同じだった。

ぼさぼさの髪、まっくろな顔に涙のたまった充血した眼、色をうしない蒼ざめた唇、よれよれの襤褸《ぼろ》、ひび割れたはだし、
ああ　どれほどおそろしい貧しさがこの幼い少年たちをのみこんだのか！

わたしは惻隠の情にかられた。

ポケットをさぐった。ふくらんだ財布、時計、ハンカチ……あるべきものはみなあった。

だがむやみにこれらを与える勇気はなかった。手でいじくるばかりだった。

親しく話でもしようと「きみたち」と呼んでみた。

はじめの子が充血した眼できょろりとふり返っただけだった。

二番めの子もそうするだけだった。

三番めの子もそうするだけだった。

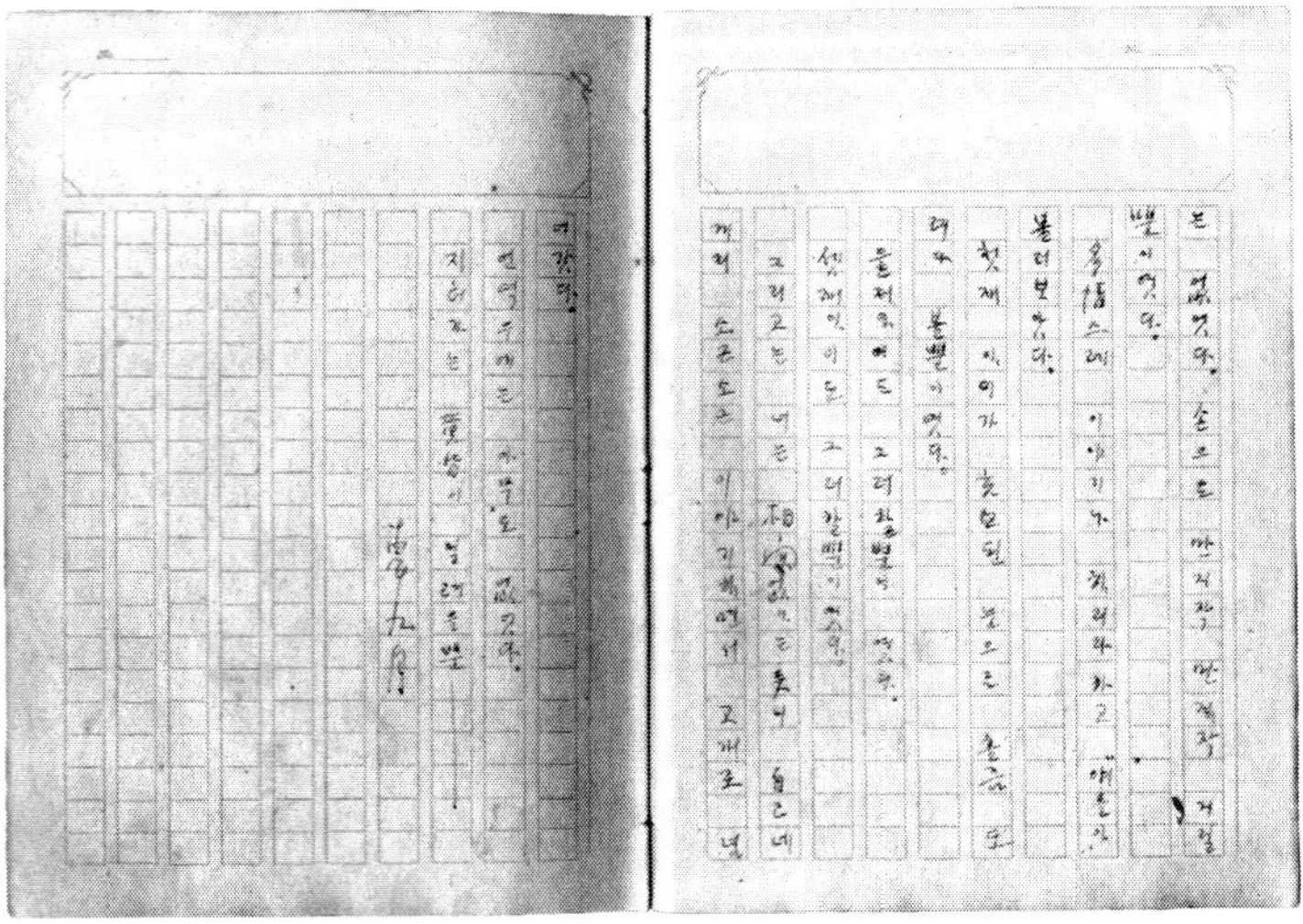

「ツルゲーネフの丘」（後半部分）

そしておまえは関係ないとばかりに自分たち同士でひそひそ話しながら峠を越えて行った。
丘の上にはだれもいなかった。
ただ黄昏が迫ってくるばかり――

『空と風と星と詩』には選ばれていないが、尹東柱の代表作のひとつといってよいだろう。ツルゲーネフの「乞食」という作品を下敷きに書かれたことはこれまでの研究で明らかにされているが、尹東柱の作品のどこを見ても他に登場しないツルゲーネフが、どうして突然に1939年になって現れるのか、その点は解けぬ謎のままであった。

だが、この詩が満州に届けられたとするなら、いかにもなるほどと思わざるをえない。満州の日本人文学者たちの間にはロシア趣味が濃厚で、それはもともと左翼人士としてソビエトに憧れていたこともあり、また「満州国」が謳う「五族協和」の一民族はロシア民族であって、白系ロシアの人たちが多く暮らし、そのなかにはバイコフなどの大物文学者もふくまれていたという事情にもよる。ツルゲーネフをふくむ帝政ロシア期の作家や詩人たちの作品に対しても、シンパシーを寄せていた。

この詩自体の解釈をめぐってはいろいろな見方があるが、襤褸を着た乞食の3少年が生きる苛酷な状況は、植民地朝鮮で書かれてはいても、新京で読まれれば、欺瞞に満ちた「満州国」の現実として響いたに違いない。

詩のなかの「わたし」は彼らに手をさしのべようとするが、生半可《なまはんか》な同情心は3少年から見事にはねのけられる。

どこか「聖者」のような3少年を見送りながら、「わたし」は黄昏の丘にたたずむしかない。尹東柱のこの立ち姿が、鮮やかな3少年の姿とともに深く胸に突き刺さり、余韻を引く……。

「新京日日新聞」の社長で文学者だった城島舟礼が感涙したという尹東柱の詩は、おそらくはこの「ツルゲーネフの丘」であったのではないだろうか。

周辺に貧しい者は少なくなかったろうが、尹東柱自身は困窮に晒《さら》されたことはなかったし、ソウルでも東京でも、学費稼ぎのアルバイトに奔走したというような話も聞かない。

そういう尹東柱の微妙な立ち位置と感情の綾が、良心や正義感を空しくしつつ欺瞞のなかに挫折感をつのらせていた満州の日本人文学者の胸中において増幅され、熱くも苦い涙をあふれさせたのだと思われる。

社会から見捨てられた最下層の貧者に対して知識人青年が抱いた同情心や無力感は、ツルゲーネフから尹東柱を経て、左翼文学者でありつつ侵略者としての自責から逃れられなかった日本人満州詩人たちに、ひときわ身に沁みて響くことになったのであろう。

1939年に書かれ、昭和年号とともに清書されたこれらの3作品は、上本氏のために書かれたとまでは断言できないかもしれない。

しかし、詩の届け先、作品の受け皿としての満州という場所と、そこに寄寓するモダニスト詩人という位置は、しかるべき鍵穴に鍵をさしこんだごとくにぴしゃりと嵌《はま》るのである。

こうして見ると、意外にも上本詩人との縁が、昭和年号でくくられた3つの詩に、新たな視覚を提示していることがわかる。

今後の尹東柱研究において、満州文学との交流や影響がひとつの可能性として控えていることをも、示唆しているのではなかろうか。

5．菊島常二「雪崩」にさぐる尹東柱の詩心

1942年の8月、沼田の陸軍病院に入院していた上本正夫氏を、尹東柱《ユン・ドンジュ》は見舞った。この年の春から東京の立教大学で学び、秋からは京都の同志社大学に移ることになる尹東柱だが、その前に上本氏との再会を果たしたのである。

立教時代に書かれた「たやすく書かれた詩」など5篇の詩が、現存する尹東柱の最後の作品となっているだけに、それ以降の詩に対する尹東柱の考え方を窺わせる証言や逸話の類いは貴重である。

この点、上本氏との再会は、ひとつの詩への尹東柱の明確な評価を残してくれた。病室でたまたま手にした、『日本詩集』に載る菊島常二の「雪崩《なだれ》」を読み、よい詩だと誉めたというのである。なお、上本氏の「半韓　其の七十三」では、「出刊シタバカリノ日本詩集」とあったが、正確には、1941年7月に出された『現代日本年刊詩集』に、菊島の表題の詩が載っている。

上本氏は、1994年のインタビュー取材後、自作の年表とともにこの詩のコピーを私宛に送ってきてくれた。今、その詩の全文を紹介しよう。例によって、難しい漢字には、私の判断でルビをふった。

「雪崩」　菊島常二

黒百合の花は落ち茎はすでに傾いて
胸のなかに硬直した思考を揺すぶり
虚空のなかに屹《そそ》り立つ山嶽を揺すぶり
幻の樹木の根を断ち古い土を踏んでくる
白い生きものの群の足音がする
それを牽くものの実体を誰も知らない
それを牽くものの実体を見たこともない
白い生きものの群が動かぬ闇のなかに
激しく骨を打ちあう音がする
轟轟《ごうごう》と
未明の天と地の狭間に落下してゆく雪崩
放我した眼の底へ落下してゆく雪崩

それは
神の限りない愛もて

燈心草の剣を振り上げ立向う異端の上に　（＊注「燈心草」とは藺《い》、イグサの異名）
美しい彎曲に捕らえられた睡眠の上に
見知らぬ掌のように
次第に数を増し影を増してかぶさり
真白な斜面を嚥《の》み
恐怖を包む夜を分け
ときに瀑布のように
ときに怒涛のように
ひとびとの背を馳《はせ》る
背は磨かれ
骨は骨に固く結びあい
そこには逞しい岩石のみが残され
早くも招く光りの掌に
応えて緑の掌を延べる
歓びの呟きを洩らし蠢《うごめ》く若い芽もあるだろう
これら総《すべ》てと天は
明るい青い鏡のなかに
光りの果実を放ち

いっぽんの樹を写し
ひとびとに
唯一の疎《まば》らな林を見せる
唯一の大きな森について考えさせるために

―わが神の小さな土地―

この詩に驚かされるのは、文学者をふくめ、軍国主義に屈した体制礼賛的な言辞があふれた戦時下の日本にあって、このようなおよそ時局便乗型とは正反対のところで書かれた詩が発表されていた事実である。

作者の耳に轟々と響いた雪崩の音は、尹東柱の耳にもたしかに聞こえていた。

菊島の詩が内包する、世界の崩壊を予見するかのような終末観と、その果てに萌すであろう叡智の芽への渇仰は、尹東柱の『空と風と星と詩』やそれ以降の詩と相通ずるものだ。

『空と風と星と詩』のなかの「もうひとつの故郷」や「星をかぞえる夜」、日本へ渡る直前の「懺悔録」、東京で書かれた「たやすく書かれた詩」といった、尹東柱の至高の詩群と響き合うところも多い。

日本の支配下にあった朝鮮民族からすれば、終末の果てに訪れるのは祖国の解放、独立であり、例えば「たやすく書かれた詩」の1節、「時代のように訪れる朝を待つ最後の私」を、そういう民族解放史観によって解くのは当然のことだろう。

だが一方で、菊島の「雪崩」に尹東柱が共感したという事実が示唆するものは、彼がかかえていた終末観とその先に感知した光明が、単純な民族主義を超え、汎人類的な哲学や祈りにまで昇華していたということである。

こうした尹東柱の深い精神性は、戦争で傷ついた日本人の「詩友」をわざわざ沼田に見舞った行動と、見事なほどに調和をなしている。

「雪崩」へのコメントに成熟した詩人の片鱗を覗かせ、やがて尹東柱は上本氏の病室を去った。そこから1度は東京に出、身辺整理の後、秋からは京都に落ち着くことになる。

そして同志社大学で学ぶこと1年たらず、1943年の7月に尹東柱は京都の下宿で逮捕され、その後福岡刑務所に送られて、あたかも「雪崩」にのみこまれるように、2度と光ある世界には戻れなかった。

そう思うと、沼田の病院をあとにする尹東柱の後ろ姿が、「懺悔録」のラストにつづられた、「或る隕石のもとへ独り歩みゆく　悲しい人の後ろ姿」そのものに見えてきてしかたがないのである。

この章の最後に、一部を引用した「懺悔録」は、尹東柱が『空と風と星と詩』の詩集を完成させた後、日本留学を決め、朝鮮を離れる前に詠まれた詩である。1942年1月24日に書かれている。

この詩が書かれた罫紙《けいし》には、余白部分にいくつものメモ、落書きが書き散らされている。「渡航」「証明」とあるのは、日本留学の手続きのため渡航証明を取得する必要があり、それには朝鮮名でなく、創氏改名が求められたことを裏づけている。本名の尹東柱ではなく、平沼東柱という日本名によって、彼は海を渡ることになる。

渡航証明を軸に、尹東柱の苦渋は幾重にも輪を描き、その心に重いとぐろを巻いたようだ。「詩人의告白（詩人の告白）」「詩란?（詩とは?）」「不知道（＊注　中国語で「わからないの意」）」、「生」「生活」「生存」などという言葉からは、彼の胸中を

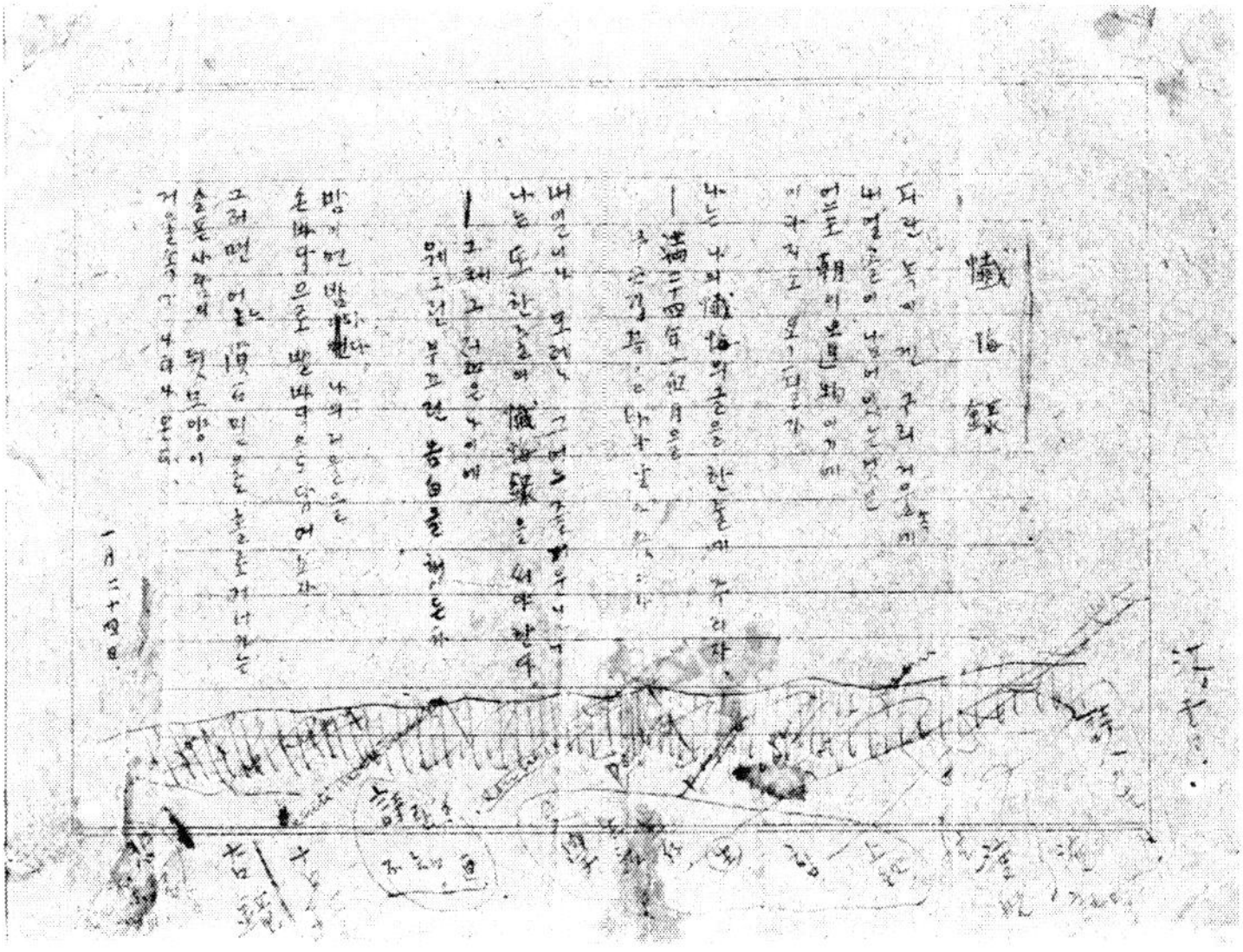

「懺悔録」

占めた苦衷《くちゆう》が痛いほど伝わってくる。

そのなかに、「悲哀禁物」の語がつづられている。文字を書いた後から、丸く線で囲んでいる。苦悩に沈みそうになる彼自身に対する、懸命の語りかけだったのだろう。

詩も深い内容をもつ名詩だが、欄外に添えられた「悲哀禁物」という言葉が、詩と響き合って、尹東柱という人の稟質《ひんしつ》を物語っている。

「懺悔録」

緑青《ろくしょう》のついた銅の鏡のなかに
おれの顔が遺されているのは
或る王朝の遺物ゆえ
こうも面目がないのか

おれは懺悔の文を一行にちぢめよう
――満二四年一ヵ月を
　なんの悦びを希い生きてきたのか

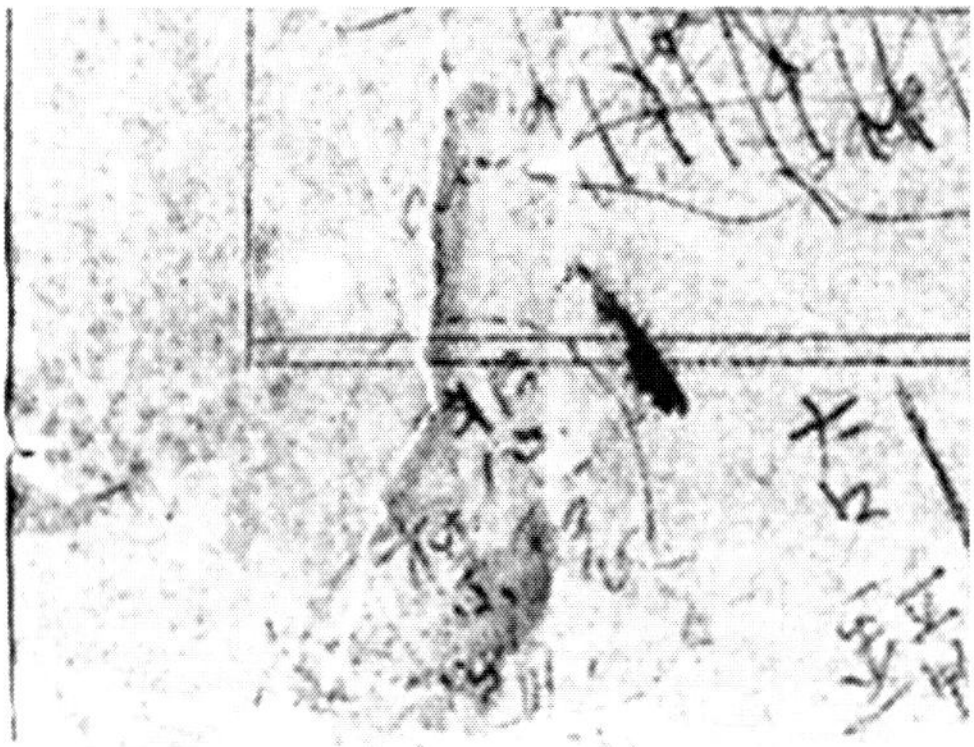

「懺悔録」下の「悲哀禁物」の書きこみ

明日か明後日《あさって》　その悦びの日に
おれは　また一行の懺悔録を書かねばならぬ。
——あの時　あの若いころ
　なぜあのような恥ずかしい告白をしたのか

夜ごと　おれの鏡を
手のひら　足のうらで磨いてみよう。

すると或る隕石のもとへ独り歩みゆく
悲しい人の後ろ姿が
鏡の中に現れてくる。

一九四二・一・二四
（伊吹郷訳）

第4章　同志社の尹東柱。京都で何があったのか？
——発見された生前最後の写真を手がかりに

——「ふたりきりだと、間違えたときに、恥ずかしいです」——
（尹東柱、同志社大の教室で）

1.「平沼東柱」をさがして

「平沼東柱《ひらぬまとうちゅう》を知りませんか？　朝鮮からの留学生、平沼さんを憶えていらっしゃいませんか？」——。その問いを、何度発したことだったろう。「平沼東柱」とは、創氏改名した尹東柱《ユン・ドンジュ》の日本での名前である。

１９９４年の春から初夏にかけて、私は連日連夜、半世紀前にその名で日本で学んでいた朝鮮人留学生の消息を尋ねて、受話器の彼方の見えぬ相手に対して同じ質問をくりかえした。東京の立教大学、そして京都の同志社大学の卒業生名簿を頼りに、尹東柱と同時期に在校していた可能性がある人たちに、次々に電話をかけていったのである。

すでに故人となった方もあり、また転居などで、すぐには当人にたどりつけない場合もあった。しかし、苦労してたどりついた相手からは、しばしの間、遠い記憶をさぐるようなポーズがあった後、きまって次のような答えが返ってきた。

「いいえ、知りません。記憶にありません……」——。

日本時代の尹東柱を知る日本人はいないとされてきた。1942年の春から夏まで在学した立教大学と、同年秋から翌43年の7月まで通った同志社大学と、合わせれば1年半近くを日本で学んだ尹東柱であったが、その人の記憶は幻のように消えてしまっていたのである。

1984年に初めて日本語による『尹東柱全詩集』を出した伊吹郷氏は、詩の翻訳に加え、日本での詩人の足跡をたどった調査報告を同書に添えているが、伊吹氏の丹念な調査をもってしても、尹東柱を記憶する日本人は見つけることができないとされた。

NHKのディレクターだった私が尹東柱のドキュメンタリー番組のリサーチを始めたのが1994年の春だったが、まず手がけたことは、何としても尹東柱を記憶する人を日本でさがしだすことだった。

1942年の春に尹東柱が日本で学び始めたとき、すでに前年暮れには太平洋戦争が始まっており、1943年7月に逮捕された後には、学徒出陣や、終戦による混乱も重なり、どの年次の卒業生にターゲットをしぼればよいのか判然としない部分もあったが、ともかくも1945年、1946年ごろに両大学を出たと思しき英語や英文学関係の卒業生に、片っ端から電話をしていったのである。だが、尹東柱は容易に近づいてくれなかった。徒労が続き、記憶がない、知らないとの返事ばかりを聞かされた。闇は限りなく深いように思われた。

正直を言えば、そのときも、どうせまた否定の言葉を聞かされるのだろうと、妙な予感に身がまえてもいたのだった。だが受話器の向こうから、歴史の闇を貫くように、予想外の明るい声が返ってきたのである。

「平沼さんですね。はい、覚えています。朝鮮から来ていた平沼さんのこと」——。

「平沼さん」(=尹東柱)を記憶していたのは、同志社大学の英語英文学科に学んだかつての女学生、森田(旧姓 澤田)ハルさんだった。母校のある京都にお住まいだった。

さらに、森田さんから、学生時代の親友だったというもうひとりの英語英文学科卒の女性を紹介された。北島(旧姓 村上)萬里子さん。同志社の卒業生名簿からは連絡先がつかめなかったが、森田さんと親交が続いていたことで、北鎌倉にお住まいだったこの方の消息を得ることができた。早速北島さんに連絡をとると、嬉しいことに、やはり朝鮮からの留学生「平沼さん」について、よく覚えているという。

立教大学に関しては、残念ながら尹東柱を記憶する卒業生はさがしだせなかったが、同志社大学に関しては、こうして、ふたりの元女学生の記憶のなかから、1942年から1943年にかけての日本での尹東柱の姿が蘇ってきたのである。

2. 尹東柱が語った「恥ずかしいです」

私はふたりのお宅を訪問し、その後、カメラを通してインタビューもさせていただいた。両人の記憶に共通する「平沼さん」は、柔和でやさしい顔をした控え目な人で、授業中は教室の後ろの隅に腰かけていることが多かったという。もの静かな人である上に、当時は女子学生が自由に男子学生と交際する雰囲気ではなかったので、「平沼さん」とは教室で会えば挨拶をする程度で、特に親しく会話を交わすことはなかった。

日本語の発音に少々難があり、朝鮮からの留学生であることは認識していたが、尹東柱《ユン・ドンジュ》という本名はおろか、解放後の韓国で国民的詩人になっていることなど、まるで知らなかった。当時の英語英文学科に学ぶ学生は文学青年が多く、小説を書く人もいたが、「平沼さん」が詩を書く人だということは全く気づかなかったという。

１９９４年の取材では遠慮されたのか、この話は出なかったが、15年ほど後に再会したおり、森田さんは若き女学生の目に映った「平沼さん」の第一印象について率直に語ってくれた。「ずいぶん、おっさんやなあ」と感じたのだという。

尹東柱はソウルの延禧《ヨンヒ》専門学校を終えてから渡日し、半年間立教大学に在籍した後で同志社大に転入したので、同じ英語英文学科に学ぶとはいえ、日本人学生よりも4歳ほど年上だったのである。

北島さんは、もの静かな「平沼さん」が口にしたひと言を鮮明に記憶していた。英語英文学科の学生でフランス語の授業をとっていたのは、ふたりの女学生の他に尹東柱だけだったが、ある日、森田さんが病気で休んだとき、授業が始まる前のわずかな時間に、教壇の前に並ぶように腰かけていた「平沼さん」から、突然に話しかけられたという。

「ふたりきりだと、間違えたときに、恥ずかしいでで」——。

教室にふたりだけだったという変則的な状況と、平素は口数の少ない「平沼さん」からいきなりそのように言われたので、北島さんはその言葉をずっと忘れずにいたのだった。

それにしても、半世紀もの長い時を経て、埋もれずに記憶されていた日本での尹東柱の言葉が、「恥ずかしい」であったとは！

「序詩」の冒頭、「死ぬ日まで空を仰ぎ　一点の恥なきことを」を始め、詩集『空と風と星と詩』のなかには、「恥」という言葉が多数登場する。「また太初の朝」「道」「星をかぞえる夜」などの詩に、その言葉が現れる。

東京で書かれた「たやすく書かれた詩」は、完全なかたちで今に残る生前最後の詩だが、「人生は生きがたいものなのに　詩がこう　たやすく書けるのは　恥ずかしいことだ」と、まさに作品の核心部分に「恥ずかしい」の語が置かれている。

尹東柱にとって「恥」「恥ずかしい」とは、詩人としての本質、精神の屋台骨に刻まれた言葉、概念なのである。

北島さんを前に語られた尹東柱の言葉は、「人生の生きがたさ」にかかわるような深刻さ、重大さのなかに発せられたものではないが、異国の女学生の胸に刻まれた詩人の唯一の言葉が「恥ずかしい」であった事実は、単なる偶然の次元でとらえるべきでないだろう。

北島さんの思い出に残るこのエピソードはまた、当時の尹東柱のフランス語への関心を物語る証言ともなっている。

尹東柱の父のいとこにあたる尹永春《ユン・ヨンチュン》氏は、1942年の大晦日に京都の尹東柱を訪ね、1943年の正月を一緒にすごしたが、そのおり、尹東柱からフランス近現代詩への関心を聞かされている。フランシス・ジャムやジャン・コクトーといったフランス詩人について、尹東柱は熱っぽく語ったという。

北島さんに「間違えると恥ずかしい」と語ったのがいつのことだったのか、正確な時期を特定できないのは残念だが、口下手《べた》な尹東柱がなじみのない女学生に話しかけるとも思えないので、10月に同志社大学に通い始めてから一定の時間がたってからのことだったろう。尹永春氏が訪ねた1943年の正月から、そう時期がずれることはあるまい。

フランシス・ジャムについては、『空と風と星と詩』の掉尾《ちょうび》を飾る「星をかぞえる夜」でも登場していたが、尹東柱のフランス近現代詩への関心は、その後ジャン・コクトーも加わり、ますますつのっていったものと思われる。

1942年の1学期を学んだ立教時代にも、尹東柱のフランス詩への関心を物語る証言がある。

当時、立教大学に学んでいた朴泰鎮《パク・テジン》氏はフランス語に堪能で、昼休みなどの空き時間には、朝鮮人留学生たちの前でボードレールやヴァレリーなどのフランス詩を原語で朗唱し、喝采をあびたという。

朴氏の記憶によれば、ある日、いつものように学友たちを前にフランス語の朗唱をしていると、見知らぬ留学生から「どうしたら、フランス語がそんなにうまくなるのか?」と尋ねられた。朴氏は東京にあるフランス語学校のアテネ・フランセで学ぶことを勧めたが、その質問をしてきた学生が尹東柱だったというのである。

尹一柱《ユン・イルジュ》氏のまとめた年表によれば、尹東柱は延禧専門学校3年生のころにヴァレリーやジッドを愛読し、フランス語の学習も始めている。東京に留学して、同胞学生による流暢《りゅうちょう》なフランス詩の朗唱に接し、尹東柱はたいそう刺激を受けたものと思われる。

ソウルの延禧専門学校から東京の立教大学、京都の同志社大学へと、尹東柱のフランス詩への関心とフランス語の学習への熱意は、ずっと続いていたのである。

北島さんの記憶では、尹東柱のフランス語の実力はなかなかのもので、教室で読むリーディングや仏文の和訳もきちんとしていたという。朴泰鎮氏のフランス詩の朗唱に感嘆したころに比べ、確実に学習成果をあげていたと見るべきであろう。

戦時下の厳しく困難な時期に日本に留学した尹東柱だったが、そのような時代にあっても、学ぶべきはきちんと学ぼうと努力を続けていたのである。

尹東柱の日本への留学を、ローマへ赴いたペテロさながら、独立運動を展開するために「敵」の本拠地へ乗りこんだと見る向きもあるが、胸中に秘めた奥深い覚悟についてはともかく、勉学に関しては、渡航の方便としたわけでも、学習意欲を放棄したわけでもなかった。尹東柱は、日本で学びたかったのである。

3．発見された生前最後の写真

北島萬里子さんが伝える尹東柱《ユン・ドンジュ》の思い出は、上記の証言に留まらなかった。自宅にあった古いアルバムのなかから、英語英文学科の学生たちが「平沼さん」と一緒に撮った写真が出てきたのである。タバコの箱の半分ほどの小さな写真だったが、京都近郊の宇治市を流れる宇治川にかかる天ケ瀬吊り橋の上で、ふたりの女学生をふくむ9人の学生たちが写真におさまっており（撮影した男子学生をふくめれば一行は10人）、尹東柱はその中央で、ややまぶしそうな、含羞にみちた面差しでたたずんでいる。

それまで、日本では尹東柱を記憶する人物が知られなかったと同様、日本で撮られた写真についても存在しないといわれてきたのだった。それが、証人と同時に写真まで現れたのである。

喜びは大きかった。だが、当時は喜びに浮かれて、洞察力が充分には働かなかった。無言のうちに写真が語る、いくつかの大事なポイントを見すごしていた。そのことに気づいたのは、番組放送から15年近くがたってからだった。

写真の尹東柱は前列の中央に立っている。これは、生前の尹東柱の写真のなかでは極めて異例である。持ち前のはにかみ屋、恥ずかしがり屋の性格からであろう、集合写真のなかの尹東柱はきまって後列の端のほうに位置を占めている。同志社大学での教室でも、やはり後方の隅が定席であった。それが、何故この写真に限って前列中央に立っているのだろうか――？

この写真が出てきた当初、写真を保持していた北島さんも、尹東柱の隣に写る森田さんも、その場

宇治川での尹東柱（前列中央）と学友たち（尹東柱の右隣が森田ハル氏、その右隣が北島萬里子氏）

所や状況について、ほとんど記憶がなかった。

しかし番組放送後、同志社コリアクラブの朴煕均《パク・ヒギュン》氏が写真にうつる吊り橋から目星をつけてその場所を推測し、また森田さんを現地に案内するなどしているうちに、かつての女学生の胸に眠っていた記憶が次第に蘇ってきたのである。

つまり、写真の撮られた場所は宇治川にかかる天ケ瀬吊り橋であり、その日、宇治に1日遠足に出かけた同級生たちは、宇治駅からまずは名刹《めいさつ》の平等院を見学し、そこから宇治川をさかのぼって歩き、天ケ瀬吊り橋に達したのだった。この吊り橋は、当時まだできたばかり（1942年架橋）の新しい名所だったのである。その後、川原に降りて、飯盒炊爨《はんごうすいさん》をして昼食をとり、くつろぎ、語り合った。

実はその日、ピクニックに出かけた理由は、朝鮮からの留学生「平沼さん」が故郷に帰ることを決めたため、送別の集いとする意味があったのだという。なるほど、それゆえにこそ、いつも控え目な尹東柱が写真の中央に写っているわけなのだ。

今ようやくにして、このときの学生たちの声が写真の奥から聞こえてきそうな気がする。

さわやかな新緑に光が跳ねる初夏のこの日、学生たちは記念写真を撮るため、吊り橋のなかほどに勢ぞろいした。尹東柱が端のほうに控え目に立とうとするのを見て、カメラを構える男子学生が呼びかけた。

「平沼君、今日は君が主役じゃないか。君がまんなかだよ」

そう言って、彼は強引に「平沼君」＝尹東柱の手をとり、中央に導く。さらにふたりの女学生に向けて叫ぶ。

「女学生たち、ほら、早く平沼君の横に来て！」

初夏の日差しに、明るい声が弾む。

うながされた女学生たちが「平沼さん」の左横に並ぶ。その頬はわずかに紅潮していたろうか。不慣れな位置に立たされた尹東柱も、クラスメイトたちの厚情に謝しつつ、やはりいささか頬を赤く染めていたかもしれない。

１９４３年の初夏に写されたこの写真は、今のところ、日本での唯一の、そして生前最後となる写真である。

「平沼東柱」の名で呼ばれた留学生の本名も知らなかった日本人の同級生たちではあったが、彼のために送別ピクニックを催し、写真撮影に際して彼を主役として中央に立たせたのだ。

そこには、疑いようのない友情が見てとれる。民族の壁を超えて通い合う心があればこそ、この日のピクニックとなり、写真となった。

アメリカとの戦争が始まって、すでに1年半あまりが経過していた。開戦当初こそ日本軍の進撃が目だったが、前年6月5日のミッドウェー海戦に惨敗して以降、形成は逆転、戦争は泥沼化していた。兵力不足を補うため、文科系の大学生に応召命令が下り、学徒出陣が始まるのは、この年の秋からである。英語英文学科の学生たちが宇治に遊んだこの初夏の1日は、重く厚い時代の暗雲の隙間にさした陽光に輝く、つかのまの平和な憩いの日だった。

いまも宇治川にかかる天ヶ瀬吊り橋

森田さんの家には、男子学生の学徒出陣に臨んで皆で寄せ書きしたものが残っているが、そのなかには、宇治へのピクニックがいかに楽しかったかを回想する文章もつづられている。一般学生にとっても忘れがたい思い出となった宇治行だったのだ。
尹東柱が中央に立っていることとともに、注目すべきは写真の撮られた時期である。
男子学生たちは皆、長袖の学生服を着ているが、北島さんは半袖のワンピースを着ている。男子学生のなかには、暑さのためであろう、学生服の上着のボタンをはずしている者もいる。はっきりした時期を算定することは不可能ながら、おそらくは5月から6月のことだったと思われる。

大事なのは、この時点で尹東柱がすでに帰国を決めていたという事実である。

学生たちは戦時ゆえの変則的処置により、前年、1942年の10月に英語英文学科に入学、勉学を始めた。尹東柱は1年間を同志社に学び、それをひとつの区切りとして、帰国することに決めた。学期が終わるかなり前、初夏には帰国を決意していたのである。

北島さんのアルバムには、この日に宇治で撮られたもうひとつの写真が残されていた。川原で飯盒炊爨の準備、ないしは片づけをしているらしい様子が写っているが、残念なことに、尹東柱は写っていない。

宇治川で撮られたもう1枚の写真

今では、吊り橋の上流約700メートルのところに天ケ瀬ダムができており、川原の様子も変わってしまったが、どうやら尹東柱らの一行が降りたところは、橋から今のダム近くまでのぼったところだったらしい。

写真が出てきたことで、北島さんの記憶も次第にディテールがはっきりしてきた。それによれば、尹東柱はこの日、昼食の後で級友たちから請われるままに、川原で朝鮮民謡の「アリラン」を母国語で歌ったという。送別のピクニックであれば、主役の「平沼君」が歌のひとつも披露するのは、しかるべきなりゆきだったのだろう。

「アリラン」を歌ったのは、「故国の歌を歌ってくれ」という学友たちのリクエストがあったからだったろうか。あるいはまた、朝鮮からの留学生として、帰国の挨拶に披露する歌は民族を代表する歌がふさわしいと、尹東柱自身が考えたものだったのかもしれない。

尹東柱と同じく北間島《ブッカンド》の出身であり、延禧《ヨンヒ》専門学校の後輩にあたる張徳順《チャン・ドクスン》氏の証言によれば、尹東柱がもっとも好んだ歌は、アメリカの黒人作曲家ジェイムズ・A・ブランドが作曲した「Carry me back to Old Virginia（邦題「なつかしのバージニア」）であったという。ソウルの下宿でもよくひとり口ずさみ、口笛でメロディーを吹くこともあった。

だが、宇治の送別ハイキングでは、尹東柱はこの愛唱歌ではなく、母国の代表的民謡である「アリラン」を歌った。「平沼東柱」「平沼さん」と日本名で呼ばれてはいても、彼はあくまでも朝鮮の学生だった。

ちなみに、「アリラン」を朝鮮語で歌うような行為は、当時、すでに公の場では許されることではなかった。1940年、京都の朝鮮人留学生会委員長をつとめていた梁麟鉉《ヤン・インヒョン》氏（後に尹東柱と同じく福岡刑務所に服役）は、民族文化運動の一環として、来日していたパリ在住の朝鮮人舞踊家、趙澤元《チョ・テグウォン》に要請し、京都でも公演が行なわれたが、民族衣装を着て踊ることは許されても、朝鮮語で歌い、演じることは認められなかったという。

そういう時勢を考えれば、尹東柱を囲んだ同志社の学生たちのとらわれざる態度、開かれた精神を思わざるをえない。そこは、時局の強いた閉塞から免れた自由で開放的な時間と場であったのだ。

民族の歌を歌った尹東柱は、その危うさを意識していただろうか。屈託のない日本人同級生たちの笑顔を前に、彼は朝鮮語で「アリラン」を歌った。

「アリラン、アリラン、アラリオ。アリランコゲルル　ノモガンダ……（アリラン、アリラン、アラリオ。アリラン峠を越えてゆく……）」

尹東柱の歌声は、初夏の川面を這い、緑の谷に響き、学友たちの胸に沁みわたった。歌った当人はもとより、歌声の輪のなかにいた誰もが予想もしなかったであろうが、その日から尹東柱が逮捕されるまで、わずかに1、2カ月が残されているにすぎなかった。男子学生が学徒出陣によって、銃をかまえ、戦地に発たねばならなくなるときまでも、半年ほどしかなかったのである。

4.「そんな気持ちではありません!」教授宅での小さな「事件」

尹東柱《ユン・ドンジュ》とともに学んだもうひとりの女学生、森田ハルさんも、京都での尹東柱を知る上で重要な証言となる「平沼さん」の思い出をかかえていた。

それは、英語英文学科の主任教官だった上野直蔵氏の自宅に学生たちが茶会か何かに呼ばれたおりに、上野教授と「平沼さん」との間で、民族的な事柄をめぐって激しい言葉の応酬があったというものだった。教授の言葉に対して、「自分はそんな気持ちでこの学校に来ているのではない」と訴えたという。

口論となったのはわずかの時間で、教授が話題をそらして「事件」はすぐに収まったというが、平素はもの静かな「平沼さん」がそのときは黙っていないで言葉を荒げて反論したので、森田ハルさんは驚き、その場面を長く記憶することになったのだった。

同じ「事件」を語るのではないかと思われる、もうひとりの証言者が現れた。

森田義夫氏——。同志社の英語英文学科に学んだ同級生で、宇治のピクニックでも一緒だった。記念写真では、前列の右端に立っている。私が最初に電話で尋ねた時には、朝鮮からの留学生について忘却してしまっていたが、次第に記憶が蘇ってきたとして、後日、連絡をよこしてくれたのである。

氏の回想では、集まりのおりに学生たちがひとりずつ挨拶に立ち、そのとき、朝鮮からの留学生が「諸君には死を賭して守る祖国がある。だが私には守るべき祖国がない」というような趣旨の発言をして、一瞬、座がしらけたようになったが、上野教授がぴしゃりと彼を制したという。帰り道、森田氏は留学生の肩を抱くようにして慰めながら、帰途についたということだった。

森田（旧姓 澤田）ハルさんと森田義夫氏による上記の証言で明らかなように、その日、尹東柱と上野教授との間に、民族的な問題をめぐって何がしかの衝突があったことは間違いない。

その時期については、しばらくは記憶が揺れていたが、やがて学期の終わりころにしぼられてきた。夏休みに入る前に、教授宅に学生たちがそろう集まりがもたれたのだろう。尹東柱にしてみれば、いよいよ迫ってきた帰国を前に、教授への最後の挨拶という気持ちもあったかもしれない。

これらの状況証拠を得て、1994年当時、私はその日の「事件」を次のように推測した。すなわち、亡国の悲哀を嘆く尹東柱の感情がベースにあって、それが何がしかのきっかけで「大東亜共栄圏」や「聖戦完遂」といった国粋主義的な時局のムードに触れたことにより、いつもは抑えてきた民族感情が一気に噴き出してしまったのだと、そう考えたのである。

「自分はそんな気持ちでこの学校に来ているのではない」——。

尹東柱の反論は、大日本帝国が掲げるイデオロギーに与《くみ》することはないという、抵抗の宣言であったに違いなかった。そのような文脈で、森田ハルさんのインタビューを番組でも使わせてもらった。

基本的には、その解釈は妥当であった。しかしこの「事件」には、もう少し奥の深い、微妙な綾が覗かれるようなのである。

そのことを知ったのは、番組終了から15年後、久しぶりにお目にかかった森田ハルさんが、次のような証言を加えてくれたからだった。

「もう今だからお話ししてもよいかと思いますが、そのとき上野先生は、『スパイ』というようなきつい言葉を使われたのです。正確には『スパイ』ではなかったですが、それに類する言葉でした。『スパイ活動をしている』と、そんな意味の表現だったと思います」——。

森田ハルさんが、それまで上野教授の言葉に関して明言を避けていたのは、初めのうちは記憶が曖昧だったのと、記憶が蘇って以降は、恩師に対する遠慮があったためだろう。

しかし、歴史の記録として正確な証言を残しておきたいという気持ちから、公にお話しされる決意をされたのである。この新証言に接したことで、私のなかの京都時代の尹東柱のイメージは、ぐっと明確な輪郭線を描くようになった。

森田ハルさんの新証言を考えるポイントは2点あるように思う。

ひとつは、何故、上野教授は尹東柱に対して「スパイ」に類するきつい言葉をぶつけることになったかという問題である。上野氏は、専門の英文学研究でもいくつもの重要な業績を残しただけでなく、戦後になって同志社大学の総長までつとめた人望の厚い学者だった。そのような人物の口から「スパイ」に類する言葉が吐かれたというのは尋常でない。単なる人種差別のような感情からだけでは登場しえないレトリックなのだ。

私はこの尋常ならざる事態が出来《しゅったい》した理由を、上野教授が警察から何らかの情報を聞かされていたためと推測する。

その背景にあったのは、尹東柱のいとこ、宋夢奎《ソン・モンギュ》の存在とその経歴であろう。1935年から1936年にかけて、宋夢奎は故郷の北間島《プッカンド》を出奔《しゅっぽん》、中国の南京や済南に出向き、現地にあった朝鮮独立団体に加わって活動したことがある。その経歴から、帰郷後はずっと警察の要視察人物となっていたのである。

そのような危険人物の近親者で、始終行動をともにしている朝鮮人留学生が、英語英文学科にいる。ほどなく逮捕される可能性が高かろう。英語英文学科の主任教官としても、充分に注意してもらいたい……。そのように警察から聞かされたならば、上野教授としては単なる驚きを超え、自身の身はおろか学校運営にも関わる危険すら覚えたに違いない。

ただでさえ「敵性言語」とされた英語を教え、世間から白い目で見られている。これを機に、権力による英語英文学科のとり潰しだってあるかもしれない……。こうした危機感を胸にかかえていればこそ、「スパイ」云々と罵詈《ばり》にも等しい非難が言葉に現れたものと思われる。

このことはまた、このささやかな「事件」がいつ起きたのかという、時期の特定にも関わってくる。学期の終わり、夏休みの前とまでは、かつての学生たちの証言からつかめた。だが「スパイ」云々まで口に出たということであれば、さらに時期をしぼることができるだろう。

宋夢奎の逮捕は7月10日、尹東柱逮捕は同月14日だが、「事件」があったのは、限りなくその日に近い日だったのではなかろうか。尹東柱逮捕は7月10日、宋夢奎逮捕の直後だった可能性すらあるように思う。いずれにしても、ひょっとして教授宅での集まりは、宋夢奎を追求する過程で尹東柱にも嫌疑が向けられ、逮捕にいたるまぎわの、かなり緊張の高まった状況にあったことは間違いなかろう。

そしてもうひとつ、肝心の尹東柱の胸中の思いも、その襞《ひだ》を深くする。

森田ハルさんの新証言によって、国粋主義的な言葉に対して民族主義者の尹東柱が反発、対立したという、1994年の取材時に見てとった構図から、いささか様相がずれてくる。「そんな気持ちで学校に来ているのではない」という尹東柱の言葉の前に置かれるべきは、教授の投げかけた「スパイ活動をしている」のひと言だったのだ。スパイ活動のためなどではないと、尹東柱は反論したことになる。

だが、ほどなく尹東柱は逮捕される。朝鮮独立運動による治安維持法違反とされた。尹東柱の真意が奈辺にあったのか、そこに迫るには、彼を捕え、監獄に送った側の資料との比較検討が必要になってくる。

警察と司法当局が裁定した尹東柱の記録が、一見、乖離《かいり》して見える同志社大学英語英文学科の日本人学生たちが回想する「平沼さん」の記憶と、どのようにからみ、重なるのか、その考察を経てこそ、京都時代の尹東柱のありようが、初めて立体的に浮かびあがってくるはずなのである。

5. 尹東柱、京都での9カ月

当局が尹東柱《ユン・ドンジュ》をいかなる罪に問い、どのような裁きを下したのか、その資料として残るものは、内務省警保局保安課が発行した「特高月報」の1943年12月分に載る「在京都朝鮮人学生民族主義グループ事件策動概要」と、京都地方裁判所による尹東柱、宋夢奎《ソン・モンギュ》それぞれの判決文が基本となる。「特高月報」は、事件を宋夢奎を主役に説明しており、その思想内容と行動指針を明らかにはするものの、京都でいつ、どのようなことをしたのか、個々の具体的な事実については、判決文のほうにより詳しい。

尹東柱を語って、ハングルで詩を書いたことが罪とされたとする言辞を時々見かけるが、警察と司法に残る資料を見る限りでは正しくない。

3つの資料のなかに、ハングルでの詩作に言及した部分は1カ所もない。事件の核とされたのは、朝鮮での徴兵制施行を逆手にとった独立のための武装蜂起論にあるのであって、これはどう見ても宋夢奎が主体となって唱え、尹東柱は熱心に論を説く宋夢奎の横で頷きながら座していたものと思われる。実際に武器をとって行動を起こしたわけでもなく、議論をしただけで逮捕、収監にいたり、ひいてはふたりの青年を獄死にいたらしめた当時の治安維持法の非道さは論を待たないが、ここではひとまずそこに足を踏み入れず、尹東柱の行動について虚心に見てゆくことにしたい。

判決はともに懲役2年だった。ただし、尹東柱のみに未決拘留120日算入が言い渡された。つまり、2年から120日をマイナスした約1年8カ月を懲役刑に服さなければならなくなったのである。不思議なことに、判決文は宋夢奎に比べ、尹東柱が2割近く長い。判決理由の説明では、問題とされた行動のディテールを追って、尹東柱のほうにより多くの行動記録を残す。

おそらくは求刑にあたって、尹東柱の「問題行動」を追加的に列挙しなくては、宋夢奎同様の罪を問うことが難しかったためかと思われる。ただそれによって、尹東柱の京都での事跡がある程度は見えてくるという、皮肉な結果をもたらした。

尹東柱と宋夢奎の判決文から個々の事跡を年表的にまとめ、そこに京都時代の尹東柱を知る人々の記憶を加え、総合的に当時の尹東柱を俯瞰してみたい。

判決文は、罪とされたいくつもの「問題行動」を、「○○に対して」と、対象となった人物ごとに分類し、記録をあげているので、これをトータルに時系列に並べ変えるだけでも、ずいぶんと印象は違ってくる。そこに、同志社の同級生たちの記憶を重ねるのだが、もうひとり、当時の尹東柱を知る韓国人の記憶をも加えたい。

哲学博士の安秉煜《アン・ビョンウク》氏――。戦時中、東京の早稲田大学に留学していた安秉煜氏は、ある日、親しい友人だった立教大学の白仁俊《ペク・インジュン》から連絡をもらい、高田馬場にあった下宿を訪ねた。するとそこに、京都から出てきた尹東柱と宋夢奎がいた。

初対面だったが、安秉煜氏は一緒に泊まりこんで、4日もの間、連日、朝鮮の現状や将来について語り合った。文学の話もし、ベートーヴェンなど古典音楽のレコードも聴いた……。

安秉煜氏はこれを1943年の1、2月ごろと回想したが、判決文によれば、宋夢奎は病気療養のため4カ月間帰省したとあり、それは一連の行動記録から、1942年12月初旬以降、1943年4月中旬までの間でなければ成立しないので、安秉煜氏の記憶は少し時期をスライドする必要がある。東京での会合は、宋夢奎が帰省中に知った最新の朝鮮事情を報告したものだったろうから、早くとも3月末、おそらくは4月だった可能性が高い。

以上のようなことを踏まえて、京都時代の尹東柱の事跡を、時系列的に整理してみよう。行動内容の末尾に置いた括弧内で場所を記したが、その後に付したローマ字は以下のような区分を表す。すなわち、尹東柱を主語とする単独の記録をYに、宋夢奎単独の記録をSに、尹東柱が宋夢奎と一緒だった記録をYSとする。

武田アパート

なお、場所として頻繁に登場する「武田アパート」とは、京都市内田中高原町にあった尹東柱の下宿である。

判決文に何度か登場する「白野聖彦」「松原輝忠」は朝鮮からの留学生で、「白野聖彦」に関しては、尹東柱より1年半ほど前から同志社の英語英文学科に学び、後に米国イェール大学の教授となった張聖彦《チャン・ソンオン》氏と推定される。

高熙旭《コ・ヒウク》は京都の三高に留学中で、宋夢奎と同じ下宿に暮らしていた。尹東柱と同じ7月14日に逮捕されたが、不起訴となっている。

1942年

10月　同志社大学英語英文学科に転入学。（Y）

11月下旬　白野聖彦に対し、朝鮮語学界事件について論難。（於 武田アパートY）

12月初旬　白野聖彦に対し、個人主義思想を排撃。（於 銀閣寺付近街路Y）

12月初旬　宋夢奎、同宿の高熙旭に新しい独立運動について語る。（於 宋夢奎下宿S）

この後、宋夢奎は病気療養として4カ月ほど帰省、朝鮮事情をさぐる。

1943年

正月　京都を訪ねた尹永春に、フランス詩への熱意を吐露。（Y）

時期不明　フランス語の授業の際、「ふたりきりだと、間違えたときに恥ずかしい」と発言。（Y）

2月初旬　松原輝忠に対し、朝鮮での朝鮮語科目廃止を論難。（於 武田アパートY）

2月中旬　松原輝忠に、学生の就職状況から内鮮間差別を論難。（於 武田アパートY）

3月末か4月　宋夢奎と上京、白仁俊と会合。安秉煜も参加。（於 東京の白仁俊下宿YS）

4月中旬　宋夢奎から、朝鮮満州の状況を聴取、徴兵制を論ず。（於 宋夢奎下宿YS）

4月下旬　白仁俊が東京から京都を訪ね、宋夢奎を交えて会合。朝鮮の徴兵制を批判、武装闘争への契機ととらえる。（於 八瀬遊園地YS）

5月初旬　白野聖彦に、朝鮮古典芸術の卓越と独立の要を論ず。（於 武田アパートY）

5月か6月　同志社英文科の学生たちと、宇治に送別ピクニック。記念写真撮影。（於 宇治Y）
5月下旬　松原輝忠に戦争と朝鮮独立を論じ、日本敗戦を期す。（於 武田アパートY）
6月下旬　宋夢奎、高熙旭に大東亜戦争終結と朝鮮独立を論ず。（於 宋夢奎下宿S）
6月下旬　宋夢奎から、チャンドラ・ボースのような独立運動家の待望論を聞く。宋夢奎は朝鮮独立達成への決起を激励。（於 武田アパートYS）
6月下旬　白野聖彦に対し、三品彰英著『朝鮮史概説』を貸与。（於 武田アパートY）
7月初〜中旬　上野教授宅でスパイ呼ばわりされ、「そんなつもりじゃない」と反論。（Y）
7月10日　宋夢奎逮捕。
7月中旬　松原輝忠に、文学は民族の幸福に立脚すべしと民族的文学論を説く。（於 武田アパートY）
7月14日　尹東柱逮捕。高熙旭逮捕（後に不起訴）。

6．京都で何があったのか？

判決文において「罪状」とされた行為は、基本的には下宿などで同胞留学生と議論していたにすぎない。当局はそれを「オルグ活動」と断じたようだが、政治運動としての組織性、活動性は希薄だ。

1943年の春に、最新の朝鮮事情を見てきた宋夢奎《ソン・モンギュ》とともに尹東柱《ユン・ドンジュ》が東京へ白仁俊《ペク・インジュン》を訪ね、ほどなく今度は白仁俊が京都を訪ね会談するくだりが、わずかに組織性、活動性が匂う部分だが、安《アン・》秉煜《ビョンウク》氏の証言によれば東京では音楽を聴いていたともいうので、政治色オンリーではない。政治もふくむ故国の情勢や将来像を語り合ったということだ。
1943年3月2日、朝鮮では兵役法の改定が発表され、それまで志願兵制に限定されていた朝鮮人に対し、内地日本人同様の徴兵制による兵役義務が課せられることになった。帰省中にこの公布に接した宋夢奎が、京都に戻るなり、徴兵制の問題を中心に論じたのは当然であった。宋夢奎はまた、植民地の人間にまで徴兵制を敷かなくてはならなくなった切迫した状況を冷静に分析、日本の敗戦は遠くないと認識するにいたった。

無論、日本敗戦の暁には朝鮮は独立の悲願を果たすことになる。こうして1943年の春以降、宋夢奎を中心とする彼らの集まりでは、徴兵制の問題と独立に向けた論議がにわかに盛んになってゆく。ただ、宋夢奎が朝鮮人を対象とする徴兵制への単なる批判を超えて、将棋の駒をひとつ進めるように、徴兵制を逆手にとった武装蜂起論へと進んだことで（これはこれで宋夢奎の卓越した英明さを示すものだが）、警察としては「危険区域」に入ったと判断し、検挙に踏みきったものと思われる。具体的に武装蜂起の計画を進めたわけではなくとも、日本当局の目に、その論は衝撃的な危険思想として映ったのだった。

こうした議論が展開されて行くなかで、尹東柱も帰国を決めた。
判決文によれば、5月下旬に尹東柱は同胞留学生の「松原輝忠」に対し、戦争の行く末と朝鮮独立をからめて論じ、日本敗戦を期すと語っている。これは、宇治へのピクニックと時期的にかなり近い出来事だったはずだ。ピクニックが帰国を決めた送別行事の意味合いをもっていたことからすると、尹東柱の帰国の決意は、どうやら日本の敗戦を見こしたものだったことが見えてくる。

ただ判決文を精読しても、尹東柱がしたとされる話に武装蜂起論は登場しない。

4月中旬、下旬、6月下旬と、宋夢奎は朝鮮の徴兵制を論じて、武器を手にした朝鮮人による武装闘争への契機ととらえる見解を述べているが、宋夢奎が不在のところでは、尹東柱は武装闘争にまで踏みこんでいない。ここに、幼なじみのいとこ同士で、親友でもあったふたりの微妙な差が見てとれるように思う。

ここまで理解が進んだときに、教授宅で口にした「そんな気持ちじゃない」という反論の真意がようやく見えてくる。

激しい言葉の応酬はわずかの時間だったというが、尹東柱の気持ちをかみ砕いて述べれば、おそらく次のようなことだったのではないだろうか。

「自分はスパイをしようなどと、日本に来たわけではない。ここで学びたいという気持ちは真剣なのだ。日本人に刃を向け、敵側に通じて日本滅亡のために策動する、そのような目的のために京都にいるのではない。だから、日本人の同級生たちとピクニックにも行った。教授の家にも、こうして一緒に訪ねたのだ。だが、このような日本ならば……、今のような日本を続けるならば、日本はおのずと滅びることになる。そのとき、朝鮮は独立する。それゆえ、朝鮮人である自分はその日に備えなければならない。新しい朝鮮のために、自分は文化の畑で力を尽くさなければならない。それは「他人《ひと》の国」に留学までして学んだ朝鮮人知識人青年としての使命なのだ」——。

もうひとつ、注目したい点がある。

7月中旬に、尹東柱が「松原輝忠」に対して、文学は民族の幸福に立脚すべきだと民族的文学論を説いたとされるが、この時期については要注意だ。

「中旬」とは、10日から20日までを言う。宋夢奎逮捕は7月10日である。従って尹東柱が民族的文学論を語ったのは、おそらく宋夢奎逮捕よりも後のことなのである。

尹東柱ははたして宋夢奎の逮捕を知っていたのだろうかという疑問まで湧いてくる。宋夢奎の逮捕後、すぐに逃亡していれば、自身の逮捕を免れていたかもしれないのだ。

逆に、自らの身に忍び寄る警察の魔の手を予感していたならば、「松原輝忠」に語ったのは「遺言」ともいうべき言葉になる。

過激な民族主義の色に塗ることでしか「犯罪」に問えないわけなので、警察と司法はあくまでも民族的文学論を強調する。だが私にとって印象的なのは、「遺言」となった最後の議論が、文学に関するものだったということだ。

尹東柱は、「文学とは何か」という、詩人であれ小説家であれ、文学者としての原点でありゴールでもある永遠の命題について、語っていたのである。当局が強引にまとめた判決文によってすら、尹東柱は最後まで文学の人だったのだ。

このときに、例えばジャン・コクトーの話は出なかったのだろうか。新しい朝鮮の建設に向けた青年文化人としての使命と、フランス現代詩に惹かれてやまない詩人としての創造的営為とが、どのように融合し、いかなる詩世界の宇宙を開こうとしていたのか、帰国を決意した京都時代の末期に尹東柱が到達した境地に、興味はつきない。

かえすがえすも惜しいのは、京都時代の詩作品がひとつも残っていないことだ。立教時代の詩は、

「たやすく書かれた詩」をふくむ5篇の詩が、ソウルの友人、姜処重《カン・チョジュン》に送られ守られた。だが京都時代の作品は、どのような詩だったのか、手がかりすらないのだ。

1994年の取材時に、尹東柱を逮捕した下鴨警察署に調査を申しこんだが、遺稿を始め、資料の類は何も残っていないという回答だった。

民族主義が露骨で、反日、抗日的な気分を煽るものだったなら、警察は詩を見逃さなかったろう。文学に縁遠い刑事が日本語に翻訳させ検閲したに違いないその詩は、治安維持法違反で問うに値しないと判断されたものと思われる。

逆説めくが、だからこそ、到達点としてのその詩が知りたい。京都での日々、尹東柱の詩はたやすく書かれたものだったのか……？

判決文に「白野聖彦」として登場した張聖彦氏の行方を、苦労してニューヨーク郊外につきとめ、連絡をとったが、自身がかかわったとされた尹東柱の「罪状行為」については、少しも記憶がないとのことだった。『朝鮮史概説』を渡されたことも覚えていなかったし、そもそも尹東柱とは学内でたまに見かける程度で、政治的な話など交わしたことがないという。

ただ1点だけ、氏の記憶にはっきりと残る事柄があった。それは、1943年の夏休みに際し、朝鮮まで一緒に帰省しようということになり、同じ汽車に乗るため、約束した京都駅で尹東柱を待っていたという記憶だった。

だが、尹東柱は現れず、仕方なく張聖彦氏はひとりで汽車に乗った。おそらくは、逮捕されたその日か、翌日のことだったのだろう。

当局によって帰国を阻まれ、汽車に乗れなかった尹東柱――。

西へ向かう汽車に尹東柱が乗ることになったのは、１９４４年の春、刑が確定し、福岡刑務所に向かうときであった。

だが、夜明けの日を信じて祖国朝鮮に戻ろうとした彼の帰国は、永遠にかなうことがなかったのである。


尹東柱が日本で詠んだ詩で、現存するものは、わずかに5篇。そのなかで、完全なかたちで残る最後の詩となるのが「たやすく書かれた詩（쉽게 씌어진 詩）」である。東京の立教大学時代に詠まれた詩ではあるが、異郷の地に学ぶ孤独な心情、そして祈るような気持ちは、京都でも変わりなかったことだろう。

戦時下の日本、時代の巨悪が学窓にまで忍び寄る重苦しさのなかにあって、尹東柱の胸の底には、この詩に込められた思いが、いつも反復され、奏でられていたに違いない。

それは、初夏の1日をともに楽しく宇治にピクニックに出かけた日本人同級生たちには、決して語られることのない、明かすことのできない、秘めたる真情であった。

「たやすく書かれた詩」

窓辺に夜の雨がささやき
六畳部屋は他人《ひと》の国、

詩人とは悲しい天命と知りつつも
一行の詩を書きとめてみるか、

汗の匂いと愛の香りふくよかに漂う
送られてきた学費封筒を受けとり

大学ノートを小脇に
老教授の講義を聴きにゆく。

かえりみれば、幼友達を
ひとり、ふたりと、みな失い

わたしはなにを願い
ただひとり思いしずむのか？

人生は生きがたいものなのに
詩がこう　たやすく書けるのは
恥ずかしいことだ。

六畳部屋は他人《ひと》の国
窓辺に夜の雨がささやいているが、

灯火《あかり》をつけて　暗闇をすこし追いやり、
時代のように　訪れる朝を待つ最後のわたし、

わたしはわたしに小さな手をさしのべ
涙と慰めで握る最初の握手。

一九四二・六・三
（伊吹郷訳）

第5章　福岡刑務所、最後の日々（前編）

――疑惑の死の真相を追って

――「君のコオロギは、わが独居監房にも鳴いてくれる。ありがたいことだ」――

（尹東柱、弟の一柱への葉書から）

1　絶望的な「壁」の向こうに

いよいよ尹東柱《ユン・ドンジュ》の最後の日々について書かなければならない。哀しくも、気が重い。痛みなくしては、1行も進まない。

27年という短い生涯の終焉《しゅうえん》、しかも通常の死ではない。福岡刑務所に収監され、帰らぬ人となったのだ。その死には人体実験という、おぞましい疑惑までつきまとっている。とりかえしのつかない喪失。嘆きようのない犠牲……。

心に重しを置かれるもうひとつの理由は、これはすでに京都時代からそうであったが、詩作品がひとつも残されていないことにもよる。詩人とは天命であると自覚していた（「たやすく書かれた詩」）その人の最後を語るに、詩1篇すら登場しない。

どうあがいても、詩人の思いには届きようがない。詩ばかりではない。彼の肉声や、人となりを感じさせる記録、記憶が皆無に近い。

この点、同級生らの記憶のなかに、人としてのぬくもりをもって生きていた京都時代の尹東柱とは雲泥の差だ。刑務所という、まさに世間から隔絶された壁を、その絶望的な高さを、痛感するばかりである。

この時代の尹東柱の尹東柱らしい記憶といえば、弟の尹一柱《ユン・イルジュ》氏の残した証言として、刑務所から出された故郷の家族宛ての葉書で「英和対照の新訳聖書を送ってほしい」と頼んできたこと（月に1度は家族への葉書を書くことが許されていた。もっとも検閲によって黒々と墨が塗られてしまう箇所も少なくなかったという）と、「筆の動きを追うようにすだくコオロギの声にも、早や秋を感じます」と書き送った尹一柱氏の便りに、やはり葉書で「君のコオロギは、わが独居監房にも鳴いてくれる。ありがたいことだ」と返事をよこしたということくらいしか伝わっていないのである。

それでも、客観的な事実を、可能な限りは追究しなくてはならない。本人の声に届きえないのだとしたなら、周辺事情の把握につとめることで、最後の日々の実態に迫ってゆくしかない。

尹東柱が収監されていた1944年春から亡くなった1945年2月まで、福岡刑務所はどのような状況下にあったのか。衣食住を始め、生活環境はどのようなものだったのか。

その周囲にはどのような服役者がいたのか、尹東柱を記憶する人は本当にいないのか。その存在を記録し、最期を語る公文書はどこにもないのか。日本にないのなら、ひょっとして終戦後に日本を占領した米軍が押収した資料のなかにあるのではないか……。

1944年3月22日、京都地方裁判所で懲役2年の刑を宣告された尹東柱は、福岡刑務所へと送られた。

ちなみに、京都大学に留学していたいとこの宋夢奎《ソン・モンギュ》もまた2年の懲役刑の判決を受け、同時期に福岡刑務所に収監されている。福岡刑務所の服役者は全員が男性であり、尹東柱や宋夢奎のような治安維持法違反者（思想犯）は皆、北3舎と呼ばれる専用の獄舎に収監された。福岡刑務所には、敷地の北側に扇の骨のかたちに延びる3棟の獄舎棟が敷設されていたが、東側からそれぞれ北1舎、北2舎、北3舎と呼び習わされていた。

獄舎棟はどれも赤レンガづくりの2階だてで、北3舎の場合、中央の通路をはさんで両側に独房が並び、他の服役者との接触はいっさい禁じられていた。接触を禁じるがゆえに、基本的には、一般囚のように、服役中に労働は課せられない（ただし、独房内での手仕事が与えられる場合もあり、出所時に受けとる報酬となった）。

日がな1日、鉄の扉で閉ざされた狭い獄房のなか、ひとりで時間をすごすしかなく、独居房を出るのは、1日に1回、わずかに許された運動の時間と、週に1度、風呂場に赴くくらいで、このときも囚人同士が話し合ったりすることのないよう、厳重に監視された。

刑務所内で着る獄衣も独房収監者は朱色（柿色）で、一般囚が着る青色の服とは明確に区別された。

尹東柱も朱色の服を着たことは間違いない。独居房の服役者たちが名前で呼ばれることはなく、皆、それぞれに割りあてられた番号で呼ばれた。名前が呼称されないので、服役者の存在が周囲に洩れ伝わることは稀だった。

　独房の入口には「厳正独居」と朱書きされた札がかけられていたというが、まさしく厳格な独居が義務づけられた、情け容赦もない閉鎖空間であった。

航空写真がとらえた福岡刑務所（写真中央部）。扇形にひろがる獄舎棟のうち、左側が北３舎。
（出典＝国土地理院ウェブサイト：http://mapps.gsi.go.jp/contentsImageDisplay.do?specificationId=1276&isDetail=true より、福岡刑務所を中心に編集部にてトリミング加工。1947 年３月 22 日、米軍撮影）

2. 北3舎の「住人」たち

　独居房の服役者同士の交わりの機会が極端に制限されていたとはいえ、まずは尹東柱《ユン・ドンジュ》と同じ時期に福岡刑務所の北3舎に収監されていた人を、韓国人であれ日本人であれ、可能な限りさがすことにした。その結果、1994年の取材当時、韓国では3人、日本では2人の、北3舎の旧「住人」たちと会うことができた。梁麟鉉《ヤン・インヒョン》氏、孫時憲《ソン・シホン》氏、崔道均《チェ・ドギュン》氏、そして山中一郎氏、釘宮義人氏である。

　韓国人の3人は、尹東柱と同じく民族独立運動によって治安維持法違反に問われた人々で、梁麟鉉氏が1943年4月から1944年9月ごろまで、孫時憲氏と崔道均氏はともに1944年4月から1945年10月まで、福岡刑務所の北3舎に収監されていた。

日本人、朝鮮人を問わず、1945年8月15日の終戦時まで収監されていた治安維持法違反受刑者たちは、基本的には戦後なお2カ月ほどに刑務所に留め置かれ、10月10日付で全国いっせいに釈放となっている。

山中一郎氏は共産主義者で、以前から刑務所への入退所をくりかえしてきた筋金入りの運動家だった。福岡刑務所には1941年12月に入所、戦後に釈放されている。

釘宮義人氏は徴兵を拒否したクリスチャンで、1944年2月から1945年1月まで福岡刑務所に服役した。もっとも、最初の3カ月ほどは手違いで一般囚が入る雑居房に収監されていたが、その後は正規の北3舎の独房に移されたという。

この5人の北3舎の元「住人」たちには、ひとりひとり直接お目にかかり、インタビューもした。インタビューの書き起こしは、今もすべて私の手元にある。

だが結論からいうと、尹東柱が服役した時期と一部、ないしはまるまる受刑期が重なるこれらの元「住人」たちは、直接には尹東柱の記憶をもちあわせていなかった。

それほどに独居房受刑者は囚人同士の接触が厳しく禁じられていたのであり、事実、孫時憲氏は留学先の東京で崔道均氏と「ナラダン」という抗日民族運動グループを組織してともに闘った仲でありながら、同じ福岡刑務所に崔氏が収監されたことを知らず、釈放のときになって初めてかつての同志が身近にいた事実を知ったという。

とはいえ、釘宮氏は「お前、チョーセンか！」と、看守ないしは雑役夫が張りあげた罵声が廊下に響くのを耳にしたことがあるというし、山中氏は、これは尹東柱の死後のことながら、1945年6月19日の福岡大空襲のおりに、避難した刑務所内の防空壕で、中国の漢口で逮捕された朝鮮人独立運動家と隣り合わせたという。

互いに隔絶された状況下にあったとはいえ、北3舎の朝鮮人服役者の存在自体は、日本人服役者にもおのずと窺い知られていたのである。

なお、1994年の取材時にはすでに故人となられていたが、私自身は、戦時中に福岡刑務所の北3舎に収監されたもうひとりの人物にも会っている。吉田敬太郎氏――。衆議院議員だった氏は、国民に真実を知らせぬまま無謀な戦争を遂行する政府、軍部に敢然と反対し、造言蜚語《ぞうげんひご》罪その他の罪に問われて、1945年の春に福岡刑務所に収監された。

戦後は牧師になり、その後、人々に請われて若松市長にもなった吉田氏には、1983年に氏の一代記を番組にするための取材でお目にかかり、また私が尹東柱に関心をもつようになって以降、たしか1985年と記憶するが、氏を再訪し、戦争末期の福岡刑務所での状況を尋ねもした。

吉田氏は尹東柱が死去して2カ月ほどして福岡刑務所に収監されているので、尹東柱を直接知るはずもなかったが、『汝復讐するなかれ』（キリスト教出版社　1971年）という、悲惨を極めた獄中生活のなかでのキリスト教との出会いを中心につづった小著もあって、北3舎での様子を具体的に記録している。

この著書のなかで、吉田氏は北3舎の収監者に関連して、「同じ『厳正独居』であしらわれている者は、私のほかにも17、8人いた。韓国人がひとり、キリスト教の牧師がひとり、そのほかにアメリカやイギリス兵の捕虜などもいた」と書いている。

17、8人という人数はあくまで氏の身のまわりに知覚できた数ということで、北3舎全体を俯瞰したものではなかろうが、互いの接触が厳しく禁じられていても、その程度の周辺状況はおのずと見えてくるのだろう。吉田氏の場合にも、やはり朝鮮人の存在は可視的であった。

また、上記の人々の他に、在日2世のルポライター・金賛汀《キム・チャンジョン》氏が書いた『抵抗詩人尹東柱の死』（朝日新聞社　1984年）では、独立運動によって福岡刑務所に収監され、そこで死亡したという朝鮮人、曺今同《チョ・クムドン》氏についての記述がある。獄死したのは1945年3月10日だというが、尹東柱に関する証言は残していない。

また同書には、共産主義運動によって福岡刑務所に収監され、戦後に釈放された福岡醇次郎氏が登場するが、尹東柱についての記憶はもちあわせていなかったという。私が関係者を取材した1994年には、福岡氏はすでに故人となっていた。

また、崔道均氏の証言によれば、氏は東京でともに逮捕された「ナラダン」の同志、朴五勲《パク・オフン》氏を、通りすがりに刑務所内で1度だけ見かけたことがあったという。垣間《かいま》見るだけで声をかけることもできなかったが、久しぶりに見た同志はひどくむくんで見えた。崔氏によれば、その後、この朴五勲氏は尹東柱と同じころに獄死したという。

収監された側だけではなく、収監した側、つまり看守など、福岡刑務所に勤務していた人たちからも、北3舎の「住人」たちについての記憶をさぐることにした。その結果、尹東柱が収監されていた当時の看守のなかから、古田稔氏、大隈正義氏、榊朝之氏の3人に会うことができた。

古田氏は1940年から福岡刑務所に看守として勤務し、1945年6月に応召、戦後復職して1947年まで福岡刑務所に勤めた。その後は、日本全国の刑務所を転々としたが、1975年から2年ほどは古巣に戻り福岡刑務所長として勤務もしている。

大隈氏は1942年から福岡刑務所に勤務、1945年7月に応召したが、戦後復職、1980年に退職するまで福岡刑務所ひと筋に看守として勤めた。

榊氏は1928年から福岡刑務所に勤め、戦後1年たらずで退職し、福岡市役所に転職した。

1994年にこれらの元看守の人たちに確認したところでは、独房が並ぶ北3舎に収容されるべき人々とは、原則として以下のような人たちであったという。

1．治安維持法違反者。具体的には共産主義者や、天皇制イデオロギーと相いれない宗教者、また朝鮮人をはじめとする日本統治に反対する民族主義運動家など。

2．もとは一般囚だったが刑務所で問題を起こして隔離が必要になった者。

3．一般囚とは隔絶する必要のある特殊な服役者（西洋人などの外国人や政治家など）。

続いて元看守たちには、具体的に記憶に残る1944年から1945年ごろの北3舎の「住人」について尋ねてみたのだが、彼らの記憶に共通して登場するのは、軍法違反の軍人――中国大陸、とりわけ満州方面に駐留中、何がしかの罪を犯して送られてきた者や、アメリカ人捕虜、また思想犯として投獄された左翼人士や代議士などであった。

アメリカ人捕虜は日本各地に設営された捕虜収容所（POW）に収容されるのが基本であるが、炭鉱などでの労働現場で問題を起こしたり逃亡を試みたりすれば、刑務所に送られるケースがあった。

また、ここで語られた代議士とは、かの吉田敬太郎氏に違いなかろう。

尹東柱、いや当時は創氏改名による日本名で呼ばれていた「平沼東柱」について記憶がないかどうか、執拗に尋ねてみたが、埒《らち》があかなかった。

尹一柱《ユン・イルジュ》氏ら家族の証言によれば、尹東柱の没後、遺体を引き取りに行った家族に対し、尹東柱が絶命寸前に何かを朝鮮語で叫んだと、その最期の様子を知らせてくれた看守がいたというが、この逸話を投げかけても、反応はなかった。

尹東柱に限らず、北3舎の朝鮮人服役者に対して何か記憶がないかどうか、さらに確認を重ねてみたが、たしかに朝鮮出身の服役者も何人かいたという程度にすぎなかった。元看守たちが言うには、当時は朝鮮人服役者といえども「日本人」として扱われたので、特別に記憶を留めることにならなかったとのことだった。

驚いたことに、刑務所内の朝鮮人として元看守たちの記憶に残る具体的存在となると、服役者ではなく、戦時中に雇用されたという2名の朝鮮人職員（看守）なのであった。

アメリカとの戦争が泥沼化してゆくとともに、炭鉱など日本内地の労働現場に多くの朝鮮人が送りこまれたが、それとともに、法に触れる行為を犯して刑務所に収容される者も増加した。

そうした人々のなかには、必ずしも日本語に堪能でない者もいたので、朝鮮人の看守を臨時に雇うことになったのだという。ただ、それはあくまで一般囚としての朝鮮人服役者の管理のために雇われたのであって、独立運動によって北3舎に収監された朝鮮人の場合は、皆インテリで日本語に不自由はなく、北3舎に限っては朝鮮人看守をあてがう必要などなかった。

なお、この朝鮮人看守は戦後退職し、故国に帰ったという。

3．在米資料のなかの尹東柱と治安維持法違反受刑者たち

1994年の取材では、生き証人さがしと同時に、文書や記録の調査、発掘にも努力した。当然ながら、福岡刑務所に対してもNHKとして公式に調査要請をした。

福岡刑務所は、尹東柱《ユン・ドンジュ》の収監されていた当時、福岡市内の藤崎にあったが、1965年に粕屋郡宇美町に移転し、今にいたっている。藤崎時代の重要記録などは、移転先にも移されたはずだった。だが、公共放送のNHKの公式申請をもってしても、記録の開示はかなわなかった。

日本国内では埒《らち》があかないので、アメリカに残る占領関係資料のなかに、尹東柱に関するもの、また福岡刑務所に関するものをさがすことにした。福岡刑務所は戦後アメリカ軍が進駐し、その管理下に置かれた時期があるので、押収資料のなかに尹東柱関連の記録が存在する可能性があった。

国立公文書館（National Archives）、議会図書館（Library of Congress）、さらにはCIC（Counter-Intelligence Corps＝陸軍対敵諜報部隊）のアーカイブまで、リサーチをかけた。

戦後、日本を占領したアメリカ軍によって押収された文書資料は、いったんすべてがワシントン・ドキュメント・センター（WDC）に送られ、その後、国立公文書館と議会図書館とに仕分けされた

ので、基本的にはこの両者を当たれば事たりる。

だが、ひょっとして、日本占領後の統治を進めたGHQ（連合国総司令部）のもとに置かれた諜報機関のCICが収集した情報のなかに、戦時中の福岡刑務所に関する機密事項がないかと、調査の手をひろげたのである。

すると、ほどなくして、議会図書館が所蔵する、戦時中に内務省がまとめた治安維持法違反者関係資料のなかに、「宋村夢奎」「平沼東柱」「高島熙旭」の名が連名で載る文書が2点見つかった。それらの名は、宋夢奎《ソン・モンギュ》と尹東柱、そして宋夢奎と同じ下宿に暮らしていた三高生・高熙旭《コ・ヒウク》（逮捕されたが不起訴）の創氏改名による日本名である。

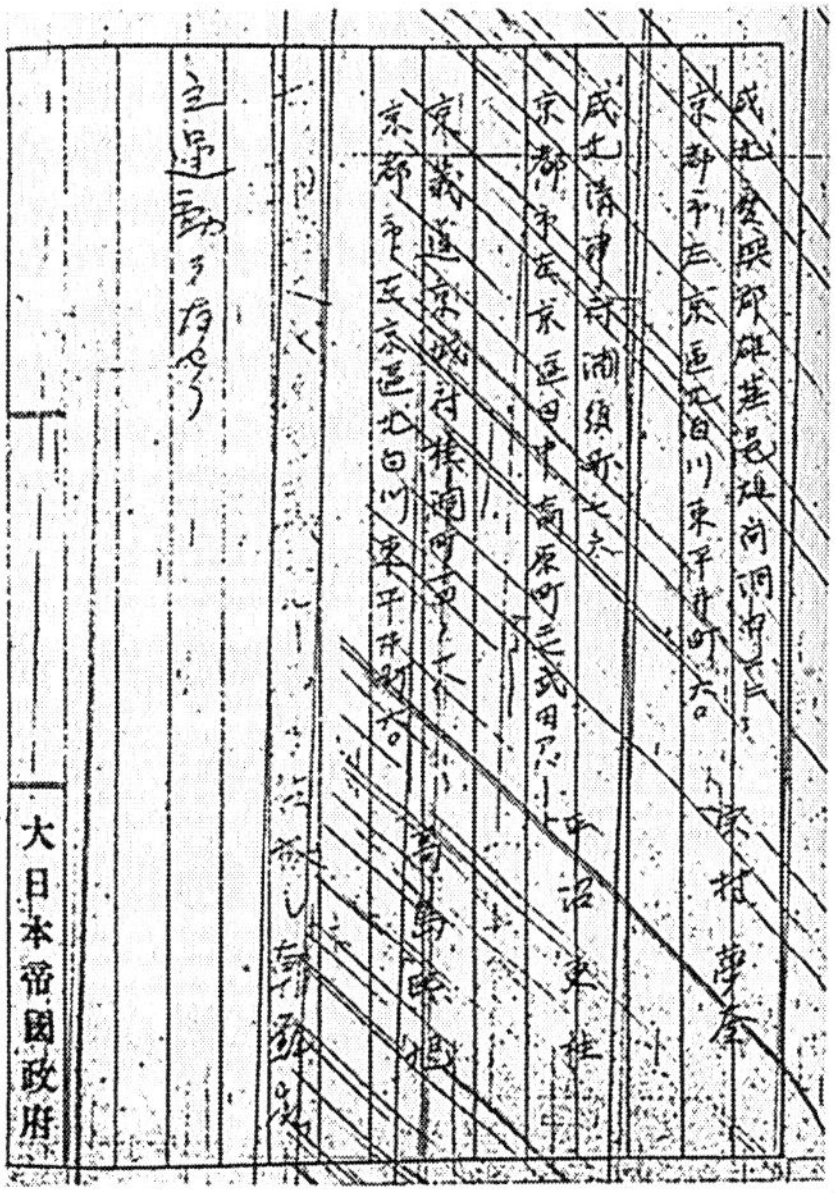

治安維持法違反者資料に載る「平沼東柱」（右半面の斜線はマイクロフィルムの傷によるもの）

1点は全国の警察署から内務省警保局に送局となった被疑者たちの一覧表リストだったが、もう1点は3人にしぼってページがさかれ、それぞれの名前、本籍地、現住所をあげた後、「右ノ朝鮮人、民族主義グループヲ結成し朝鮮独立運動ヲなせり」との説明が添えられていた。

新資料が出たことで当座は興奮したものの、特に知られざる新情報が得られたわけでもなく、しかも後日わかったことだが、アメリカに押収されたこの内務省資料は、マイクロフィルムのコピーが東京の国立国会図書館にも入り、保管所蔵されているものなのであった。

福岡刑務所に収監された治安維持法違反者に関する資料も、議会図書館が作成したマイクロフィルム資料のなかに1点が見つかった。

1945年10月1日付で、司法省刑政局長が日本全国の各刑務所長に宛てて出した治安維持法違反受刑者の報告を求める文書であった。要は、終戦まで生きのびた治安維持法違反受刑者がきちんと釈放されたものか、その確認と報告を求めたものである。

この文書の福岡刑務所の欄に、以下の名前が載っていた。重村命祚、重岡秀逸、浜津良勝、福岡醇次郎、李忠翼《イ・チュンイク》の5名である。このうち、重村と重岡の名前の下には「(民)」とあり、浜津と福岡の下には「(共)」と付記されていた。おそらくは、「民族運動」と「共産主義」であるかと推測された。

福岡醇次郎氏に関しては、先にも説明した通り、金賛汀《キム・チャンジョン》氏の『抵抗詩人尹東柱の死』によって既知の人物であった。

浜津良勝なる人物はすぐにはわからなかったが、その後、1942年に「中共諜報団事件」と呼ばれた諜報事件に連座して検挙された人物であることが判明した。「満州国」錦州市で地方行政の職に従事しながら、反日諜報活動をしていたとされる。ゾルゲ事件（1941年に発覚した、ソ連が送り込んだドイツ人スパイのリヒャルト・ゾルゲを中心とする諜報団事件）で逮捕された尾崎秀実や、中国共産党ともつながる人物だったようだ。戦後に解放され、熊本県で共産党の活動に参加したが、ほどなくして死亡している。

このリストに山中一郎氏がふくまれていないことを不思議に思ったが、氏に関してはどうやら何らかの事情によって、他の治安維持法違反受刑者よりもひと足早く釈放されていたらしい。本人の記憶では9月か10月の初めに出所したというが、他の服役者と一緒ではなく、ひとりだけで釈放されたと明言している。

なお吉田敬太郎氏の場合は、単なる治安維持法違反ではなく、もとの身分は代議士である上、陸軍の軍法会議で造言蜚語罪、皇室不敬罪、言論出版取締法違反等の罪によって3年の刑が言いわたされたので、その名はこのリストにはふくまれていない。

民族主義運動によって逮捕されたらしい重村命祚、重岡秀逸の両名については、はじめは誰のことかわからなかったが、韓国で孫時憲《ソン・シホン》と崔道均《チェ・ドギュン》の両氏に会ってインタビュー取材した際に、それぞれの創氏改名による日本名であることが判明した。

両氏とも、自分の存在がアメリカで入手した資料のなかに記録として残されていたことを知って驚いた様子だったが、私のほうも、資料と目の前の人物がきれいにつながったことで、もつれた糸がほどけるような気持ちがしたものだった。

残るは李忠翼だが、これはおそらく、山中一郎氏が1945年6月の福岡大空襲の際に防空壕で一緒になったという、中国から送られた朝鮮人独立運動家のことではないかと思われる。

孫時憲氏と崔道均氏は、釈放時にもうひとり、中国で捕まった朝鮮人と一緒だったことを記憶していたが、この人物こそが李忠翼であったろう。孫氏、崔氏は釈放後、朝鮮へもその人物と一緒に戻り、別れたという。その後の行方は、知られていない。

4. 悪化する食糧事情

文書記録をいったん離れ、私が面会取材した元服役者の人々の生の声に戻ろう。北3舎での日々について語った彼らの言葉のうち、もっとも強く印象に残ったのは、所内の厳しい食糧事情を訴える声であった。

刑務所での服役者の食事は、もともと規定によって1等から5等までに分けられ、労働が課せられていない独居房受刑者たちは、その最下等の（つまり量がもっとも少ない）食事に甘んじるしかなかった。ただでさえ体力維持にぎりぎりの分量しか支給されない食事が、戦況の悪化とともに目に見えて劣化してゆき、与えられるものをひたすら待つしかなかった独房受刑者たちは、日本人、朝鮮人を問わず、すさまじいまでの飢えと闘わなければならなかった。

崔道均《チェ・ドギュン》氏の証言によれば、食事といえば握りこぶしほどの豆ご飯と、具の入っていない薄い塩水のような味噌汁が1日に3回支給されるばかりで、いつも空腹に悩み、みるみる体重が落ちて、数カ月のうちに骨と皮ばかりになったという。歩行時にもふらふらして難儀するほどだった。

釘宮義人氏は1945年1月には出所しているが、それでも、食物摂取量の不足から、大便は週に1度、ウサギの糞のようなものがポロポロと出る程度だったという。

1944年9月に出所した梁麟鉉《ヤン・インヒョン》氏だけが、特に食事の不足に悩んだことはないと語っているところからすると、1944年の秋以降、刑務所内の食糧事情は急速に悪化していったということであろうか。

吉田敬太郎氏が福岡刑務所に収監されたのは尹東柱《ユン・ドンジュ》の死から２カ月後の１９４５年４月のことだったが、入所と同時にぶちあたった最大の試練が、まさにこの劣悪な食糧事情であった。

吉田氏の著書『汝復讐するなかれ』にも書かれているが、当時の独居房の食事は、大豆かすに米麦を１割程度混ぜた「めし」に、サツマイモの葉が２、３枚浮いている水のような「味噌汁」、しかもそのサツマイモの葉すらやがてなくなって、刑務所の裏にある海辺で拾ってきたと思しき海藻にとって代わったが、これが固くてとても噛みきれるものではなく、しかも細かい砂が混じっていて、食べれば必ず下痢をしたという。

下痢をするとわかっていながら、あまりの空腹から食べてしまい、また下痢をするという悪循環が重なり、衰弱の一途をたどるばかりだった。

ついには刑務所内の「病監」（病棟）に送られるが、そこで偶然にも看守や雑役夫に知己の者や以前に世話をしたことのある者が現れ、ひそかに便宜をはかってくれたおかげで、吉田氏は何とかもちこたえることができた。

釘宮氏の語る１９４４年秋以降の状況、そして崔道均氏の証言、さらに45年４月、５月の吉田氏の体験と、日本の敗戦が近づくにつれて、福岡刑務所北３舎の食糧事情がどうなっていったか、一応の流れはくみとることができよう。

坂道を転げ落ちるようなこの劣化の道筋に、尹東柱がいたのである。直接の死因が何であれ、尹東柱も間違いなく空腹に苦しみ、痩せさらばえていったことであろう。

5．死の待合室

太平洋戦争末期における食糧事情の悪化は、福岡刑務所に限らず、日本全国の刑務所が等しくかかえる問題であった。

一般社会でも食糧が欠乏し、都会の住民たちは着物などを対価に農村へ買い出しに行かなければ食いつなぐことが難しかった。娑婆《しゃば》の世がそうであれば、刑務所は輪をかけた食糧難に見舞われてもしかたがなかった。

その結果、栄養障害などから派生する病気で死亡する服役者の数が著しく増加するという惨状を生み出すことになった。

司法省発行『第四十八行刑統計年報　昭和二十一年』によると、全国の刑務所での病死者の数は終戦の年の1945年には7047名にのぼり、これは開戦の年である1941年の約8倍にもなる。

『戦時行刑実録』（矯正協会　1966年）に掲載され

刑務所別死亡者数調（昭和十八年～二十一年十月）

所名	昭和十八年	昭和十九年	昭和二十年	昭和二十一年十月中
東京拘	三五	五三	一三〇	五
小菅	六	三四	六七	八
豊多摩	二四	一一三	一一八	一
府中	六九	七九	二七八	一八
横浜	二七	一三四	四六二	二
千葉	三五	五五	九三	三
水戸	一〇	二七	六〇	一
宇都宮	四一	一七二	二四〇	三
前橋	一三	四四	二六九	一五
甲府	一二	二八	一二〇	四
長野	一九	二一	一三三	五
新潟	一八	五一	一七五	二
川越少	二	二六	六三	
松本少	一三	三三	七八	一九
八王子少	一四	二三	三八	一
計	三三八	八九三	二,三〇七	一三七
名古屋	三三	三九	七七	一〇
名古屋拘	四	六	一三	九
静岡	三六	四六	七九	二
三重	一二	一三五	二一〇	四
岐阜	一〇	三三	六四	七
金沢	二一	六四	二五九	五〇
計	一〇六	三三一	七〇二	八二
宮城	三一	八七	一一五	六
秋田	二四	一九	四一	三
青森	五	二五	八四	八
盛岡少	三	八	一三	五
計	六三	一三九	二五二	二三
札幌	三〇	四六	五五	一〇
帯広	一〇	四	三	一
網走	三	一七	二七	
函館少	六	四六	一九	
計	六八	一一三	一〇四	一一
大阪拘	一六	五三	七四	六
京都拘	二	九	二〇	[illegible]
神戸拘	四	二	一八	八
大阪	一〇一	三六二	八二六	一三
京都	三三	三〇	一八五	三三
和歌山	三		一〇一	一二
神戸	五二	一四五	二三七	三七
奈良	七	三七	八四	三三
滋賀	一六	一一三	二八五	三三
高松	一五	二四七	二三一	
徳島	二三	四一	九二	二
高知	一六	二〇	四五	一三
姫路少	四一	四七	三五	
計	三三八	一,一三三	二,二九三	二八九
広島	六四	一九八	二九九	五
山口	二四	八一	六二	六
岡山	四八	九三	一〇九	六
松山	一四	二二	三八	二
松江	六一	九一	一四八	五
岩国少	三三	一〇	三三〇	五
計	二八三	五八七	八七六	二九
福岡	六四	一三一	二五九	三八
長崎	三四	五六	一四五	[illegible]
熊本	一八	一九	五三	[illegible]
鹿児島	二三	三八	四七	六
大分	二六	九六	九三	一二
佐賀少	九	三〇	七〇	四
計	一七四	三七〇	六六七	七三
総計	[illegible]	[illegible]	七,二〇二	六三三

「刑務所別死亡者数調」の一覧表（『戦時行刑実録』、矯正協会 1966年より）

た「刑務所別死亡者数調」の一覧表を見ても、1943年から1945年にかけて、日本のどの刑務所でも死亡する服役者の数がうなぎ上りにふくらんでいったことが見てとれる。

この一覧表で福岡刑務所に限って見ると、1943年の死亡者数が64名、1944年が131名、1945年が259名とピークに達し、戦後の46年には38名と一気に減少している。

先の『行刑統計年報』では1945年の福岡刑務所内死亡者数を265名としており、若干の差異が見られるものの、いずれにせよ、1943年に比べてみると、約4倍もの死亡者を出すことになってしまった。1945年の福岡刑務所の全服役者が2436名であるから、約9人に1人の割合で死亡したことになる。

なお、これは一般囚をふくめた数字なので、支給される食糧がもっとも少なかった北3舎の独房受刑者たちだけで考えれば、その数字を記した具体的資料が出てこないとはいえ、死亡率はさらに高い数字になることだろう。尹東柱《ユン・ドンジュ》が最後の日々を暮らした刑務所内の環境がいかに劣悪なものだったか、背筋の寒くなる思いがする。

ただ、1945年の死亡者数を1943年のものと比べた、約4倍という福岡刑務所の数字は、他の刑務所と比較した場合、決して突出したものではない。

「刑務所別死亡者数調」の一覧から数字を拾ってみると、例えば、大阪刑務所では8・2倍（101名から826名）、広島刑務所では4・7倍（64名から299名）、横浜刑務所ではなんと17倍（27名から462名）にも増加している。

一覧表のなかで対1943年比率のもっとも高いものが和歌山刑務所の34倍（3名から101名）で、

逆に比率のもっとも低いものが北海道の帯広刑務所で、ここは全国で唯一例外的に、1943年に10名だったものが1945年には3名と減少している。

全国総数で見ると、死亡服役者数は1350名から7201名へと5・3倍に増加しているので、福岡刑務所はこの全国平均の上昇率よりも少し低い数字なのである。

4倍にふくれあがった福岡刑務所だけの数字を見て、尹東柱の死にからめて所内で人体実験があったことの証左のように論じるケースが散見されるが、他の刑務所での事情を離れ、福岡のみの数字を根拠として扱うことには無理がある。

では、全国の刑務所で、また福岡刑務所で獄死したこれらの服役者は、いったいどのような原因によって命を落とすことになったのだろうか。

先にも引用した『行刑統計年表』の1945年の全国統計を見ると、全国の刑務所での受刑者の死亡原因は、多い順に、結核、ビタミン欠乏症、栄養障害による全身症、胃腸病、肺炎となっている。

『行刑統計年表』では、全国刑務所での病死者総数の病気別統計も載っているので、明らかに各刑務所別のそうした記録があったはずなのだが、福岡刑務所の死因別統計を明かす資料は見つかっていない。

文書資料に限界があるので、元看守たちにも個別にインタビュー取材を重ねたが、彼らの記憶では、栄養障害からくる結核で倒れる者が多かったという。また、やはり栄養失調から疥癬にかかる者が多く、ときにはそのために死去する者もいた。

また、精神に異常をきたし、首を吊って自殺する者もいたという。そういう自殺者が出ると、看守たちは自分たちの落ち度とされ、始末書を書かされた上、減俸処分になった。

いずれにしても、太平洋戦争末期、刑務所内の食糧事情の悪化にともなって病人や死者が急増していったことは、看守たちの目にも明白であった。

福岡刑務所の名籍係であった柳朝之氏は、死亡者が出るたびに、遺族に連絡して遺体の引き取りにきてもらうことが多くなったというし、大隈正義氏は夜、所内の見まわりに歩くときに、「屍室《しかばねしつ》」と呼ばれた遺体安置室を通ると、常に遺体を入れた棺が4つ5つは並んでいて、薄気味悪いようだったと回顧している。看守たちの日々の仕事のなかに、服役者の死の臭いが日常的に染みこむようになっていたのだ。

他の服役者との交わりが禁じられていた独房受刑者ではあったが、所内にひろがった病気や死について、見聞きしたこと、体験したことはあったろうか……。

空腹に苦しみ、次第に痩せ衰えていった崔道均《チェ・ドギュン》氏は、やがて疥癬《かいせん》がひどくなり、病棟に1、2日ほど泊まって治療を受けることになった。そこでは、疥癬など皮膚病の治療を受ける患者が他にもたくさんいたという。治療を受ける際、横になるよう命じられた寝台には、死んだ者が流したのか、固まった血が付着したままになっていた。

孫時憲《ソン・シホン》氏は自身が病魔に侵されることはなかったが、沐浴のとき、風呂の湯に疥癬治療の薬が混ぜてあったことから、所内で疥癬が蔓延していることを知ったという。

下痢をくりかえした吉田敬太郎氏が「病監」（崔道均氏の語った「病棟」と同じ所）に移されたことは前に記したが、氏によれば、そこも目を蔽うばかりの状況であったという。

「病監」でも氏は独房に入れられたが、その前には一般囚用の雑居房があって、何人もの肺病患者が日夜呻《うめ》き苦しんでいた。

また栄養失調で骨と皮ばかりに痩せ細り、腹だけは異常にふくらんだ者が、ふらふらした体で何かにぶつかって倒れこみ、そのまま息を引きとることもあった。発狂して叫び声を張りあげる者もいた。そこでは、2日に3人の割合で受刑者が死んでゆくと聞かされたという。氏の表現を借りれば、まさに「死の待合室」としか言いようのない地獄の様相を呈していたのだった。

吉田氏の語った2日に3人という「病監」での死亡率は、おそらくは雑役夫の口から聞かされた数字だったのであろうが、どこまで正確な統計なのか、保証の限りではない。だが、試しにこの割合で1945年の福岡刑務所での死亡者総数259名（別記録では265名）に達するまでどのくらいの期間がかかるか計算してみると、約半年という答えが出てくる。

8月の終戦、米軍による占領までが苛酷さのピークであったことを考えると、この「2日に3人」という一見大雑把な数字も、それほど的をはずれてはいないのかもしれない。いずれにしても、戦争末期の福岡刑務所は、連日、死者の行列を積みあげてゆくばかりの、悲惨極まりない状況だったのである。

6. 福岡刑務所で尹東柱を見た男

私がじかに会って取材した北3舎の元受刑者や看守たちには、尹東柱《ユン・ドンジュ》を記憶する者はいなかった。しかし、これまでに福岡刑務所で尹東柱を見たとする証言者がいなかったわけではない。

１９８８年に大邱《テグ》で死去した金憲述《キム・ホンスル》氏は、生前２度にわたって、福岡刑務所での尹東柱の思い出を発表している（「政経文化」１９８５年８月、「ピッ（光）」１９８７年８月）。そこで金氏がつづった尹東柱の記憶を、以下にまとめてみよう。

金憲述氏は京都留学中に独立運動によって逮捕され、１年６カ月の懲役刑の判決を受けた後、１９４３年６月から１９４４年９月まで福岡刑務所に服役した。治安維持法違反受刑者として、北３舎の「住人」となったのである。

服役中のある日、金氏は通路をはさんだ向かい側、１０８号の独房に、朝鮮人らしい男が入ってゆくのを、独房の扉の隙間から垣間見た。翌朝、運動をしに外へ出る際に、新入りのその男を廊下で見かけた。看守の目を盗んで朝鮮人かと尋ねると、男は「同志社大学の尹東柱だ」と答えたという。

金氏の記憶に残る尹東柱は口数の少ない男で、こちらから話しかけても、微笑みを返すか、目で合図する程度だった。体がかなり衰弱していて、一晩中咳きこむこともあり、ときには日々の運動に出られないこともあった。独房で使う便器を廊下の所定位置に出すことすら、這うようにして、いかにも大儀そうな様子だった。

１９４４年９月に金氏は満期出獄となったが、別れる前に、体に気をつけるよう語ったところ、尹東柱はただ頷いていたという。いずれも、看守の目を盗んでの短いやりとりでのことである。

１９９４年の取材時、すでに６年前に逝去していた金憲述氏には会うことがかなわないながら、私は大邱に夫人の金貞煥《キム・ジョンファン》氏を訪ね、上記の内容について確認をした。

夫人によれば、尹東柱が民族詩人として評価を高めているのを知り、またその生前の写真を見知るようになって以降、金憲述氏はしばしばこの話を語って聞かせたという。

金氏は独立運動の功によって1977年に大統領表彰を受けているが、尹東柱との縁を口にし始めたのは、そのころ、ないしは少し後からではなかったかと夫人は記憶する。自分は尹東柱詩人とともに監獄暮らしをしたのだと、そのように語り、驚いて尋ねる夫人を相手に、刑務所でのいきさつを述べた。

「あの方（尹東柱）は、こんなにも苦労なさったのだ」とも語った。無論、尹東柱が詩人であることは、刑務所で出会った当時は知るよしもなく、同志社の同胞学生としてのみ長く記憶してきたのだった。

金憲述氏の証言は、福岡時代の尹東柱について直接に語った唯一のものである。しかしながら、氏の証言は今にいたるまで充分に顧みられていないように感じる。これは、金氏が発表した文章のなかで、上記の証言に加え、自身が見かけた尹東柱の衰弱した様子から、その死因を肺結核によるものだと推測してしまったことによるかと思われる。

例えば、尹東柱の生涯を詳細に記した労作『尹東柱評伝』の著者である宋友恵《ソン・ウヘ》氏は、福岡刑務所でのくだりで金憲述氏について触れながらも、その証言を信じるにたらないものとして退けている。

尹東柱が刑務所から家族に宛てて書いた葉書のなかに病を訴える記述がなかったことをもって反論し、さらには尹東柱の死因を肺結核であると推測した金憲述氏の主張は、尹東柱死去の電報を受け、遺体を引き取りに行った家族に対して宋夢奎が語ったという、自分も尹東柱もわけのわからない注射を打たれたという証言、そしてそこから導かれる人体実験説を軽んじた妄言であるとして、排斥している。

たしかに、その通りである。金憲述氏が福岡刑務所を出所してから尹東柱が亡くなるまでに半年の歳月の経過がある。最期の様子を目撃したわけでもないのに、死因について語るのは、所詮推測でしかない。

推測にすぎないものを排する姿勢は正しい。しかし、推測ではない、直接の目撃証言である、1944年9月までの尹東柱の状態については、やはり重要な情報として扱わなければなるまい。家族宛ての便りに病のことが触れられていないのは、故郷の家族を心配させたくないという気づかいからであったかもしれず、そもそも、刑務所内の処遇に関して負のイメージを与えるものなら、検閲で墨が塗られてしまい、家族には届きようもなかったはずである。

1994年に金憲述氏の夫人・金貞煥氏を訪ねた際に、忘れがたい体験をした。

それよりも前、私は福岡近郊に元看守の古田稔氏を訪ねて、戦争末期の福岡刑務所の様子を尋ね、また尹東柱という詩人が北3舎の独房に収容されていたが、記憶している人をさがしだせずに困っているとうち明けたところ、ひょっとするとこの人ならば知っているかもしれないと、ひとりの韓国人の存在について語った。

古田氏が福岡刑務所長だった1975年ごろに、韓国から手紙がきた。自分は戦時中に独立運動によって福岡刑務所に収監されていた者だが、韓国でそのことを証明する必要が生じたので、証明書を送ってほしいという依頼であった。

刑務所内の文書を確かめると、たしかにその人物の記録があったので、福岡刑務所長の名前で証明書を作成し、韓国に送った。後日、その人から感謝の手紙が届き、その後数年間は年賀状など書信のやりとりが続いたという。

古田氏はその人の名前までは記憶しておらず、それでも自宅に残る古い手紙の類いをずいぶんとさがしてくれたのだが、残念ながら散逸して、結局その人の名前もわからぬままであった。

それが、大邱で金貞煥氏から夫の遺品を見せてもらった際に、全く予想もしていなかったことながら、そのなかから古田氏の証明書と手紙が出てきたのである。証明書に添えられた手紙には、戦時中に受けた金憲述氏の苦難をいたみ、不屈の民族精神に敬意を表する旨の言葉がつづられていた。

アメリカの議会図書館の資料にあった１９４５年10月の釈放要請リストのなかの重村命祚、重岡秀逸の名前が、孫時憲氏や崔道均氏と会ってはじめて当人のものであることを知ったときと同じく、私はもつれた糸がまたひとつ、ほどける感じを強くいだいた。高く厚い刑務所の壁をうがって、その奥深くを覗き見たような気もした。

そのような長い時の闇から蘇る事実確認がまさに眼前に展開したこともあって、私としては、金憲述氏の直接証言の部分には充分なリアリティを感じざるをえない。口数が少なく、微笑を返すばかりといった印象も、ソウルから東京、京都へと続いてきた、いかにも尹東柱その人の面影である。尹東柱は健康に問題をかかえながら、北３舎の１０８号の独房に起居を重ねていたのだ。

さらに言うと、金憲述氏は尹東柱の死因究明に関しても、絶対に欠いてはならない存在なのである。肺結核のことではない。実は金氏が残した文章のなかには、自身が服役中に注射を打たれ、投薬実験に参加させられたという体験談が登場する。注射を打たれた生体実験の経験を語った証言者は、後にも先にも、この金憲述氏以外には存在しない。

福岡刑務所で何があったのか？　終戦まで半年、劣悪な環境下の刑務所内で、どのような凶事が行なわれえたのか？　人体実験を軸とする尹東柱の死因をめぐる謎については、次章にて集中的にとりあげる。

尹東柱が福岡刑務所から弟の尹一柱《ユン・イルジュ》氏に、「君のコオロギに、わが独居監房にも鳴いてくれる。ありがたいことだ」という葉書を出したのは、1944年の秋のことだった。それからさかのぼること6年、尹東柱は幼い弟との思い出を、「弟の印象画（아우의印象画）」という1篇の詩につづっている。

1938年、尹東柱はソウルの延禧《ヨンヒ》専門学校に入学し、初めての夏休みに帰郷、そこで弟とすごしたひと時の思い出が、詩のもとになった。将来の夢を尋ねた兄の何気ない質問に、「人になる」と答えた弟。無垢な少年の意外な答えに、はっと胸を打たれた兄。思わず握った手を放し、まじまじと弟の顔を覗き見てしまうほどに、時代は人であることが難しくなってしまっていた。

刑務所から弟にあてて葉書をしたためるとき、尹東柱の胸には必ずやこの詩と、詩のもとになった懐かしい故郷での情景がこだましていたことだろう。

「弟の印象画」

あかい額に冷たい月光がにじみ

弟の顔は悲しい絵だ。

歩みをとめて
そっとかわいい手を握りながら
「大きくなったらなんになる」
「人になるの」
弟のことばが、たしかにつたない答えだ。

握った手を静かに放し
弟の顔をまた覗いて見る。

冷たい月光があかい額に射して
弟の顔は哀しい絵だ。

一九三八・九・一五

（伊吹郷訳）

第6章　福岡刑務所、最後の日々（後編）
——永遠なる生命《いのち》の詩人

——「平沼さんは最期の際に、何か朝鮮語で叫んで絶命されました」——
（尹東柱の遺体を引き取りに福岡刑務所を訪ねた尹永錫《ユン・ヨンソク》、尹永春《ユン・ヨンチュン》の両氏に、看守が語ったという言葉から）

1．尹永春氏の回想

1945年2月18日、北間島《プッカンド》・龍井《ヨンジョン》に暮らす尹東柱《ユン・ドンジュ》の家族のもとに、福岡刑務所から1通の電報が届いた。毎月届く尹東柱からの葉書がとだえていたのを心配していた家族たちにとって、あまりにも無情かつ残酷な報せだった。

「16ニチ　トウチュウシボウ　シタイ　トリニコラレタシ」——。

悲しみに暮れる間もなく、尹東柱の父・尹永錫《ユン・ヨンソク》と、そのいとこの尹永春《ユン・ヨンチュン》のふたりが、家族を代表して福岡に向かうことになった。

皮肉なことに、ふたりが出立した後に、別途、郵便通知が配送された。

「東柱危篤ニツキ、保釈シ得ル。モシ死亡シタ際ニハ、遺体ハ引キ取リニ来ルカ、サモナクバ九州帝大医学部デ解剖用ニ提供サレル。即答ヲ望ム」――。

（死亡通知の電報も、危篤を報せる郵便も、現物は日本語で書かれていたはずだが、家族の記憶として朝鮮語で伝えられてきたものを、ふたたび日本語に置き換えてみた。）

前年春、1944年の4月に収監されて以来、10カ月あまりを福岡刑務所の独房にすごした尹東柱だったが、27歳という若さで、帰らぬ人となってしまったのだった。

さて、福岡刑務所に着いた尹家のふたりは、尹東柱の遺体に対面する前に、同じく福岡刑務所に服役中だった宋夢奎《ソン・モンギュ》に面会することにした。尹永錫氏からすれば、宋夢奎は妹の息子にあたる。親族なので、面会は問題なく許された。

このときの体験を、尹永春氏が詳しく文章に残している。1976年、『ナラサラン』に発表された「明東村《ミョンドン》から福岡まで」――。尹東柱の死から31年後に書かれた回想文であるが、尹東柱の死に関して発言する際には必ずといってよいほど引用されてきた。

人体実験死亡説の根拠ともなり、福岡刑務所での尹東柱の死に関して、現在さまざまに語られているすべての原点となる文章なので、その部分をまずは虚心に見てみたい。

「（宋夢奎との）面会の手続きをしている間、彼らが引っかきまわしている書類を見るともなしに見ると、「独立運動」という文字が漢字で書かれていた。獄門が開かれてなかに入ると、看守は我々に、

宋夢奎（前列中央）と尹東柱（後列右）

夢奎と話すときには日本語を使い、あまり興奮した様子を見せてはいけないと注意をした。時局に関する話もすべて禁止だという。廊下に入ってみると、青い囚人服を着た20代の韓国青年が約50人、注射を受けるために施薬室前にずらりと並んでいるのが見えた。

半分割れた眼鏡をかけた夢奎が私たちのほうにかけよって来た。大変に痩せさらばえ、一瞬、誰かわからなかった。（中略）

「どうしてそんな姿になったのか」と尋ねたところ、「注射を受けろというので打たれたら、このざまになって、東柱もこんな姿で……」と、言い、言葉尻を濁した。もちろんこれは、朝鮮語でのやりとりだった。（中略）

あまりにもくやしく、口にする言葉もなかった。時間だから出ろという声で追い出された。これが夢奎とのこの世での別れであった。」

尹東柱の死をめぐって大変に重要な証言であるにもかかわらず、実は、この『ナラサラン』に発表掲載された文章には、記憶違いか文章構成の迂闊《うかつ》さ、あるいは編集上のミスによって、後世に誤解を与える余地を残すことになってしまった部分がある。

決定的な誤謬《ごびゅう》は、宋夢奎と出会った場所である。面会申請をして刑務所内に足を踏み入れたふたりに対し、この文章では、まるで施薬室前に並んでいた青い囚人服を着た青年たちのなかから宋がかけよって来たように思える。そこでの立ち話風に、宋との会話が続いたかのような書きぶりである。

だが、服役者に対して、家族が面会することができるのは、唯一、面会室において、看守の立会いのもとでというのが絶対的原則である。その場所以外、いくら家族であろうと、自由に刑務所内を歩くことなど許されない。

面会申請の手続きを終えて刑務所内に入ったふたりが向かったのは、福岡刑務所の場合、玄関から入ってすぐ右手（東側）にあった面会室であった。福岡刑務所の全体見取り図が残されているので、位置関係については、尹永春氏の記述の曖昧さを補完して、正確に把握することが可能である。

「獄門が開かれてなかに入ると、看守は我々に、夢奎と話すときには日本語を使い、あまり興奮した様子を見せてはいけないと注意をした。時局に関する話もすべて禁止だという。」という記述は、面会を前に看守から受けた注意を語っている。そこまでは正常に事は進んでいる。

だが、尹永春氏の文章は、何故かここで「廊下に入ってみると、青い囚人服を着た20代の韓国青年が約50人、注射を受けるために施薬室前にずらりと並んでいるのが見えた」と、施薬室前の廊下へと場所が飛んでしまう。

施薬室とあるのは、医務室のことで、玄関を挟んで面会室とは反対側、左手（西方向）の廊下をかなり行った右手にある。

ひょっとして、面会室に入る前に、反対側の廊下の先に、青い囚人服の若者たちが並んでいるのを垣間見たということだろうか。だとしたら、この文章の書き出しは、「廊下に入ってみると」ではなしに、「面会手続きを終え、面会室に向かう途中、反対側の廊下の先に」という説明がなくてはならない。

そしてこの後、「半分割れた眼鏡をかけた夢奎が」で始まる次の文章の前には、「面会室に入って待っていると」との記述が抜けていることになる。そこに、看守に連れられて宋夢奎が面会室に入ってくる。「半分割れた眼鏡をかけた夢奎が私たちのほうにかけよって来た」は、そのように続くべき文章である。

面会室での宋夢奎との面会が終了時間となり、「時間だから出ろ」と立ち会いの看守にうながされて、ふたりはそこを出た。

痩せさらばえた宋夢奎に「どうしてそんな姿になったのか」と尋ね、宋が注射云々と答えたのは、面会室に宋が現れたときか、別れぎわかのどちらかであろう。看守の目を盗むように、禁じられていた朝鮮語で短く会話を交わしたのである。

面会室を出た尹永錫・尹永春の両氏は、尹東柱の遺体引き取りのため、看守の案内で西方向へと廊下を進んだ。

廊下を突き進んだ奥に、遺体安置室（霊安室）がある。その途中、廊下を半ば進んだ右側に医務室があった。尹永春氏が「施薬室」と書いた、その場所である。このとき、尹永春氏は面会室に入る前に垣間見た50人がたの若い服役者たちが並んでいたのが、この医務室（施薬室）に向かうためであったことを察したに違いない。

いや、ひょっとすると、「廊下に入ってみると、青い囚人服を着た20代の韓国青年が約50人、注射を受けるために施薬室前にずらりと並んでいるのが見えた」というのは、実際に廊下を歩き進んで、医務室前にさしかかったところでの目撃談なのかもしれない。

その場合には、上記の文章は「時間だから出ろという声で追い出された。これが夢奎とのこの世での別れであった」という記述の後に続くべきものとなる。いかなる事情によるのか、この1文だけが本来置かれるべき位置から先行して挿入されてしまったことになる。

面会室に入る前、遠目に見かけたことなのか、面会後、実際に廊下を進んで医務室前で目撃したものなのか――、いずれにしても、50人がたの青い囚人服を着た若い服役者たちを見たことは間違いがなかろう。

ただ、これをすべて朝鮮人受刑者と記してしまったのは、尹永春氏の思いこみ、ないしは筆の走りすぎによる飛躍であろう。面会室で注射云々の話を宋夢奎から聞かされたので、おそらくはその印象を引きずって、医務室に並んでいる服役者をも、例の注射を受けさせられる人たちに違いない、それならば尹東柱や宋夢奎のような朝鮮人であろうと、決めこんでしまったものらしい。

実際には、そこに並んでいた受刑者たちは、朝鮮独立運動とは何の関係もない人たちだった。彼らは青い囚人服を着ていたのだから、すべて一般囚なのである。

つまりは、盗難や暴行など一般犯罪によって収監された服役者であり、朱色（柿色）の囚人服が義務づけられた厳正独居の治安維持法違反受刑者とは、収監された理由も、収監後の待遇も、全く様相を異にする人たちだった。だが、尹永春氏は囚人服の色によってこのような差があることを知らずに、同一視してしまったものと思われる。

尹東柱の死をめぐって、福岡刑務所では尹をふくめ50人もの朝鮮人の尊い命が人体実験によって奪われたとする主張を目にすることがある。具体的な数字まで登場したのは尹永春氏の文章を踏襲してのことに違いないが、氏の錯覚と文章記載上の過ちをそのまま引きずってしまった結果であると言わざるをえない。

しかし、このように、誤りを正した上で、なおも尹永春証言は極めて貴重だ。耳を傾けねばならない重要な核心部分がある。言うまでもなく、宋夢奎が語った「注射を受けろというので打たれたら、このざまになって、東柱もこんな姿で……」というくだりである。

これは、尹東柱の弟、尹一柱氏が書き残した文章においても確認できる。

１９５５年2月に執筆され、その年に刊行された『空と風と星と詩　尹東柱詩集』（正音社）に収録された「先伯の生涯」（亡兄の生涯）という文章では、尹永錫、尹永春の両氏が面会した宋夢奎は「『東柱！』といって涙をこぼし、毎日のように名前のわからぬ注射を打たれて、彼は皮と骨がくっつくばかりになっていた」と語ったとされている。

尹東柱の死から10年後の文章であり、尹東柱の死が家族たちにどのように伝えられ、反芻《はんすう》されてきたのかがよくわかる。１９７６年に発表された尹永春氏の文章では、注射は必ずしも複数回受けたように記述されていないが、一柱氏の文章では「毎日のように」とあり、これは、もともとこのように伝えられたか、家族たちの間で増幅されてしまったかのどちらかであろう。

いずれにせよ、宋夢奎が言い残した「注射」云々の言葉は、あまりにも重い。この言葉を無視して、福岡刑務所での尹東柱の最期を語ることなど、不可能である。

2. 刑務所内の「秩序」と、抜け穴となった九大医学部

1994年に行なわれた日韓共同制作番組の取材時、宋夢奎《ソン・モンギュ》が残した言葉を裏づける福岡刑務所での人体実験疑惑の真相解明は、最大級の目標であった。ある意味では、日本の公共放送であるNHKと組むことで、韓国側が最大の期待をよせたのがこの件だったともいえる。その期待を背負いながら、熱心に取材を続けたが、ほとんど成果はなかった。アメリカの関係資料館にまでリサーチの手をひろげても、それを裏づける記録はひとつも出てこなかった。

福岡刑務所は、戦後米軍が進駐して管理にあたった時期があり、しかも当時は戦犯さがしに躍起になっていたので、刑務所での不祥事、戦争犯罪につながる行為があったのなら、何がしかが露見するであろうに、いつまでたっても宋夢奎の「証言」だけがひとり歩きして、他の証言や資料とつながってもつれた糸がほどけて行く感じをつかめなかった。

当時の看守たちは、一様にそのような事実を否定した。末端で働いていた看守は、自分の見聞きした限りにおいて、そのようなことは知らないと断言した。刑務所の全体像を把握する総務の仕事についていた者は、そのような可能性自体を認めなかった。

戦争末期で食糧難などさまざまな困難をかかえていたとはいえ、刑務所はしかるべき一定の秩序のもとに運営されていたとし、その秩序を乱す事件が発生すれば看守も責任を問われ（服役者の自殺などのケース）、医務室での治療に関しても、投薬ひとつ、すべては記録され管理されるので、おかしなことは起こりえないと述べた。

彼らが、元看守という立場上、何かを守っている、守秘している可能性はある。しかし、彼らの多くが、終戦後も同じ刑務所での仕事を継続し、または応召によって休職したものの戦後に復職していることは、「悪事」「凶事」に関わっていた意識がなかったことを示している。

もし、刑務所でおぞましいことが行なわれ、自身が関わっていたなら、敗戦により体制が転覆した以上、もとの鞘におさまって仕事を続けることなどなかろう。地下に潜伏するなり、偽名で生きるなど、世を忍ぶ身に転落せざるをえないからだ。ユダヤ人絶滅に関わったナチス関係者が、戦後、過去を隠して南米に逃れたようにである。

「秩序」という言葉が出た。そこで命を落とした者やその遺族たちにとってみれば、悲惨な状況であり残酷な運命であったとはいえ、たしかに、尹東柱《ユン・ドンジュ》の死をめぐって遺族側に対してとられた一連の処置は、元看守が語る「秩序」に一応は即していた。

病気が重くなり、危篤となった状態で、家族に連絡がゆく。この場合は郵便なので、北間島《ブッカンド》の家族に届くまでにはかなり時間がかかってしまった。危篤になってから死去するまでが思いがけず短かったので、危篤の報せが死亡通知の電報よりも後に到着するという逆転が生じた。

家族は驚き、呆れもしたろうが、刑務所側が隠しだてをするため、故意にしくんだことではない。

遺族による遺体の引き取りがなければ、九州帝大医学部で解剖用に提供されるというのも、これは通常のしきたりである。受刑者が服役中に亡くなると、例外なく、このような処置がとられることになっていた。

尹永錫《ユン・ヨンソク》、尹永春《ユン・ヨンチュン》の両氏が福岡刑務所を訪ねてからの処遇も、規則に沿っている。面会室での宋夢奎との面会も、問題なく許されている。面会を前にして「日本語で話すように」など注意を受けているが、これも通常のことだ。

その後、看守の案内を受けて廊下を西側に進み、遺体安置室へと案内され、そこで尹東柱の遺体と対面している。この一連の手続き、順序には、少しのイレギュラーなところもない。

遺体安置室に向かう途中、医務室の前を通るが、もしこの医務室で凶事が行なわれていたならば、遺族を引率してまさにその現場を通るなどありえないことだろう。

遺族の悲しみは想像にあまりあるが、刑務所側の対処については、やましさを覆い隠そうとするような不自然さは見あたらない。遺族への対応にあたった看守は、尹東柱が息をひきとる前に、朝鮮語で何かを叫んだとの貴重な証言まで遺族に伝えている。

韓国人の元服役者のなかにも、孫時憲氏のように、食糧事情の劣化はともかく、刑務所内はそれなりに秩序だっていたと、証言する者もいる。

だが、福岡刑務所が一応は「秩序」のもとに運営されていたとしても、ではその「秩序」が水も漏らさぬほどに盤石であり、ネズミ1匹を通す抜け穴すらなかったものかどうか。いや、失態とか事故、ミスなどではなく、「秩序」そのもののなかに、禍々《まがまが》しさの滑りこむ余地はなかったのかどうか……。

私がじかに会った福岡刑務所の北3舎の元住人たちのうち、ただひとり、梁麟鉉《ヤン・インヒョン》氏だけが、服役中に「投薬実験」の範疇にふくまれると思しき摩訶不思議な体験をしている。

氏の証言によれば、ある日、他の朝鮮人独房服役者2名とともに呼び出され、看守の案内で、所内の一室（医務室ではなかったという）に集められた。そこに九州帝国大学医学部の助教授と名乗る男が現れ、特攻隊が突撃する前に使うカフェインの薬効を確かめたいので、協力を請うと語った。

命にかかわる話ではなさそうだし、連日、独房のなかばかりにいるのに退屈していたこともあって、協力を申し出たところ、薬を飲まされ、紙が配られて計算問題が与えられた。たし算の問題で、7と8とあれば、たして15になる、その末桁の数字の5だけを筆記するという、そのようなスタイルの問題が続いた。

薬がきいてやがて朦朧としてきたが、計算問題に集中するように努めた。実験は1時間半ほどで終わり、その後、2カ月ほどの間、毎日続いたという。体に後遺症や副作用を感じることはなかったそうである。

不思議な体験であるが、この件を見るポイントは2点にしぼられる。ひとつは、福岡刑務所に所属し、服役者の病気治療に責任をもつ担当医ではなく、九州帝国大学医学部の助教授が所内に立ち現れて、医学実験を行なっている点である。何故、外部の医療関係者が、刑務所内に立ち入ることができたのだろうか？

もうひとつは、朝鮮人の独房服役者のみを対象としている点である。一般囚を対象としなかったのは、おそらくは実験の性格上、一定以上の知識や知能を有する者を対象にしたかったからであろうが、朝鮮人受刑者ばかりが選択された点は、医学部助教授の意向なのか、担当看守（ないしは雑役夫）の判断なのか、謎である。

まずは最初の点、九大医学部の者が福岡刑務所を訪ねた点について、元看守たちに尋ねてみた。それによると、九大医学部と福岡刑務所との接点は、以下の3つのケースにおいて、恒常化していたことが判明した。

第1は、刑務所内の医務室は内科診療が主なので、外科治療や刑務所内の医師では手に負えないような病気の患者が出た場合、九大に往診を依頼した。この場合、診療は刑務所の医務室で行なわれ、診療補助は刑務所の看護夫がつきそい、医務室で保存するカルテに診療結果が記され、そのカルテにもとづいて刑務所の薬局から薬が与えられるので、記録はすべて刑務所に残り、あくまで刑務所の管理のもとに診療治療が行なわれた。

第2のケースは、刑務所内で死亡者が出て、遺族による遺体の引き取りがない場合で、遺体は九大医学部に渡され、解剖に付される。北間島の尹東柱の家族に届いた危篤の報せにも、この趣旨が記されていた。なお、当時は名籍係であった元看守の榊朝之氏によれば、九州大学だけでなく、ときには久留米大学の医学部にも、遺体を引き取ってもらうことがあったという。

そして第3のケースとしては、研究目的のために九大医学部から福岡刑務所を訪ね、服役者を対象に、調査研究を行なうことがあったという。元看守からは、これは例えば、精神科の医師が、拘禁状態に長く人を置くとどうなるのか、刑務所の服役者を実例に「拘禁性反応」を調べるといった目的であったと教えられた。

先にあげた梁麟鉉氏の経験は、この第3のケースに相当すると思われる。特攻隊の突撃に使う薬のテストが、精神科の研究のためであったとはとても思えないが、肝心な点は、一応はしかるべき「秩序」のもとに運営されていた福岡刑務所で、九大医学部の医師が、刑務所の服役者を直接の対象として、実験調査を行なうことが可能だったという事実である。

もちろん、実験がただちに被験者たちの体に異常をきたすようなら、刑務所内の「秩序」を乱し、問題化したであろうが、そうでない限りは、特にその行為の是非が問われることはなかった。

現に、刑務所全体に目配りのきく総務の仕事をしていた古田稔氏をふくめ、元看守たちは、梁麟鉉氏が経験した、特攻隊用に準備されたという刑務所内での投薬実験について、全くその事実を知らなかった。

梁麟鉉氏が受けたこの投薬実験を自分も受けたと主張した人物がいた。前章に登場した、獄中での尹東柱を見かけたという唯一の証言を残した金憲述《キム・ホンスル》氏である。１９９４年の取材時にはすでに亡くなっていたため、夫人にしか会うことができなかったが、氏が残した文章によれば、梁麟鉉氏らとともに、同じ投薬実験に参加したという。

ただ、梁氏は飲み薬であったと記憶するのに対し、金憲述氏は注射を打たれたと記述している。しかも金氏はその場に同席した朝鮮人服役者の名前を記憶し、梁麟鉉氏をふくめて記述しているが、梁氏の側は、金憲述氏が同席していたことを記憶していなかった。

そのような若干の記憶の差異はあるものの、梁麟鉉氏や金憲述氏らが、九大医学部の助教授が福岡刑務所で行なった投薬実験に参加したことは間違いない。梁氏は実験を行なった医師が九州帝国大学の助教授と名乗ったことと、特攻隊のための薬だと説明した点は、鮮明に記憶していた。意外な人物の意外な登場が、よほど斬新な印象を残したのだろう。

では、梁麟鉉氏や金憲述氏らが投薬実験を受けたのは、いつのことだったのか——？　正確な時期の判定は難しいが、梁氏も金氏も1943年の春に福岡刑務所に収監され、1944年の秋には刑期を終え出獄しているので、実験はその間の出来事だったことになる。

尹東柱の獄死から少なくとも半年以上は前になるが、福岡刑務所では、看守たちをふくめ、刑務所全体がそのディテールも知らぬままに、そうした実験がひそかに進行していたのだった。

3．崔道均氏の不思議な体験

もうひとり、もと「北3舎の住人」たちのなかに、不思議かつ異様な見聞をした人がいる。崔道均《チエ・ドギユン》氏である。

崔氏は疥癬がひどくなって、数日間、治療のため病棟に入院した。そこで、医師のもとで看護夫として働いている雑役夫から、「お前は朝鮮人か？」と問われたうえで、次のような発言を聞かされたという。

「朝鮮人を毎日何人か殺している。お前もいつ死ぬかわからない」——。

崔道均氏にお目にかかった時、私はしつこいくらいに、この雑役夫の語った言葉が、朝鮮人が毎日

「死んでいる」ではなくて、朝鮮人を「殺している」であったのかと、何度も確認した。

朝鮮語では「死ぬ」と「殺す」はそれぞれ「죽다（チュクタ）」「죽이다（チュギダ）」となり、言葉そのものが同じ語幹をもち、似ているが、日本語では、「死ぬ」と「殺す」では、語幹そのものが明確に違う。

崔氏は記憶の底をさぐるようにしばし沈黙したが、自分なりに確認した答えは、やはり「死ぬ」ではなく、「殺す」であった。というのも、言葉そのものの記憶以上に、その言葉を投げかけられたときの恐ろしさを強烈に覚えているからで、単に「死ぬ」であったなら、そのような恐怖を覚えるはずもなかったに違いないからである。

崔道均氏は、雑役夫からそう語られたとき、あまりの恐怖におののくばかりで、具体的には何のことを言っているのかわからなかったというが、終戦によって出所し、韓国に帰国して、その後、尹東柱《ユン・ドンジュ》が自分のいた福岡刑務所で「人体実験」によって死亡したという噂を聞いて、さてはあのとき雑役夫が語っていたのはそのことだったのかと納得したという。

だが、この証言をどのように解釈すべきなのか、そこからどのように客観的事実を導き、刑務所内でひそかに行なわれた凶事に迫ることができるのか、私としてはその扱いに悩み続けている。

まずそもそもが、何でこの雑役夫が、崔道均氏にこのような発言をもらしたのか、そのおおもとの背景が見えない。雑役夫はどのような気持ちからそのようなことを告げたかと思うかと、これも何度か念を押したのだったが、崔氏自身もそれはわからないとの返事だった。それまでに特に面識があったり、交流があったりした人物ではなかったという。

客観的に検証しようとすれば、両極端の推測が可能になるだろう。

一方の見方は、雑役夫が崔氏に対して同情的で、明かしてはならない秘密を打ち明け、注意をうながしたとする解釈だ。この場合、雑役夫の崔氏本人、ないしは朝鮮人服役者に対する好意、同情心が基本条件となる。善人による善行としなければならない。

だが一方においては、この雑役夫が朝鮮人に対して差別的感情の持ち主で、その弱い立場をあげつらい、つけいるかのように、脅しにも似た嫌味をかましたと見ることもできる。悪人による悪行である。

崔道均氏の体験がもう少しディテールに富み、状況を周辺から浮き彫りにできるほどのふくらみがあったならばと思うが、氏の記憶も、雑役夫から語られたひと言の言葉のみに限定されていて、その意味では、唐突な印象はぬぐえない。刑務所内で、その前にも後にも、崔氏が朝鮮人服役者に対する「殺人行為」を見聞きしたこともなければ、自身がそれに類することに遭遇したこともないのである。

雑役夫が好意から忠告したのだとするなら、いったいどのようにすれば恐ろしい事態に巻きこまれることを免れるというのだろうか。そういう、その後の対処につながるようなニュアンスは皆無なのだ。

例えばだが、訳のわからない注射を受けてはいけないとか、投薬実験に参加などしてはならないとか、そのような「注意」でも付加されていたのだったなら、雑役夫の言葉はどのような立場から発せられたものか、輪郭を明確にし、ぐっと真実味が増すことになるのだが……。

雑役夫というのは、自身が囚人である。古参の一般囚のなかから、役にたちそうな者を刑務所側が選んで、雑務や下働きに使う。選ばれた者は、看守など刑務所側の人間に対しては腰を低くせざるをえないが、服役者に対しては、自身もその身でありながら、中間管理者のように錯覚して横柄なふるまいにおよぶことが少なくない。

上にはへつらい、下にはつらくあたるという、刑務所という閉鎖的な権力構造に寄生して小権力をつかんだ、性格的にかなり歪んだ存在である場合が多い。

どうも、崔道均氏に対して「殺している」云々と語った雑役夫の場合も、親切心からの忠言というよりは、たちの悪い、しかも朝鮮人に対して差別意識をもつ人間による暴言であった可能性のほうが高いように思える。少なくとも、崔氏に投げかけられた言葉を補足する人間味のこもった善意は、どこにも見あたらない。

「お前もいつ死ぬか（殺されるか）わからない」という恐ろしい言葉を放った雑役夫の口元は、陰険な嘲笑に歪んでいたのではなかったろうか。


実は、病棟で看護夫をしていた雑役夫が登場する記録がある。すでに何度か触れてきた吉田敬太郎氏の著書『汝復讐するなかれ』のなかに、氏が入院した刑務所内の病棟で、雑役夫によって救われる場面が出てくる。

栄養失調と下痢によって衰弱し、瀕死の状態で病棟に移された吉田氏は、病棟でのあまりの惨状を目にして死を覚悟せざるをえなかったが、そこに思いがけず、そこで働く雑役夫の男から、山羊《やぎ》の乳を混ぜた豆乳の差し入れを受け、それによって奇跡的に体力が回復、何とか死を免れることができたというのである。

吉田氏は逮捕収監される以前は代議士をしていたが、父の吉田磯吉は、若松港の沖仲仕《おきなかし》たちの頭《かしら》をつとめ、荒くれ男どもをたばねる「親分」として名をあげた人物だった。

病棟の雑役夫は、吉田親分に世話になった魚屋の倅《せがれ》だと名乗ったという。代議士が収監されたというので誰かと思えば、恩義のある吉田親分の息子だというので、ひと肌脱いで助けることにしたとのことだった。

この逸話だけを見れば、非情の刑務所にぽっと咲いた人情の花のような味わいをかもすのだが、さて、この病棟の雑役夫は崔道均氏に「朝鮮人を殺している」と告げた男とは同一人物なのか、同僚であっても全くの別人なのだろうか——？

よしんばふたつの証言に登場した病棟の雑役夫が別人であったとしても、何がしかの同質性はかかえているように思われる。少なくとも、吉田氏を助けた雑役夫は善人、崔道均氏を脅した雑役夫は悪人と、そのような単純なわりきりは不可能だろう。

吉田氏を助けた雑役夫は、吉田親分に親子ともども世話になったという。血の気の多い、荒くれ男たちに伍してたち働く男だったのだろう。おそらくは刃傷沙汰《にんじょうざた》、暴力事件か何かで収監されたのだろうが、そういう、言葉は悪いが、一般には「ごろつき」呼ばわりされるような下層の庶民が、親分につかえる娑婆《しゃば》での暮らしを移したかのように、刑務所においては雑役夫という役どころを得ているのである。

そういう下層の庶民感情としては、当時の社会を考えれば、朝鮮人に対して、教育や深い考えもなしに差別感情をいだいていたことは充分に考えられる。

世話になった「親分」の係累と知れば、超法規的に手段を講じて差し入れもする。だが、縁もゆかりもない朝鮮人、しかも日本内地の大学に学び独立運動に身を投じたインテリ朝鮮人学生に対してなら、やっかみや嫉妬もまざった差別的態度をとったとしても、不思議はないのである。

兵役拒否によって北3舎の独房に収監された釘宮義人氏が、「お前、チョーセンか！」という罵声が廊下に響くのを耳にしたことがある旨を前に記したが、この差別的言辞をぶつけたのも、看守よりは雑役夫だった可能性が高いように思う。刑務所内で朝鮮人服役者とじかに接する人間には、病棟に限らず、そのような差別感情の持ち主が少なからずいたということだ。

私が面談した元看守たちは一様に刑務所内での「秩序」を強調し、また朝鮮人も当時は日本人として扱われたと主張したが、刑務所内での運営に雑役夫のような小権力をふるう「別格囚人」が介在している以上、刑務所側、そして看守たちが維持しようと努めていた「秩序」は、しばしばほころびを露呈せざるをえなかった。

崔道均氏が病棟で耳にした話は、まさにこの「秩序」の亀裂に噴き出たおぞましい非人間性の毒素にほかならなかったのである。

4．宋夢奎証言から導かれるもの

高い壁に囲まれ、本来、社会とは隔絶してしかるべき刑務所に、抜け穴のように外界とつながる闇のルートが確立していた。「秩序」の網をかいくぐって、九州帝国大学医学部の医師は研究名目で福岡刑務所に出入りし、受刑者を対象とした実験を行なうことができた。

１９４３年4月から１９４４年9月まで福岡刑務所に服役した梁麟鉉《ヤン・インヒョン》氏が体験した投薬実験では、九大医学部助教授が身分を明かし、研究目的（特攻隊に使用する薬の効能調査）も説明した上で協力を要請している。今流にいうなら、「インフォームド・コンセント」の手続きをふんでいる。受刑者への投薬実験自体の是非をひとまず置いて考えれば、秘事、密事の暗さは薄い。

だが、もしその後、戦局の悪化や諸事情の逼迫《ひっぱく》につれて、あるいは研究者の極端な野心によって、さらには朝鮮人への差別感情を剝《む》き出しにした雑役夫が一枚加わったならば、このルートを通じて、常軌を逸した凶事が引き起こされる可能性はなかっただろうか――。あからさまに「秩序」を崩すことも、その亀裂が表面に露出することもなく、水面下でのひそかな悪事を行なうことは可能だったかに思われる。

重ねて言うが、資料的にも証言的にも、いくら調査を重ねても、福岡刑務所全体としてのアウシュヴィッツ型の虐殺行為は見あたらないのである。尹永春《ユン・ヨンチュン》氏の回想にある、宋夢奎《ソン・モンギュ》が看守の目を盗んで短く朝鮮語で語ったという注射云々の部分以外には、投薬実験、人体実験を臭わせるものは何もないのだ。

だが一方で、九大の医者は「研究」を目的に、福岡刑務所に入りこめた。

尹東柱《ユン・ドンジュ》や宋夢奎の場合、梁麟鉉氏が服役していたころと事情を異にするのは、刑務所内の食糧事情の悪化により、病没者が極端に増加していたことである。刑務所内での死亡者の統計は、１９４３年が64名、１９４４年が１３１名、１９４５年には２５９名にものぼる。

うがった見方になるかもしれないが、これはつまり、毎日のように病死者が出る状況を利用して、命にかかわるようなとんでもない実験を行なったとしても、目立たなかったであろうということでもある。

自然死ではない、人為的な原因による死があったとしても、2年前の4倍、前年比較でも2倍にものぼったおびただしい死者の群れのなかに、まぎれさせてしまうことは可能だったに違いない。刑務所内の「秩序」を破る、突出した異常性の角を隠したまま、水面下に悪事を敢行しえたであろうと推測されるのだ。

梁麟鉉氏や金憲述《キム・ホンスル》氏が投薬実験の対象者に選ばれた理由は、計算問題を課す性格上、頭脳優秀な服役者が必要であったのに加え、独居房の住人であることがあげられよう。他の服役者との日常的な接触が絶たれている分、実験について他言する可能性が封じられている。そこに朝鮮人差別も加わって、北3舎に服役する朝鮮人独立運動家たちが選別されたものだったろう。

尹東柱や宋夢奎が何らかの投薬実験、人体実験によって、死に追いこまれたものだとしたなら、やはり他の受刑者との接触が禁じられている独居房に服役していたがゆえであったろう。

かつまた、独居房の住人たちのなかでも、朝鮮人の独立運動家たちは、特定の意識の持ち主からすれば、低く見られ、侮蔑的に扱われてしまうことがありえたであろう。生命に関わる実験の場合、対象者として、民族的偏見のゆえに命が軽く扱われる人間が選択されてしまった可能性は否定できまい。

梁麟鉉氏が体験した投薬実験と違って、宋夢奎が語ったという「訳のわからない注射」という表現からは、「インフォームド・コンセント」が行なわれていなかったことを推測させる。つまりそれだけ、状況は劣悪を極め、実験の内容は公言の憚《はばか》られるものであったということだろう。

いずれにしても、一応は「秩序」を維持しようと努めていた刑務所の管理体制の網をくぐって、おぞましい事態が起こりえたのである。九大医学部の教授か助教授か、一個人が悪の意思を固めたならば、刑務所全体にそのおぞましさを知られることなく、悪魔に導かれた私的「研究」を遂行できる余地があったということなのだ。

福岡刑務所で獄死した尹東柱の死因が、劣悪な環境下における病気ではなく、宋夢奎の証言から類推されるごとく、刑務所内での人為的かつ犯罪的な行為によるものであったとしたなら、上記のようなルートによるものだったというのが私の結論である。

調査に調査を重ねて、唯一可能な道として見えてきたのが、九大医学部から「研究」目的で入りこんだ医師の手になる、常軌を逸した医療実験によるものだったということになるのである。

5．九大医学部と海水による代用血液の研究

さて、九州帝国大学医学部といえば、戦争末期に、おぞましい汚辱の歴史を残すことになったことで知られる。

1945年5月、空爆に来襲したアメリカ軍のB29戦闘機が墜落し、捕虜となった米兵8人が、九州帝国大学医学部で生体解剖実験に付され、全員が死亡した事件である。戦後、アメリカ占領軍によって暴かれ、戦争犯罪として裁判にかけられ、責任者は死刑判決を受けている。

事件は九大の組織的犯罪ではなかったとされるが、主犯の石山福次郎教授が軍の意向を踏まえつつ、

助教授など医学部関係者や看護婦を巻きこみ、白昼堂々、医学部の施設を使って実施にいたったものである。

本来、人の命を救う立場にある医者が、いかに戦時中の敵国兵士に対する処置だとはいえ、はじめから死にいたらしめることを前提とした生体解剖実験に手をそめるなど、狂気の沙汰としかいいようもないが、その是非についてここでは深入りせずに、尹東柱《ユン・ドンジュ》との関係に的をしぼって話を進めることにする。

福岡刑務所に九大医学部関係者が「研究」目的で出入りできた事実を知ったときから、当然ながら、米兵に対するこの生体解剖実験とかかわりがあるものかどうか、調査にあたった。

狂気の人体実験に医学生として補助を命じられ、実情も知らぬまま巻きこまれてしまった東野利夫氏が、この問題については、2度とあってはならぬこととして、その実態を明らかにする著書（『汚名「九大生体解剖事件」の真相』　1979年　文藝春秋）をものしたのをはじめ、医の倫理を問い、機会あるごとに講演などの活動を行なっていたので、私も氏に連絡をとり、尹東柱の獄死との関連性について尋ねてみた。

特に、米兵生体解剖における実験の主要項目のひとつに、傷病者に対する輸血用血液の不足を補う海水を利用した代用血液があり、具体的には注射によって人体に注入していることから、この点、宋夢奎が残した「訳のわからない注射」証言に結びつく可能性がないものかどうか、質問を重ねたのである。

だが、東野氏の見解は否定的であった。

というのも、氏によれば、当時、代用血液の必要性が認識されるにいたったのは、米軍による本土空襲によって一般人が多数死傷するようになってからで、具体的には、ひと晩で8万人とも10万人ともいわれる死者を出した1945年3月10日の東京大空襲以降、その研究が焦眉《しょうび》の急とされることになったというのである。尹東柱が死去したのは1945年2月16日であるが、そのような実験が要請される状況にはまだいたっていなかったというのが氏の見解であった。

ちなみに、東京大空襲以降、名古屋、大阪、神戸、横浜と、日本全土の都市で大規模な空襲が続き、それぞれ数千人単位の犠牲者を出したが、福岡では6月19日に大空襲があり、1千人を超す人々が死亡または行方不明となり、福岡刑務所でも服役者を防空壕に避難させざるをえない事態になる。

空襲による被害の拡大と代用血液とをリンクさせて考える限り、東野氏の語るように、尹東柱の死亡時においては「時期尚早」となるのだろう。

私は1994年に取材を始めてまもなく、東野氏と連絡をとり、当時の九大医学部の状況を直接に知り、また間違いなく良心派として歴史責任を果たす努力をしておられる氏の口から明確な否定的見解を聞かされたので、代用血液の方向で、それ以上の取材を試みることはなかった。

なお、東野氏に対しては、実は韓国のメディアも何度か取材を行なっているが、私の知る限り、氏の見解が公にされたことはない。尹東柱の人体実験死亡説に結びつかない証言は無条件に切り捨ててしまうのが、これまでの韓国メディアの「王道」であったからだ。

だが、より高次のメディア・リテラシーの立場からいえば、氏の見解は紹介されてしかるべきである。少なくとも、「渦中」にいた人物の貴重な証言として、その見解に1度は耳を傾けるべきなのである。否定する根拠があるなら、その上で、批判を加えなければならない。

さて、東野氏の見解を是としつつ、一方では私は最近になって、気になることができてきた。それは、梁麟鉉《ヤン・インヒョン》氏の投薬実験の証言をくりかえし検証しているうち、意外な、といっても実は極めて基本的な事実に気がついたのである。

梁麟鉉氏に練習問題を与え、薬を飲ませたという九州大学医学部助教授は、その薬を「特攻隊」に使うものだと明らかにしていた。太平洋戦史を紐解くと、神風特別攻撃隊による最初の敵艦体あたり攻撃は、1944年10月25日である。特攻戦術の検討自体はその年の春から始まっていたというが、その実施は同年秋以降からなのだ。

梁麟鉉氏は1944年の9月には刑期を終えて出獄している。つまり、特攻隊の出撃が実際に始まるよりも前に、梁麟鉉氏は特攻隊に使う薬効を確かめる実験に参加させられている。

このことは、九大医学部と軍部との深いつながりを示唆するように感じる。要は、国が正規の戦術決定をする前に、軍部の意向を受けてか、あるいは、点数稼ぎのように自ら望んで軍部に尽くそうとしたためか、九州大学医学部の某が、刑務所の服役者を対象に、投薬実験に及んでいたということなのである。

この助教授の研究がその後、どのように実を結び、実施されたのかは知るよしもないが、ある意味では、極めて「先駆的」な、時代の空気を先読みした研究であったことになろう。

だとするならば、同じく時代に先んじた研究の「先駆性」が十全に発揮された場合、海水を使った代用血液の研究も、時代の要請が生じる前に、研究者の直観によって始まっていた可能性もありえるかもしれない。一般論としてはその必要性を社会が覚醒していなくとも、軍部の腹をさぐるように、ひそかに研究実験を始めていたかもしれないのである。

その場合、刑務所という場所は、同僚やら助手など、周囲の目に否応なく晒《さら》される大学の研究所や研究室よりも、はるかに機密性の保証された特殊な「実験場」であったに違いないのである。

米兵生体解剖事件が戦後明らかになり、当然ながら、占領軍は生体解剖を行なった九州大学医学部と軍部とのつながりを追究しようとした。

だが、主犯の石山教授が拘留中に自殺したこともあって、核心部分はなおも曖昧なまま歴史の闇に葬り去られてしまった。九大医学部と軍部とを結ぶ闇のラインは、その内容を公にされぬまま、福岡刑務所にまで延びていた可能性もなきにしもあらずなのである。

6．なおも立ちはだかる「壁」

これまで、尹東柱《ユン・ドンジュ》の死の真相を追って、多角的に検証を重ねてきた。その結果、九州大学医学部関係者が「研究」を目的に福岡刑務所を訪ねることができ、その管理体制の抜け穴のようなルートを通して、狂気の沙汰が起こりえた可能性を結論として導き出した。

だが正直なところ、これをもって、尹東柱の人体実験死亡説の決定的確証を得たとか、完璧に証明したということとは、どうしても距離がある。

あくまでも、宋夢奎《ソン・モンギュ》が残した「訳のわからない注射を受けて」という言葉をもとに、仮に人体実験があって、そのために尹東柱が死亡したなら、という前提の上に立って、論を積みあげてきたのである。そのような事実があったとしたなら、こういう可能性しかありえない、ということを論だてたということだ。

その意味では、あくまで仮定をもとにした推察である。福岡刑務所での尹東柱の死が百パーセント人体実験によるものだと言いきれるところまでにはいたっていない。

歴史を扱う文章を書く人間として、私は歴史に対して責任を有する。どこまでも客観性に裏打ちされた論考、言説でなければ、歴史の「事実」として提唱することは控えなければならない。

歴史に対して厳粛に身構え、より厳密な客観性をもって事にあたろうとするならば、論のおおもととなった「仮定」の前に、なおも乗り越えなければならない、いくつかの壁が立ちはだかっていることを認めざるをえない。

まず、これが最大の「壁」となるかに思われるが、遺体に死斑のような不審死の跡が残っていなかったという事実である。

尹東柱の遺骸を引き取った尹永錫《ユン・ヨンソク》、尹永春《ユン・ヨンチュン》の両氏は、遺体がきれいであったことを証言している。人為的な死である場合、通常ならば、自然死ではないことを窺わせる何がしかの痕跡が遺体に残るであろう。だが、尹東柱の遺体はそのような痕跡を留めていなかった。

禍々《まがまが》しい凶事がひそかに行なわれたのだとしたなら、そのような痕跡が残らぬよう、周到に計算、配慮された上での「実験」であったことになる。例えば、代用血液としての海水注入が死因だとするなら、そのような痕跡は遺体に現れないものであろうか……。

実は、戦後に日本占領軍がとり行なった戦争犯罪を裁く極東国際軍事裁判のうち、主としてＢＣ級裁判が行なわれた横浜軍事法廷において、例の九州大学生体解剖事件との関連で、福岡刑務所にも疑惑の目が向けられていた。

というのも、福岡刑務所にも少数の米軍捕虜（生体解剖事件とは無関係の者）が収容されていたからで、その待遇が残虐、非人道的であったのではないかと追及を受け、かの吉田敬太郎氏も召喚されて、証言台に立たされた。

吉田氏の著書『汝復讐するなかれ』によれば、氏は日系2世の裁判担当官から、米軍捕虜への虐待を目撃したことはなかったか、執拗な詰問を受けたようである（吉田氏は、「知らない」の一点張りで押し通したという）。

ここで問われたのは、あくまでも米軍捕虜への残虐行為の有無であって、朝鮮人服役者が視野に入っていたわけではない。とはいえ、一応は、九大医学部で起きた生体解剖事件にからんで、福岡刑務所にまで追及の手がおよんだことは事実なのである。その過程で、生体解剖事件につながる凶事の証拠があったのなら、当然ながら、やり玉にあげられていたはずである。

苛酷な裁きとして知られたBC級裁判である。ときには、刑に問われた被告人本人が罪の自覚のないまま起訴され、死刑宣告を受けるようなケースまであった。でありながら、その執拗な裁きの場においても、福岡刑務所は「黒」とされなかったのだ。

宋夢奎の証言から、後世の人間は、すっかり朝鮮人を対象としたジェノサイドとしての人体実験に目を向けているが、いったんその先入観を排して、素朴に彼の言葉を見なおせば、宋は尹東柱と自分が受けた訳のわからない注射について口にしているものの、それが朝鮮人を対象としたものであったとは語っていない。ここには、後世の人間たちによる、明らかな思いこみがある。

これは楊原《やなぎはら》泰子氏からご教示を受けたことだが、実は、各地の刑務所で病死者が急増した現実を受け、国が日本全国の刑務所に対して、受刑者にチフスの予防注射をするようにと布令した記録がある。

1944年4月28日、刑政局長によって通達された「刑政甲第1118号」という文書がそれで、「急性伝染病、ことにチフス等の隔過に関しては、遺憾なきを期し居られることとは思料するが、各年部分的発生を見る実情に鑑み、爾今、全収容者に対し春秋2回必ず腸チフス、パラチフスのAB混合ワクチン注射を実施して、これが絶滅を期せられたく通牒する」とある。

中央からの命令を受けて、福岡刑務所で実際にどのように対処したものか、残念ながらその記録は見あたらないが、注射に関する指令だけに無視はできない。

ここで思い出されるのは、尹東柱の遺体を引き取りに福岡刑務所を訪ねた尹永春氏が書き残した、医務室前に並ぶ50人もの青い囚人服を着た受刑者たちを見かけたという証言である。

青い囚人服であるから、尹東柱のような治安維持法違反で独房に拘禁された者ではなく、あくまで一般囚ではあるが（しかも朝鮮人受刑者だったという確証は何もない）、それだけ多くの人々が、倒れこむでもなく、列をなして並んでいたというのは、衰弱した病人たちが診療を受けに訪ねたのではなく、医務室で行なわれる検査、診断、ないしは病気予防のための処置を受けるためであったと考えるのが妥当かと思われる。

先の国からの通達と併せ考え、もしこれを、刑務所側が行なっていた服役者たちへの予防注射であったとするなら、そして、戦争末期の薬剤不足などの混乱のなかにあって充分なインフォームド・

コンセントのないままに行なわれたとするなら、宋夢奎の語る「訳のわからない注射」が、この刑務所側の施療の一環であった可能性を否定しきれるものではないだろう。

尹東柱が福岡刑務所内での禍々しい人体実験によって死亡したならという前提の上に検証を重ね、可能性としてひとつの結論を導き出してはみたものの、確証をつかむ上では、なおも乗り越えねばならない「壁」がいくつも存在する。

その意味において、尹東柱の死の真相はなおも謎である。

だが、これまでたどってきた検証が無駄であるとは思いたくない。ああかこうかと、紆余曲折《うよきょくせつ》を重ねて論を積みあげてきたが、少なくとも、検証の過程で、巷間《こうかん》たやすく語られがちないくつもの「伝説」について、細部のディテールにおける誤謬《ごびゅう》や不確実性を指摘してきた。私なりに、真実への道を切り開いてきたつもりだ。

明確な結論を求めながら、明確な結論の出ない問題について、長々と紙面を費やしてきたのも、調査と考察をなるべく省略せずに広く紹介することで、これから先、尹東柱の生涯を見極めようとする方々が、私の収集した情報を土台に、そこからきちんとした「接《つ》ぎ木」をしていただき、真実の解明が進んでほしいと願ってやまないからなのである。

7．命の息づき。生命の詩人

死の真相をめぐって論を重ねてきたが、この間、尹東柱《ユン・ドンジュ》その人の人となりを窺わせるものはなかなか見えてこなかった。福岡刑務所での最後の日々、若き詩人の胸に去来した思いについて知ることができないのは、その理不尽な死に覚える痛ましさとあいまって、無念をつのらせるばかりである。

わずかに、刑務所での尹東柱の姿を垣間《かいま》見たという金憲述《キム・ホンスル》氏の追憶のなかの、無口で静かな微笑みが印象的だったとする点に、いかにも尹東柱その人らしい面影を見た気がするが、これだけでは彼の胸中の深部には届きようもない。

その意味では、先にも触れた、弟の尹一柱《ユン・イルジュ》氏によって伝えられた福岡刑務所から送られてきたという葉書が、唯一、晩年（と語るにはあまりにも若すぎるのだが！）の尹東柱の思いに触れえるものとなっている。

１９４４年の初秋、一柱氏が刑務所の兄に宛てて出した「筆の動きを追うようにすだくコオロギの声にも、早や秋を感じます」との便りに、「君のコオロギはわが独居監房にも鳴いてくれる。ありがたいことだ」と尹東柱が返事をよこしたというものである。

政治的なこと、民族的なことをふくめ、多くを自由に語ることが許されなかった刑務所の内と外を結ぶ限られた通信において、兄と弟の間にこのような美しいやりとりがあったことは、ほとんど奇跡を見るような気がする。弟の便りに登場したコオロギは、季節の挨拶として現れたものであったが、それに対して、こだまを返すように送られた兄からの返事では、コオロギはよほど深い意味で使われている。

独房の自分と遠い北間島《ブッカンド》の故郷にいる弟との間をつなぐ絆の象徴であることはもとより、まるで、広い世界と自分をつなぐ神の使いでもあるかのように、あるいは、限りない抑圧下に閉じこめられてしまった自分にとっての、枯れることのない命の証でもあるかのように、尹東柱はコオロギの鳴き声に耳をすますのである。

ここには、まぎれもない、尹東柱その人がいる。詩人のみずみずしい感性が、なおも光を放っている。1944年の秋といえば、金憲述氏が出所したころだが、氏の証言によれば、尹東柱は夜中にひどく咳きこんだり、独房の便器を始末するのに廊下の所定の場所まで這って行かねばならなかったりするなど、体を患っていたという。

それでありながら、驚くべきことに、尹東柱は「ありがたいことだ」と、感謝の言葉を添えている。おのれの肉体的、精神的な苦痛を超えて、彼はこの小さな命に、その無垢なる命の発露に、心からの共感を寄せてやまないのだ。

第1章で書いた、限りある命を懸命に生きる「mortal life」への共鳴を思い出していただきたい。すべての死にゆくもの、つまりは限りある命を愛《いと》おしまねばと詠じた、「序詩」の1行が蘇ってくる。

自由を奪われた独房での日々――、死の影が忍び寄り、彼自身の「mortal」なる定めが否応なく見えてくる、そのような苛酷な日々にあって、尹東柱はなおも、小さな命の息づきに耳をすまし、命の発露に触れえた感謝を胸にいだくのである。

かつて、詩集『空と風と星と詩』を清書した原稿用紙の余白に、「美を求めれば求めるほど、生命が一個の価値であることを認める。何となれば美を認めることは、生命への参与を喜んで承認し、生命に参加することに他ならないのであるから」というウォルドー・フランクの言葉を引用してつづった尹東柱なのである。

つくづく、尹東柱という人は、真の意味での「生命《いのち》の詩人」だと感じてならない。

さて、独房での尹東柱の胸中が窺いえる記録としては、残念ながら、弟・尹一柱氏に宛てた葉書しか残されてはいない。ただ、北3舎の独房に、コオロギだけでなく、どのような自然の息吹が通っていたかは、吉田敬太郎氏が残した獄中での日々を詠んだ短歌によって知ることができる。

いずれも、氏の『汝復讐するなかれ』の巻末に所載されているものだが、そこに記録された命の息づきに、きっと獄中の尹東柱も、眼差しを注ぎ、耳を傾けていたに違いないと思われる。以下、いくつかを引用する。

独房の　まどべの梧桐　やわらかに
　新芽をふきて　我をなぐさむ

遠蛙　ききつつねむる　獄窓に
　月光淡く　射しいたりけり

夕食の　箸をとどめて　しばらくは
　ひぐらしの声に　耳すましいつ

春には、独房の窓辺に見える梧桐《あおぎり》の新緑が目を慰める。初夏には、夜を通して遠くで蛙が鳴いている。夏の盛りの夕方には、ひぐらしの声も聞こえてくる。いずれも、尹東柱の独房からも感知できる自然の息吹だったに違いない。

刑務所内の状況はひたすらに悪化する。時代は闇を深くするばかりであった。それでもなお、愚かしくも残忍極まりない暗黒の支配を逃れ、その重石《おもし》に耐え、なおも懸命に生きようとする無垢な命の輝きが、独房のまわりに息をしていたのである。

雲のいろ　しだいにあせて　山々の
　姿も消えて　今日もくれけり

独房の小さな窓からは、空に浮かび、流れゆく雲も見えた。黄昏ともなれば、次第に雲の色も褪《あ》せて、遠くの山々も黒ずみ、やがては闇のなかに形を朧《おぼろ》にしてゆく。昼に雲が見える空には、夜ともなれば、星々のきらめきも望むことができたことだろう。

詩集『空と風と星と詩』のタイトルに詠みこまれた「空」「風」「星」は、福岡刑務所の獄窓からも感知されるものだったのである。末期《まつご》の日々、尹東柱はそれらの自然の息づきを、どのように見聞きし、感じたであろう。きっと、そこに天意を感じ、命の発露に共鳴し、詩心を深くしたことだろう。想像を絶する絶望的な状況にあって、彼の瞳は、なおも感動の涙を溜めていたのではなかったか。

しずもれば　夜汽車のわだち　聞こえきぬ
　そぞろに旅の　してみたくなり

夜ふけに、しじまを縫って、夜汽車の走る音が流れてきた。それは、かつて尹東柱が暮らした東京や京都に向かう列車であったろうか。

「他人《ひと》の国」に学んだ1年半ほどの歳月が、走馬灯のように去来する。大学ノートを小脇に老教授の講義を聞きに通った東京・立教大学での日々。女学生とふたりだけの授業で「間違えたら恥ずかしいです」ともらした京都・同志社大学での日々。級友たちとつかのまの自由を楽しんだ宇治川での送別ハイキング……。

尹東柱の胸のなかに延びた鉄路は、いつしか日本を超え、祖国の懐にいだかれて青春を謳歌したソウルへと向かったことだろう。

蔦《つた》の葉に覆われた延禧《ヨンヒ》の学び舎、アンダーウッド学長の銅像、懐かしい学友たちの顔が浮かんでくる。楼上洞《ヌサンドン》の下宿から毎朝散歩に出かけた仁王山《イナンサン》の岩肌、山野辺の井戸、夕陽のなかにそびえていた教会堂の高い尖塔と十字架、植民地の現実を生きるどこか「訪問客《きゃく》のような」人々……。

東京で書いた詩「いとしい追憶（사랑스런 追憶）」のなかでも、汽車は思い出のなかのソウルと異郷の下宿部屋とをつないで往来していた。

「いとしい追憶」

春がきた朝、ソウルの或る小さな停車場で
希望と愛のように汽車を待ち、

わたしはプラットホームにかすかな影を落して、
たばこをくゆらした。

わたしの影は　たばこの煙の影を流し
鳩の群が羞じらいもなく
翼の中まで陽に晒らして、翔んだ。

汽車はなんの変わりもなく
わたしを遠くへと運んでくれて、
春はすでに過ぎ――東京郊外のとある静かな下宿部屋で、古い街に残った
わたしを希望と愛のように懐しむ。

今日も汽車はいくどか空しく通り過ぎ、
今日もわたしは誰かを待って停車場近くの丘にさまようだろう。

――ああ　若さは　いつまでもそこに残れ。

一九四二・五・一三
（伊吹郷訳）

やがて、鉄路ははるかに遠く、北間島《プッカンド》へとつながって行く。朝鮮との往復のたびに越えた豆満江《トゥマンガン》の流れ。生まれ故郷・明東村《ミョンドン》のたたずまい。開拓民たちが開いた畑と素朴な家々。明東を出て移り住んだ龍井《ヨンジョン》の小都会。バスケットボール部の選手として汗を流した運動場。休みに帰郷すると現地の子供たちに教えたメソジスト教会。そして、かけがえのない家族たち。妹や弟の顔。間島訛《なま》りの朝鮮語……。

母さん、
そしてあなたは遠い北間島におられます。

詩集『空と風と星と詩』の最後に置かれた「星をかぞえる夜」の1節だ。
夜空に輝く星を見ながら、詩人は、かつて延禧の丘に立っていたときと同じく、福岡刑務所での最後の日々においても、母を思い、愛する人々を懐かしみ、すべての命を慈しんでいたことだろう。

その、孤独にして至純、気高い胸中を思えば、おのずと涙があふれてくる。あまりの無念さ、運命の苛酷さに痛みを覚えるとともに、27年という短さで尊い命を奪った時代の巨悪について、あらためてその残酷さ、狂暴さを痛感せざるをえない。

獄中の尹東柱が胸に宿した思いについて考えをめぐらせれば、いつかは、最後の叫びへと向かってゆくことになる。

遺体を引き取りに訪ねた尹永錫《ユン・ヨンソク》と尹永春《ユン・ヨンチュン》の両氏に看守が伝えた、尹東柱が最期のきわに何かを叫んだという、その叫びである。朝鮮語であったため、日本人の看守にはその意味がわからなかった。

その最期のひと言とは、いったい何だったのだろうか――。

「星をかぞえる夜」にあったように、「母《オモニ》さん！」という故郷の母を呼ぶ叫びだったのか。あるいは、民族的なこと、例えば「朝鮮独立万歳！」といった悲願の絶叫だったのか。あるいはまた、「主よ！」というような、キリスト者としての祈りが凝《こ》って、ほとばしり出た哭声《こくせい》だったのか……。

今となっては、その言葉を確かめようもない。

それはもはや、私たちひとりひとり、尹東柱と向き合う者のそれぞれの胸に、こだまするものなのだろう。

詩集『空と風と星と詩』のなかには、キリストと自己を重ねながら、自己犠牲への憧憬を詠んだ詩がある。「十字架」である。

これまでに見てきた詩のなかにも、「病院」や「薔薇《そうび》病んで」のように、隣人や他者の病と痛みを、わが身に引き取ろうとする詩人の姿勢が顕著なものがあった。尹東柱らしい愛のもちようであろう。この「十字架」の詩は、短い生涯を終えたところからふりかえると、まるで未来のおのれの運命を予見したように見えてしまうのが、悲しく、痛ましい。

福岡刑務所の独房は、「十字架」を背負うことを自らに課した尹東柱が向かった、ゴルゴダの丘だったのだろうか……。

「十字架」

追いかけてきた陽の光なのに
いま　教会堂の尖端《さき》
十字架にかかりました。

尖塔があれほど高いのに
どのように登ってゆけるのでしょう。
鐘の音《ね》も聴こえてこないのに
口笛でも吹きつつさまよい歩いて、

苦しんだ男、
幸福なイエス・キリストへの
ように
十字架が許されるなら

頸を垂れ
花のように咲きだす血を
たそがれゆく空のもと
静かに流しましょう。

―一九一四・五・三―
（伊吹郷訳）

第7章　そして詩と、本が残った
——所蔵日本語書籍から見る尹東柱の詩精神

——「完全なる理解をともなった時に、果して美は全きものとして存するか」——
（所蔵書籍のうち、ディルタイ著『近世美学史』の余白に書きこまれた、尹東柱自身の手による日本語のメモ）

1．遺品のなかの日本語書籍

１９４５年2月16日、尹東柱《ユン・ドンジュ》は福岡刑務所で死去した。27年の短い生涯だった。彼が京都で逮捕されたときに所持していたであろう詩稿は、遺族の手に戻らなかった。残念極まりないが、その価値のわからぬ者によって、警察で処分されてしまったらしい。

それでも、その死から3年あまり前、友人の鄭炳昱《チョン・ビョンウク》に託した『空と風と星と詩』の手書きの詩稿が、床下の甕に入れられ、官憲の目を逃れて守られたことで、１９４８年に詩集として上梓されたことはすでに述べた。

延禧《ヨンヒ》専門学校時代の友人、姜処重《カン・チョジュン》もまた、東京から送られた5篇の詩や「懺悔録」などの詩稿を守りぬき、祖国の解放とともに尹東柱が詩人として「復活」するために努力した。

北間島《プッカンド》にいた遺族のうち、尹東柱の妹の尹恵媛《ユン・ヘウォン》氏と夫君の呉瑩範《オ・ヒョンボム》氏もまた、故郷の家に置かれていた尹東柱の詩稿（「わが習作期の詩ではない詩」と題された「文藻」と、「原稿ノート　窓」）を、苦労してソウルへと移した。それらは詩人が中学時代以来、つづってきた詩を集めたものだった。

こうした尽力が重なって、今、私たちが見る尹東柱詩集はできあがっている。詩人本人は異郷の刑務所で孤独な死をとげざるをえなかったが、残された詩は、遺志をつぐ人たちの思いをたばねつつ、奇跡のように守られ、長い闇から解き放たれたのである。

姜処重

さて、このように残され、守られたものは、詩稿だけではなかった。もうひとつ、それが「作品」として世に出るようなことはありえぬことながら、詩と同じように大切に伝えられたものがあった。所蔵書籍である。

全部で42点。これらは、尹東柱が日本留学に際して、学友の姜処重に保管を依頼し、後に弟の尹一柱《ユン・イルジュ》氏に渡されたものである。その内訳は、朝鮮語の本が10冊、日本語のものが27冊、英訳聖書をふくめ英語のものが5冊となる。

朝鮮語の本は、『鄭芝溶《チョン・ジヨン》詩集』（詩文学社　1935年刊）や徐廷柱《ソ・ヨンジュ》『花蛇集』（南蠻書房　1941年刊）など、すべてが個人詩集である。なかには、『白石《ペク・ソク》詩集　サスム（鹿）』（1936年刊）のように、百部限定で出されたものを、尹東柱がすべて筆写したというものもある。

残された所蔵図書のうちもっとも多くを占める日本語の書籍は、詩集はもとより、哲学や芸術学、美学の本もあって、所蔵者の勉強熱心な様子がうかがえる。翻訳書もふくまれ、「星をかぞえる夜」の詩に登場したフランシス・ジャムやライナー・マリア・リルケの本もあり、それら西洋詩人の書を、尹東柱はまずは日本語の翻訳によって読んでいたことがわかる。

これら日本語書籍の書名は、これまでにも何度か登場した『写真版　尹東柱自筆詩稿全集』（ミンウム社）によって、知ることができる。ごく一部ではあるが、それら所蔵日本語図書に、傍線が引いてあったり、手書きのメモが記入されていたりしたことを示す写真まで掲載されている。

初めてその写真を見たときに、曰く言いがたい衝撃を受けた。日本に留学までして立教大学や同志社大学に学んだ人であるから、日本語の書籍を目にしたことは頭では理解しているつもりだったが、ハングルにこだわり続けた詩人が、一方では、日本語の多様な書籍を熱心に読み、そこから学ぼうとしているさまを目《ま》のあたりにして、胸を突き動かされたのである。

衝撃は、やがてひらめきへと転じた。これらの日本語書籍をつぶさに見てゆくことで——、つまり彼がどういう書のどこに興味をもち、文字を追う目をとめて傍線を引くなどアクションをおこし、共感の痕跡を本に留めたのか、尹東柱の読書体験を追体験しながら、彼の詩精神のありか、ゆくえを追うことはできないだろうか……。

言うならば、読書の痕跡からたどる尹東柱の生の軌跡である。書きこみからさぐる、蔵書内の心のドラマである。尹東柱の詩作品から追う詩精神の軌跡に、もうひとつ別の視覚から裏打ちするように迫ることができるのではと、念じたのである。

２０１１年、私は詩人の甥にあたる尹仁石《ユン・インソク》氏にお願いをして、当時は氏のご自宅に保管されていた（今では尹東柱の母校、延禧専門学校の後身である延世《ヨンセ》大学に寄贈されている）尹東柱の日本語書籍27冊を、すべて閲覧させていただいた。傍線や書きこみのある箇所をカメラで撮影することも、許諾していただいた。尹東柱の視線に自分の目を重ねる感動を覚えつつ、私は夢中で写真を撮り続けた。

だが、読書の痕跡をさがし、カメラに収めてゆく過程で、たちまちこの試みの容易ならざることに気づかされた。

もちろん、１９３０年代から１９４０年代にかけての日本の詩壇、詩の潮流に対する私の知識が追いつかないという事情もある。哲学や美学史の書籍は、現在では一般に使われない専門用語もあって、難解を極める。

しかしもうひとつ、物理的な厄介さがあった。尹東柱は多くの本を古書店で購入している。書きこみなどチェックの跡が、はたして尹東柱本人の手になるものかどうか、確信のもてない場合が出てきた。素人目にも、どうも別人によって書かれたのではないかと疑われる書きこみもあった。

さらに話をややこしくしているのは、場合によって、兄の本を受け継いだ弟の尹一柱氏によっても書きこみがなされているらしいことであった。似て非なる字体に出会うと、私は逐一、尹仁石さんに確認を求めた。仁石氏をしても、筆跡が叔父のものか父のものか、確定が困難なときがあった。

思いつきはよいとして、実際の作業となると、大きな壁が立ちはだかるのを認めざるをえなかった。貴重な資料であり、そこに記された痕跡から何がしかが立ちのぼってくることは明白ながら、晴れぬ薄雲を通して太陽を望むようなもどかしさがぬぐえなかった。

数年がそのようにすぎた。

あるとき、久しぶりに写真資料を見ているうちに、かつては高く感じられた壁がそれほどの障害でなく思えてきた。薄雲を通すような曖昧さは消えぬものの、そこから透けて見えてくる尹東柱の真情に胸をゆすぶられたのである。

難しさはそれとして、そこに出会える尹東柱を大切にしたい……その思いが、すべてにまさった。日本語蔵書から詩精神を紐ときたいという願いを最初にいだいてから5年めにして、私はふたたびこのテーマに向き合うことを決した。

2．全27冊、尹東柱が所蔵した日本語書籍

では、尹東柱《ユン・ドンジュ》が残した27冊の日本語書籍とは、いったいどのような本なのであろうか――。

尹東柱はまめな人で、ほとんどの場合、購入した日づけや時期を、自身の署名とともに本に記入している。そこで、出版刊行年次とは別に、尹東柱が購入した年次順に、所蔵日本語書籍を一覧にしてみた。購入時期が無記入のものが3冊あるが、これはリストの最後にまとめた。

上から順に、著者と書名、出版社と刊行年月日、尹東柱の購入時期をあげ、わかる場合には購入場

所をカッコ内に付記した。

《尹東柱所蔵日本語書籍リスト》

●高沖陽造『芸術学』美瑛堂　１９３７・６・22刊　１９３９購入

●フランシス・ジャム『夜の歌』三好達治訳　野田書房　１９３６・11・25刊　１９４０・１・31購入

●『山内義雄訳詩集』白水社　１９３３・12・10刊　１９４０・４購入

●ポール・ヴァレリー『詩学叙説』河盛好蔵訳　小山書店　１９３８・８・15刊　１９４０・５購入（有吉書店）

●三好達治　詩集『春の岬』創元社　１９４０・３・３刊（３刷）１９４０・９・７購入

●高村光太郎、草野心平、中原中也、蔵原伸二郎、神保光太郎『現代詩集　１』河出書房　１９３９・12・15刊　１９４０・12・８購入（有吉書店）

●丸山薫、宮沢賢治、立原道造、田中冬二、伊東静雄『現代詩集　２』河出書房　１９４０・３・23刊（３刷）１９４０・12・８購入（有吉書店）

●萩原朔太郎、北川冬彦、高橋新吉、金子光晴、三好達治『現代詩集　３』河出書房　１９４０・３・25刊（３刷）１９４０・12・８購入（有吉書店）

●ポオル・ヴァレリイ『文学論』堀口大学訳　第一書房　１９３８・７・10刊　１９４１・２・28購入

●ライネル・マリア・リルケ『旗手クリストフ・リルケの愛と死の歌』塩谷太郎訳　昭森社　１９４１・４・30刊　１９４１・５・４購入

●ディルタイ『近世美学史』徳永郁介訳　第一書房　1934・6・15刊　1941・5購入（有吉書店）
●ディルタイ『体験と文学』服部正己訳　第一書房　1939・4・15刊（2刷）　1941・5購入（有吉書店）
●ティボーデ『小説の美学』生島遼一訳　白水社　1940・8・20刊（再版）　1941・6・28購入（文光堂書店）
●百田宗治『詩作法』椎の木社　1934・10・25刊　1941・9・9購入（壺山社）
●三木清『構想力の論理　第一』岩波書店　1939・7・15刊　1941・9・9購入（有吉書店）
●ポール・ヴァレリイ『固定観念』川俣京之介訳　白水社　1941・9・5刊　1941・10・3購入
●三好達治　詩集『艸千里』創元社　1940・8・1刊（再版）　1941・10・6購入
●『ヂオイス詩集』西脇順三郎訳　第一書房　1933・10・15刊　1941・10購入
●河合栄治郎編『学生と歴史』日本評論社　1940・4・1刊　1941・10購入（文芸書房）
●マルセル・プルウスト『愉しみと日日』齋藤磯雄、近藤光治、五来達訳
三笠書房　1941・10・23刊　1941・11・13購入
●日本詩人協会編『昭和16年春季版　現代詩』
河出書房　1941・5・30刊　1941・12　鄭炳昱《チョン・ビョンウク》からの卒業記念プレゼント
●日本詩人協会編『昭和16年秋季版　現代詩』
河出書房　1941・11・20刊　1941・12　鄭炳昱からの卒業記念プレゼント
●ポール・クローデル『前兆と寓話』長谷川善雄訳　立命館出版部　1939・9・15刊　1942・2・2購入
●春山行夫『詩の研究』第一書房　1939・9・15刊（3刷）　1942・2・19購入

（以下、購入、入手時期の不明なもの）
●神田豊穂『哲学辞典』龍文社　１９３４・４・15刊（３刷）
●林達夫『思想の運命』岩波書店　１９３９・７・17刊
●生田春月『象徴の烏賊』第一書房　１９４０・６・20刊
（＊注　詩人のポール・ヴァレリーの表記がまちまちなのは、オリジナルのタイトル表記による。また、旧字は新字に改めた）

もちろん、これらの27冊が尹東柱の読んだ日本語書籍のすべてだったわけではない。例えば、尹一柱《ユン・イルジュ》氏のまとめた尹東柱の年表によれば、日本滞在中に読んだ本として、『ゴッホ書簡集』、『ゴッホの生涯』、『立原道造詩集』があげられているが、残された所蔵図書のなかにはふくまれていない。京都で逮捕された際に警察に押収され、帰らなかったのであろう。

その意味では、読書体験の全貌をうかがうものにはなりえないが、だからといって、看過できるものでもない。尹東柱の詩人として傾向や、自らにどのような養分を与えようとしていたのかは、このリストを俯瞰しただけでも見てとることができる。

すぐにも気のつくことは、日本人による著書としては、やはりモダニズム系統の詩人の書が多いことだ。とりわけ、三好達治は『春の岬』『艸千里《くさ》』と個人詩集が2冊あり、5詩人で1巻をなす『現代詩集　３』でも、三好が主役のひとりとなっている。フランシス・ジャムの詩集『夜の歌』も、三好達治の手で翻訳されたものだ。尹東柱にとって、日本詩人のなかで三好達治が特別な位置を占めていたことは、疑いようもない。

西洋詩人では、フランス詩人のヴァレリーのものが3冊にのぼり、傾倒ぶりが顕著である。また、ドイツの哲学者であるディルタイの書が2冊あり、関心の高さをうかがわせる。

購入時期に注目するのも、おもしろい。1940年12月8日、河出書房から出ていた『現代詩集』の3巻セットを、尹東柱は有吉書店でまとめて買っている。

三好達治『春の岬』と『艸千里』

ぶらりと立ち寄った店で購入したのではあるまい。日本の代表的現代詩人の作品をそろえようと、きちんとした意識をもって購入におよんだのである。おそらくは3点セットが店頭に出ているのを事前に知って、この日、まとまった金を工面したうえで店に赴いたものかと思われる。

なお、有吉書店はソウルの積善町（現・積善洞《チョクソンドン》）にあった古書店で、尹東柱はよくここで本を買っている。書店のシールが巻末に貼られたままになっているので、購入場所を特定できるのだ。

古書店をはしごして、複数の店で本を購入した日もあった。1941年9月9日、尹東柱は壺山社という書店で百田宗治の『詩作法』を買い求め、また有吉書店で三木清の『構想力の論理　第一』を購入している。

鄭炳昱《チョン・ビョンウク》が残した文章（「忘れられない尹東柱のこと」1976年「ナラサラン」）によれば、延禧《ヨンヒ》専門学校からの下校時、尹東柱と学友たちはまるで日課のように忠武路《チュンムロ》にあった書店（新刊書の店も古書店もあった）に向かい、その後、音楽喫茶に寄って買ったばかりの本を開いたという。おもしろそうな映画があれば明洞《ミョンドン》の劇場で見、そうでなければ寛勲洞《クワンフンドン》にまわってそこの書店をふたたびひやかし、さらには積善洞の有吉書店を覗き、そうして店を出たころにはすでに街灯のつく時間になっていた……。

鄭氏の証言を地で行くような、41年9月9日の尹東柱の行動だったのである。

また、ここでは所蔵朝鮮語書籍について一覧をあげることをしなかったが、三好達治の詩集『艸千里』を購入したのは、実は鄭芝溶《チョン・ジョン》の『白鹿譚』を買ったのと同じく、1941年10月6日のことであった。購入場所は不明だが、この日も本屋のはしごをした結果、2冊を買うことになったのかもしれない。

中学時代、モダニズム的詩世界に憧れていた尹東柱が、鄭芝溶の童詩に出会って次第に作風を変えていったことは第3章で述べたが、この日、彼は敬愛する朝鮮と日本の先輩詩人の作品集を、合わせて手に入れたのである。2冊の本をかかえて、書店から下宿に戻る尹東柱のはずんだ足どりが、目に見えるようだ。

自分で購入したのではなく、贈り物として受けとった本もある。日本詩人協会編『昭和16年春季版現代詩』と同年『秋季版』の2冊は、延禧専門学校の卒業記念に、鄭炳昱から寄贈されたものだ。『空と風と星と詩』の詩稿を贈られ、学徒出陣に際しては家族に託し、床下の甕のなかに入れて守りぬいた人である。日々の書店めぐりにも同行する仲だった。卒業記念に何を贈るべきか、尹東柱がもっとも喜ぶものは何か、よく承知していたはずである。

さてここからは、いよいよ実際に書を開くとしよう。

尹東柱が本を読みながら何を感じ、ページの上にどのような痕跡を残したのか。傍線や書きこみ、丸印と、アクションはさまざまだが、それらの痕跡から、若き詩人のいかなる心模様が窺えるのか……？

認識や理解はもとより、興奮や共感、疑念、反発といった読書中の感情を読みとりながら、尹東柱の内面に迫りたいと思う。

3．高沖陽造『芸術学』、精読の跡に見る心模様

27冊の日本語書籍のうち書きこみが目立つのは、哲学、美学史、詩論など、学術書の色彩の濃い本である。とりわけ、高沖陽造の『芸術学』と、ディルタイの『近世美学史』には、傍線やメモ書きの記入が顕著で、精読をうかがわせる。

ある意味、これは当然であろう。それらの研究書を、尹東柱《ユン・ドンジュ》は学習の意図をもって読んでいる。論を追ううえで重要と思われる部分にはチェックが入る。それに比べ、詩集の類いでは、書きこみはぐっと少ない。尹東柱は詩をまずは味わい、鑑賞しているからであろう。

（なお、所蔵図書のうち朝鮮語の詩集に関しては、１９３５年に購入した『鄭芝溶《チョン・ジヨン》詩集』にはこまめなチェックや書きこみが見られ、影響の大きさが窺われる。また１９３７年に入手した『永郎詩集』（金永郎《キム・ヨンナン》の詩集）や

同年に書き写した『白石詩集《ペク・ソク》』にもそれなりのチェックの跡があるものの、その他の詩集——所蔵日本語書籍に重なる、主として1939年から1942年にかけて入手した詩集では、やはりほとんど書きこみは見られない。）

そのような前提を踏まえたうえで、まずは高沖陽造の『芸術学』を見てゆこう。

高沖陽造は左翼系文化人として戦前から戦後にかけ大きな足跡を残した人物で、1920年代には労働運動に身を置き、当時は非合法だった共産党に入党して逮捕、投獄された。出獄後、1930年代には西洋思想の紹介につとめ、マルクス主義の立場から、文芸評論、演劇論などに筆をふるった。

高沖陽造『芸術学』

『芸術学』は西洋芸術の歴史をまとめた本で、1937年に刊行され、第1篇を「芸術哲学」、第2篇を「芸術学説史」とする2部構成をとり、第1篇では芸術とは何かという命題について述べ、第2篇では美学、文芸学について、著者ならではの唯物論的な史観から、歴史的に俯瞰、解説している。

尹東柱は、この本を1939年に購入している。この年、尹東柱は9月に散文詩「ツルゲーネフの丘」など4篇の詩を詠んだが、それ以外には月日不詳の1篇があるのみで、寡作に終わった。1940年も、12月に詠んだ2篇の詩以外には1篇のみで、他にはいっさい詩作をしていない。

延禧《ヨンヒ》専門学校の2学年から3学年にかけてであったが、中学以来、絶え間なく続けてきた詩作を、いったん休んで、さらなる飛躍を目指して足元を固めたいとする気持ちだったのだろう。そうした意識のもとに、高沖陽造の『芸術学』も精読されたものと思われる。

本を開くと、本文が始まってほどなく、上欄の余白に早速、尹東柱の手書きの書きこみが現れる。「カァル・ビュッヘル「労働と韻律」」――。続いて次ページの上欄余白にも、「エルンスト・グロッセ」と書きこみがある。

これらは本文中に登場した人名やその著書を上部欄外に記したもので、尹東柱にとって新しい知識であったかと思われる。学習的態度で本に臨んでいる表われであろう。

この手の書きこみは『芸術学』の余白に実に多いが、やがて単語レベルを超え、文章に傍線を付した箇所が現れる。「第一篇　芸術哲学」を切り出す「序論　芸術学とは何か」の第3節「芸術的認識――芸術の本質について」では、冒頭部分から傍線が引かれ、さらにその上の余白に二重丸「◎」が記入されている。

尹東柱の意気ごみが強く感じられるが、そこから続く約2ページ分のなかから追ってみよう。

「もしも科学の本質的内容が客観的世界の真理を把握することにあるならば、芸術の本質的目的も同じ様《よう》に現実的世界の真理の形象化にあると云《い》っていい。（中略）

客観的世界の真、即《すなわ》ち法則を暴露しない科学が無価値である様に、形象的なタイプを創造しない芸術も亦《また》決して価値高い芸術とは云えないであろう。もしも芸術家がこのタイプを創造せずして、自我の無内容な心理的幻想ばかりを表現したり、或いは何らかの些末《さまつ》な事象ばかりを描写し

ているならば、それこそ堕落した主観主義の芸術であるか亦は自然の乾《ひ》からびた模倣の芸術であるかの外《ほか》何物でもない。（中略）

既述したことでも解《わか》る様に、真に価値高い芸術作品は、形象を通じて積極的能動的にこの現象世界の正しき解釈を与える芸術作品である。」

（＊注　所蔵書籍からの引用では、現代の読者に難しいと思われる漢字にはルビをふることにする。また旧字は新字に書き替える。以下同様）

引用の冒頭、「もしも科学の」で始まる冒頭部分のほかに、引用した最後の「既述したことでも」からの文章の上にも、やはり「◎」が付与された。よほど重要な箇所だと認識されたのであろう。

高沖陽造は、唯物論的な立場から、芸術を社会科学として読みこもうとしている。尹東柱は、そうした高沖の敷く道から迷子になることのないよう、ポイントごとにみずから道標を置きな

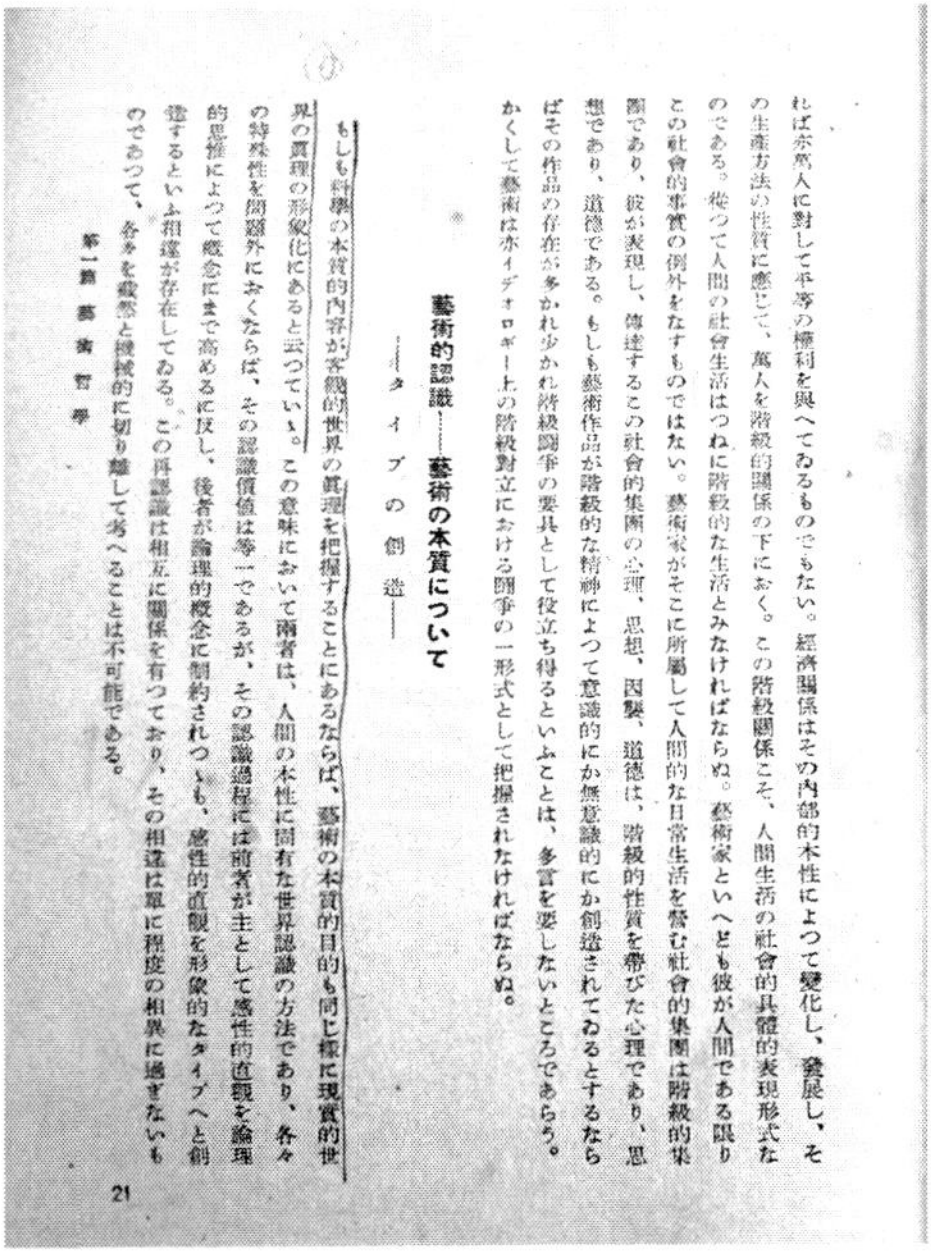
れば亦萬人に對して平等の權利を與へてゐるものでもない。經濟關係はその内部的本性によつて變化し、發展し、その生產方法の性質に應じて、萬人を階級的關係の下におく。この階級關係こそ、人間生活の社會的具體的表現形式なのである。從つて人間の社會生活はつねに階級的な生活とみなければならぬ。藝術家といへども彼が人間である限りこの社會的事實の例外をなすものではない。藝術家がそこに所屬して人間的な日常生活を營む社會的集團は階級的集團であり、彼が表現し、傳達するこの社會的集團の心理、思想、因襲、道德は、階級的性質を帶びた心理であり、思想であり、道德である。もしも藝術作品が階級的な精神によつて意識的にか無意識的にか創造されてゐるとするならばその作品の存在が多かれ少かれ階級鬪爭の要具として役立ち得るといふことは、多言を要しないところであらう。かくして藝術は亦イデオロギー上の階級對立における鬪爭の一形式として把握されなければならぬ。

◎

藝術的認識——藝術の本質について

——タイプの創造——

もしも科學の本質的內容が客觀的世界の眞理を把握することにあるならば、藝術の本質的目的も同じ樣に現實的世界の眞理の形象化にあると云つていゝ。この意味において兩者は、人間の本性に固有な世界認識の方法であり、各々の特殊性を問題外におくならば、その認識價値は等一であるが、その認識過程には前者が主として感性的直觀を論理的思惟によつて概念にまで高めるに反し、後者が論理的概念に制約されつゝも、感性的直觀を形象的なタイプへと創造するといふ相違が存在してゐる。この再認識は相互に關係を有つており、その相違は單に程度の相異に過ぎないものであつて、各々を截然と機械的に切り離して考へることは不可能である。

第一篇　藝術哲學　21

『芸術学』より

がら、つき従ってゆく。

傍線は、理解の上で重要な箇所に付されるというだけではなく、著者と意を通じ合い、胸に響く思いを得たときに引くものでもあったろう。

瞳を輝かし、首肯しながら、読書を進めてゆく尹東柱の姿が目に浮かぶようだ。傍線に「◎」まで加えたのは、講演や演説のところどころで聴衆が拍手を送るような、共感の証であったかに見える。

芸術の本質を語った章で盛んに反応した尹東柱は、しばらくは穏やかな読書が続いた後、「序論 芸術学とは何か」の第7節「芸術の価値」にいたるや、ふたたびにぎやかな痕跡を展開する。

「この様に芸術は形象的な内容と形式とを有《も》っている。かかる形式的なものは、これに接する人々の理性的な思惟に訴えるより以上に、情緒的な感情に訴え、これを動かすものであることは云うまでもない。けだしこれは芸術的認識から生ずるところの当然な帰結であるからだ。かくて人間の情操を高貴なものたらしめ、人間の生活感情を昂《たか》め、人間の感情内容を豊富ならしめる結果を芸術は与えるものである。そしてこれが、芸術の本性にとって重要な価値と意義とを帯びている。」

ここでの傍線部分、「かくて人間の情操を」で始まる文章には、尹東柱の素直な共感が見てとれるように思う。

芸術の本質を説いた第3節でも、例の「◎」を付した箇所――芸術の本質を現実世界の真理の形象化にあるとした部分と、現象世界の正しき解釈を与える芸術作品こそが真に価値が高いとした部分には、やはり尹東柱の共感がにじんでいた。

芸術の本質、芸術の価値——尹東柱は関心の軸をそこに置きつつ、高沖の文章を熱心に追い続ける。ところが、次章「芸術史の方法論」の第3節「方法論は如何に提起されるか」にいたって、尹東柱の反応に微妙な変化が現れる。唯物論者らしい階級史観があらわになるくだりで、尹東柱は次のように読み、応じたのだ。

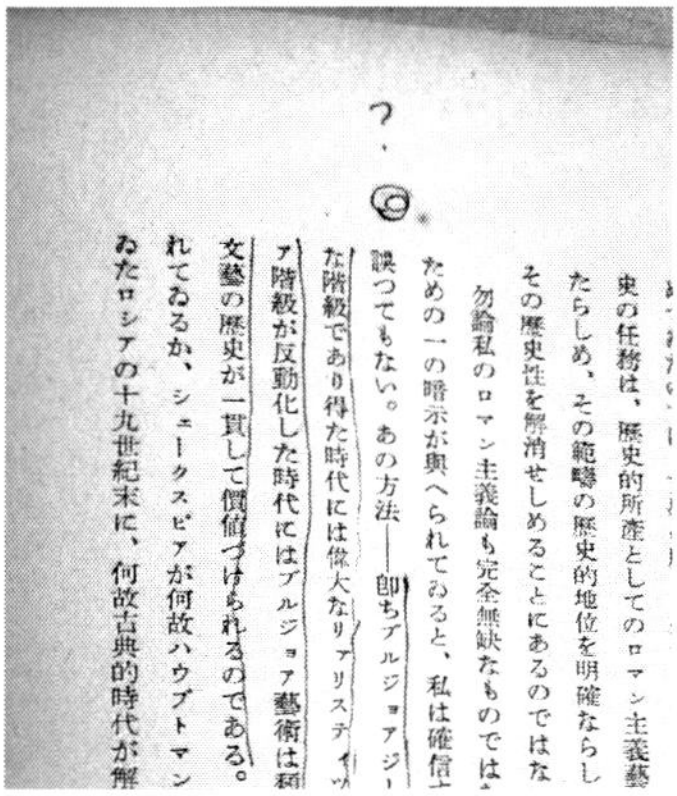
史の任務は、歴史的所産としてのロマン主義藝
たらしめ、その絶疇の歴史的地位を明確ならし
その歴史性を解消せしめることにあるのではな
勿論私のロマン主義論も完全無缺なものでは
ための一の暗示が與へられてゐると、私は確信
誤つてもない。あの方法——即ちブルジョアジー
な階級であり得た時代には偉大なリアリスティ
ア階級が反動化した時代にはブルジョア藝術は頽
文藝の歴史が一貫して價値づけられるのである。
れてゐるか、シェークスピアが何故ハウプトマン
ゐたロシアの十九世紀末に、何故古典的時代が解

『芸術学』より

「即ちブルジョアジーが進歩の擔手《にないて》であり、歴史の発展に沿うて生《うまれ》くるリァリスティックな階級であり得た時代には偉大なリァリスティックな芸術が生れ、ブルジョア社会に階級的矛盾が発生し、ブルジョア階級が反動化した時代にはブルジョア芸術は頽廃《たいはい》化するという方法によって分析されつつ叙述されてこそ、初めて文芸の歴史が一貫して価値づけられるのである。（中略）この方法を知らないブルジョア文芸史にあっては、現象がただ羅列的に記述されているだけで、歴史的な価値批判は殆どなく、すべての作家に亙《わた》ってその個人的特徴が誇張的に賛美されているにすぎない。（中略）私の方法は芸術を階級的社会の生産として取扱い、その芸術的価値を歴史的に把握せしめる唯一の方法である。」

高沖が進める論旨において、この部分が重要であることは、尹東柱も百も承知であったと思われる。それゆえ、多くの傍線が引かれている。引用箇所の冒頭部分の上欄余白には、「◎」も付与されている。ところが驚くべきことに、尹東柱はその上に疑問符「？」をも書きこんでいるのだ。

ここは注目を要する。大事なところにチェックを入れるというレベルを超えて、尹東柱の心理的な綾が、微妙ながら、しかしはっきりと現れているからだ。

芸術の本質、芸術の価値と、読み進むにつれて共感を深めてきたかに見えた尹東柱だったが、ある意味では唯物論者・高沖陽造のもっとも面目躍如としたこのくだりに、論旨の上での重要性を認めつつも、同時に疑問符を与えざるをえなかったのである。高沖の階級史観的なものの見方に対して、疑義を覚えたということであろうか……。

その後、数ページがおとなしく進み、「芸術政策論への試み」の章に入って、その第1節「文芸統制の歴史的概念」に、次のような傍線箇所が登場する。

「詩や文学は神秘の天空を翔《か》ける鷲《わし》ではなく、地低く飛びかう胡蝶《こちょう》である。一度《ひとたび》地の権力たるこの「蜘蛛《くも》」に捕えられるや否や、彼女は死活を制せられる。今日のブルジョア社会における芸術と政治との関係は正にこの胡蝶と蜘蛛との関係を持っている。」

文芸が権力との間にはらむ緊張については、軍国主義、ファシズムが強まる時代から見ても、かつ植民地という社会環境から見ても、尹東柱には充分に納得のゆくものだったに違いない。

韓国・檀国《ダンクク》大学の王信英《ワン・シンヨン》氏は、『芸術学』のこの部分が、尹東柱の「慰労」という詩に影響を与えたことを指摘している。

1940年12月3日の日づけが記された「慰労」は、1年あまりのブランクを経て、久しぶりに書かれた詩のひとつであった。原稿用紙ではない白い用紙に書かれ、同時期に書かれたと思われる「八福」がつづられた紙の裏と、「病院」の下書きが書かれた裏に、それぞれ同工異曲のものが残されている。

たしかに、この詩には「蜘蛛」と「蝶」が登場する。高沖陽造が語るような、「蜘蛛」は政治権力の、「蝶」はその統制を受ける文芸の象徴という図式がそのままあてはまるかどうかはともかく、両者の対立する構図は踏襲していると見てよいだろう。

「慰め」（原題は「慰労」）

蜘蛛《くも》というやつが　邪悪《よこしま》な心で　病院の裏庭　手摺りと花壇のあいま　人の入らぬ処に巣を張っておいた。野外療養を受ける若い男が横たわった真上に――

蝶が一匹花壇に飛んできて蜘蛛の巣にかかった。黄色い翅をもがけば　ますますからまるだけだった。蜘蛛が矢のように走って行き　つぎつぎに糸をくり出し　蝶の身を見るまに巻きつけてしまった。男は深い嘆息《ためいき》をついた。

齢にまさる無数の苦労のすえ　時を失い病いを得たこの男を慰める言葉が――蜘蛛の巣を打ちはらうほかに　慰めの言葉がなかった。

一九四〇・一二・三

（伊吹郷訳）

この詩の裏側に「病院」の下書きがあること、そして、第2章のおわりに引用しておいた「病院」の詩をつぶさに見ればわかるとおり、「慰労」は「病院」の詩を生む一里塚となった作品だった。「病院」では、「蜘蛛」は消えたが「蝶」は残っている。

そして、すでに述べたように、「病院」とは、『空と風と星と詩』が完成される前に予定された詩集のオリジナル・タイトルでもあったのである。

高沖は「蝶」は「地低く飛びかう」ものとし、「天空を翔ける鷲」ではないとした。その言にならえば、「病院」というタイトルでまとめられようとしていた詩集は、やはり「地低く」にとどまっている。「天空」に解き放たれていない。

読書経験から影響を受けつつ、尹東柱は最終的に、そこからまさに天空へと飛翔するほどに著しく成長し、飛躍したのだった。今日、わたしたちが知る尹東柱という詩人は、そのような「自己解放」をともなう次元の高みにまで、言葉をつむぎ、翔《か》けのぼりえた人なのである。

高沖陽造著『芸術学』は、後編の「第2篇　芸術学説史」に入る。アリストテレス以来のヨーロッパの哲学、美学を牽引してきた巨星たちが紹介され、その芸術観が説明されてゆくが、傍線だけでなく上欄余白に項目を書きこむなど、学習のためのマーキングを重ねながら、尹東柱の読書は進んでゆく。ところが「カント美学の本質」の節になって、尹東柱のチェックはふたたび不思議な綾を見せる。

「自由の王国を理念の世界へと追い払ったカント哲学においては、現実の王国は人間の意志が自然の法則に不可抗的に従属しなければならぬ現象世界のみである。かくして人間世界は、悟性の持つ必然の王国と理性の持つ自由の王国との二つに別れてしまった。（中略）

もしもみじめな必然の世界へ関係するものが悟性であり、観念的な意志の世界へは理性が関係するものであるならば、判断力の原理は、自然の合目的性の世界であり、美と芸術の領域である。」

中略とした部分の上欄余白に「理性と悟性」という書きこみ

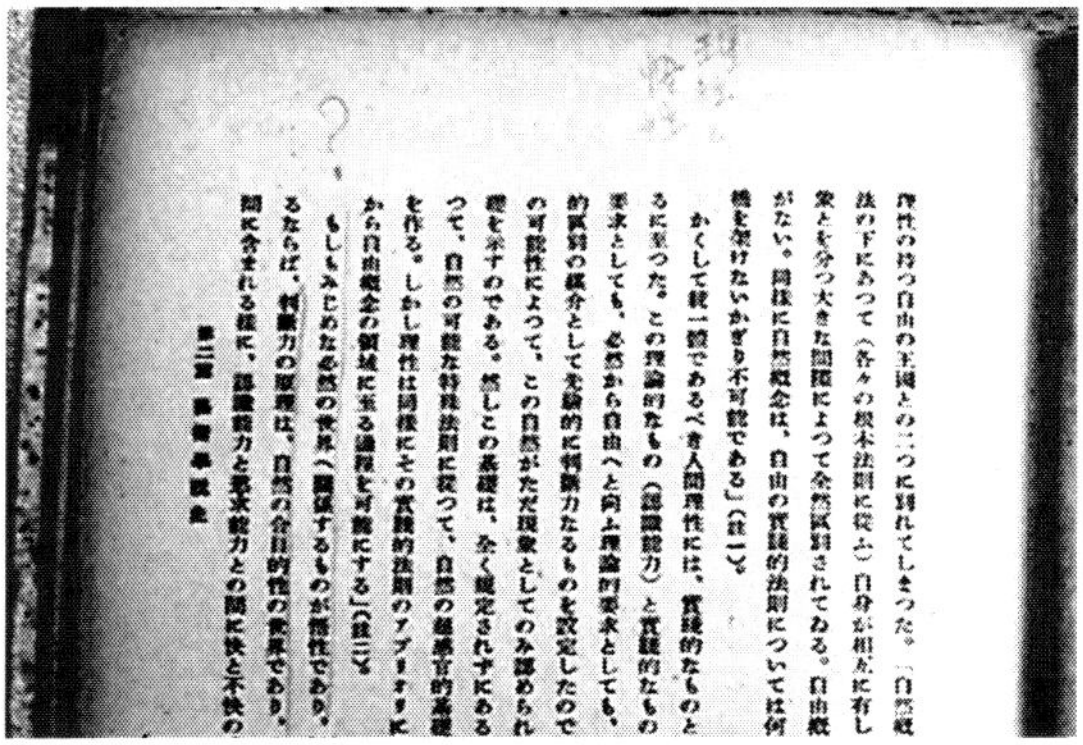
悟性の持つ自由の王國との二つに別れてしまつた。「自然概
法の下にあつて（各々の根本法則に從ふ）自身が相互に有し
象とを分つ大きな間隙によつて全然區別されてゐる。自由概
がない。同樣に自然概念は、自由の實踐的法則については何
橋を架けないかぎり不可能である」（註一）
かくして統一體であるべき人間理性には、實踐的なものと
るに至つた。この理論的なもの（認識能力）と實踐的なもの
要求としても、必然から自由へと向ふ理論的要求としても、
的實踐の媒介として先験的に判斷力なるものを設定したので
の可能性によつて、この自然がただ現象としてのみ認められ
礎を示すのである。然しこの基礎は、全く規定されずにある
つて、自然の可能な特殊法則に從つて、自然の超感官的基礎
を作る。しかし理性は同樣にその實踐的法則のアプリオリに
から自由概念の領域に至る論理を可能にする」（註二）
もしもみじめな必然の世界へ關係するものが悟性であり、
るならば、判斷力の原理は、自然の合目的性の世界であり、
間に含まれる様に、認識能力と要求能力との間に快と不快の
第二篇　藝術學説史

『芸術学』より

がある。論者の趣旨を整理したものである。傍線も付したのであるから、大事なくだりと認識したことは間違いない。だがそのうえで、「もしも」からの傍線部分の上には、「?」と疑問符が記入された。

カントが説く「理性と悟性」の理解は、なかなかに難しい。筆者はそれについて十全に解説できる資格も能力ももたないが、「悟性」とはドイツ語の「Verstand」、英語の「Understand」から与えられた訳語で、カントの場合、人間が直観による表象を行なう感性と共同で行なう認識、概念把握の能力をいうとされる。今では「知性」と訳される場合もある。

一方、「理性」とは推論する(Reasoning)能力のことで、感性、悟性とは区別され、悟性の観念的作用を統一、体系化する認識能力をいうとされる。感性で直観された現象が表象化され、悟性(知性)によって統御された後、判断力によって図式化されると、ざっとこのようなことになる。

尹東柱は、この部分の理解があまりにも難しく、「お手あげ」の意味で「?」を付したものか、それともカントに対し、またはカントをこのように語る高沖に対して、疑問を呈したものなのか、断定はできない。

後者であるなら、「美と芸術」というもっとも尹東柱にとって切実な問題のところで、納得のゆかぬ何かを感じたのだろう。いずれにしても、『芸術学』の読書中、2度目の「イエローカード」が出されたのである。

そしてこの後、尹東柱の読書痕跡は、次第に薄くなってゆき、それでも、カントからヘーゲルに移ったところまではそれなりのチェックがうかがわれるが、その後は、ぱたりと消えてしまう。

全体の半ばほどのところである。それまで熱心に読み続けてきたのだったが、この先は、目を通さなかったのか、チェックの必要を認めなかったのか、ともかくも、読書の痕跡は潮が引くように消えてしまうのである。

4.「己に返れ」、孟子からの引用が語るもの

さて、高沖陽造の著書『芸術学』に付した尹東柱《ユン・ドンジュ》の痕跡のうち、実はもっとも量も多く、かつ意を秘めていると思われるものが、本文のページとは違うところに残されている。

１９３７年に美瑛堂から出版されたこの書は、箱入りの本であったが、この箱表紙に、尹東柱によって黒インクで書きこまれた漢文が、その跡を今にとどめている。西洋の芸術史を俯瞰した本に、尹東柱は、何故か孟子の一節を書きこんでいるのだ。まずは、その文章をそのまま引こう。箱表紙のタイトル下の余白部分の、右から中央にかけて、以下のような章句が書かれた。

「孟子曰愛人不親反其仁治人不治反其智礼人不答反其敬行有不得者皆反求諸己其身正而天下帰之詩云永言配命自求多福」

『芸術学』の箱表紙

句読点も加えて書き下し文にし、現代語訳も添えてみよう。

「孟子曰く、人を愛して親しまずんば、其の仁に反《かえ》れ。人を治めて治まらずんば、其の智に反れ。人を礼して答えられずんば、其の敬に反れ。行ない得ざる者有《あ》れば、皆諸《これ》を己に反り求めよ。其の身正しければ、而《すなわ》ち天下之《これ》に帰せん。詩に「永く言《わ》れ命に配《かな》えば、自ら多福を求めん」と伝えり。」

——孟子が言われた、人を愛して親しまれないのなら、その仁に返るがよい（自分の思いやりが足らぬか反省しなさい）。人を治めて治まらないなら、その智に返るがよい。人に礼を尽くしても答えてくれぬのなら、その敬に返るがよい。行ないが思うようにならぬ者は、すべからく己に返り求めるがよい。その身が正しければ、いずれ天下に通じるであろう。詩経にも言う、とこしえに天命にかなう心でいれば、福はおのずとやってくる、と。——

孟子の「離婁章句《りろうしょうく》」に収められた「反求諸己」と呼ばれる一節である。「諸《これ》を己に反《かえ》り求めよ」と、すべてを措いてまずは自分自身を顧みよと、そう戒めているのだ。

箱表紙の左下に書かれた章句も、やはり同じ「離婁章句」からとられている。

「孟子曰人有恒言皆曰天下国家天下之本在国国之本在家家之本在身」

書き下し文、現代語訳は、以下の通りである。

「孟子曰く、人恒の言有り、天下国家と。天下の本は国に在り、国の本は家に在り、家の本は身に在り」

——人は常に天下国家を語る。しかし、天下のおおもとは国にあり、国のおおもとは家にある。そして、家のおおもとは、その人本人にあるのである。——

最後の部分を見れば明らかなように、この一節もまた、先の「反求諸己」と同じく、自分に返れ、まずはわが身を修めよ、と述べている。つまりは、はっきりとした一つのメッセージ性をもった引用だということになる。

では、尹東柱は何故、孟子のこのくだりを引用し、書きこみを残したのだろうか——?

この引用を根拠に、尹東柱の孟子からの影響を説く研究者もいる。「序詩」の冒頭、「死ぬ日まで空を仰ぎ　一点の恥辱《はじ》なきことを」を、孟子の言う「俯仰天地に愧《は》じず」（尽心上より）の文脈から理解しようとする向きまである。

だが、私はここでそういう方向には立ち入らない。孟子の影響云々よりも、ここではるかに重要なのは、何故この章句が、ほかならぬ高沖陽造の『芸術学』の表紙に書かれなければならなかったのか、ということだからである。

「反求諸己」の意味をおさえたうえで、その理由を考えるに、以下の2つの解釈が可能なように思う。

ひとつは、自分を修める覚悟を記したという見方である。今はいたずらに言葉を吐くことを控え、じっくりとわが身を固め、学習する。知識を蓄え、それによって、自分の詩を深めるという考えだ。

これだと、詩が書かれなかった時期に、『芸術学』を読んだことと合致する。この場合、孟子の書きこみは、読書を始める前か、読み始めた早い時期に記入されたことになろう。

今ひとつは、高沖の本を読み進めてゆくうちに、何がしかのためらい、違和感を覚え、そのアンチテーゼとして孟子の言をもちだしたとする解釈である。書きこみにあった２つの「?」に込められた疑問が、ふくらんだ結果と見たい。多くの西洋哲学者の説から、芸術の本質と価値を見極めようと努力したが、やがて、自らを深く見つめ、己のなかから詩をつむぐ必要を切に感じたということになろう。

この場合、「反求諸己」は自己の修養というより、まさしく己に返る——自己を見つめ直すことに重点が置かれる。そして、古今の哲学者たちが並ぶ西洋の知の殿堂に対して、東洋哲学の至言が、強烈なカウンターパンチにもなっている。もちろん、アンチテーゼとして孟子から章句を引き、書きこんだのは、読書を中断した後ということになる。

断定はできないだろうが、私の理解は後者に傾いている。２つの「?」が、私の脳裏にも疑問符をともしたことになろうか。

ひとつの推定材料となるのが、高沖の著書を購入した１９３９年、ほとんど詩の書かれなかったこの年の９月に、『空と風と星と詩』にも収録された「自画像」が詠まれているという事実だ。

「自画像」

山の辺を巡り田圃のそば　人里離れた井戸を

独り尋ねては　そっと覗いて見ます。
井戸の中は　月が明るく　雲が流れ　空が広がり
青い風が吹いて　秋があります。

そして一人の男がいます。
なぜかその男が憎くなり　帰って行きます。

帰りながら　ふと　その男が哀れになります。
引き返して覗くと男はそのままいます。

またその男が憎くなり　帰って行きます。
帰りながら　ふと　その男がなつかしくなります。

井戸の中には　月が明るく　雲が流れ　空が広がり
青い風が吹いて　秋があり
追憶のように男がいます。

（伊吹郷訳）

高沖陽造の『芸術学』を通して、「己に返る」必要を痛感し、その結果生まれてきた詩が、この「自画像」だったのではないだろうか。

もともとこの詩は、尹東柱の2番目の清書保存用の詩稿ノートとなった「原稿ノート　窓」のラストに、その原型となった詩が書きこまれている。詩の結末部（最終連）は未完だが、そのタイトルは、「人里離れた井戸」とつけられていた。

詩のタイトルが「自画像」に変わり、詩が今見るかたちへと変貌し、成長してゆく過程で、『芸術学』の読書体験と、そこからの飛躍が、必ずや大きく作用をおよぼしたはずである。

さて、高沖陽造の『芸術学』をはじめ、尹東柱の日本語所蔵書籍には、詩集や詩論からはずれた、哲学や美学、思想関係の本が何冊かある。翻訳書を除き、日本人著者による本をあげてみると、高沖の前著の他にも、三木清『構想力の論理』、河合栄治郎『学生と歴史』、林達夫『思想の運命』といった具合だ。

ここに並ぶ学者たちには、明らかに一定の思想的傾向がうかがわれる。高沖が共産党に入党し、治安維持法違反で逮捕投獄されたことは記したが、マルクス主義を哲学として理解する試みを続けた三木清もまた、共産党との関連で逮捕、1945年には治安維持法違反者を自宅にかくまったとして投獄され、終戦後まもなく獄死している。

社会思想家の河合栄治郎は、マルクス主義とは立場を異にしたが、やはりファシズムの台頭に反対し、1939年、教鞭をとっていた東京大学を追われた。西洋精神史を専門とし、唯物論研究会の幹事でもあった林達夫も、逮捕はされなかったが、軍部、ファシズムへの非協力を押し通した。

こうして見ると、いずれの学者もが、反ファシズムの姿勢を貫き、多くの場合、逮捕されたり、職場を追われたりするという犠牲を強いられている。尹東柱がこうした反ファシズムの日本人学者たちにシンパシーを寄せていたことは、間違いなかろう。

こうした傾向は、例の「美を求めれば求めるほど、生命が一個の価値であることを認める」というウォルドー・フランクの言葉を、尹東柱が日本語のまま引用し、メモを残した、小松清の『文化の擁護』にまでつながってゆく。パリ留学時にアンドレ・マルローの知己を得た小松もまた、行動派の左傾文化人としてファシズムと思想統制に反対し、文化の擁護に努力した。

小松の本が、尹東柱の蔵書に存在せず、引用メモが残されていたことから、学友から借りたものと推察できることは前に述べた。そしてこのことからさらに推し量ることができるのは、こうした読書傾向、反ファシズム人士への傾倒は、尹東柱だけのものではなく、彼と同じ知的サークルに所属する学友たちに共通するものだったということである。おそらくは、そのサークルの筆頭格が宋夢奎《ソン・モンギュ》だったのであろう。

尹東柱は、ふたつの親和性を有していた。ひとつは、先にあげたような反ファシズム文化人への親和性である。そしてもうひとつが、そういう傾向を共有することで結ばれていた学友たちとの親和性である。そういうふたつの親和性のなかから、やがて尹東柱の個性が芽をふき、きわだってくる。

チェックの痕跡は、三木清の本には、それなりにある。ただ、各節の頭に梗概《こうがい》を付すように1、2行にまとめた内容を書きこんだり、論旨を項目的に上欄余白に記したりと、いかにも学習的態度から出ていない。それすらも、高沖陽造の『芸術学』を精読したときのような、熱意と密度にはおよばない。

河合栄治郎の本には、いくつか傍線の跡があるが、私の目には、尹東柱の手になるものかどうか、疑わしく映る。尹東柱の書きこみは、いったいに細字で、繊細な詩人らしい几帳面さをうかがわせるものだが、この本に残る痕跡はかなり乱暴な、力の赴くままという感じがする。林達夫の本には、チェックの痕跡はない。

三木の本も河合の本も、『空と風と星と詩』の清書にかかった1941年秋に購入されたものである。反ファシズム文化人への親和性、そして学友たちとの親和性を、尹東柱はこの時期にいたるまで崩していない。尹東柱ひとり、その親和性の輪から抜け出てゆくようなことはありえない。

とはいえ、ふたつの親和性を維持しつつ、そのなかに読書体験を重ねながら、尹東柱は「己に返る」ことを忘れない。

そこから、やがて尹東柱は、詩人としての核となるもの、まぎれもない、自身の鉱脈を発見してゆくことになるのである。

5．ヴァレリーへの愛、詩論にさぐる「ポエジイ」

27冊の日本語書籍のうち、半数は、詩集や詩書、または詩人の手になる詩論の類いである。そのうち、フランス詩人のポール・ヴァレリーの本が3冊にのぼる。尹東柱《ユン・ドンジュ》のヴァレリーへの関心の高さは、一目瞭然である。

ただし、『詩学叙説』、『文学論』、『固定観念』と、いずれもが詩集ではない。ヴァレリーという人は知の巨人で、詩から小説、評論と、広範な文学活動に足跡を残した人だった。

尹東柱が残した蔵書にヴァレリーの詩集はないが、その詩を読んでいなかったはずはない。まずは詩人としてのヴァレリーに関心、敬意をもてばこそ、その著書を買い求め、開いたに違いないのである。

とはいえ、尹東柱の読書の痕跡は決して多くない。単なる学習を超え、尹東柱の共感がほの見える箇所をあげれば、『詩学叙説』では、例えば次のくだりに黒鉛筆で傍線が引かれている。

「一つの詩は、**いま在る声**と、**次に来る声**と、**次に来るべき声**（*注　太字は原文訳のママ）との間に、継続された一つの繋《つな》がりを要求し、且《かつ》、その繋がりを生ぜしめる一系列の言葉であります。そうしてその声は、人に耳を傾けさせるような、また原文が言葉による唯一の表現であるような感情状態を催さしめる、そのような声でなければなりません。試みにいまある声と、次に来るべき声とを取り除けて御覧なさい。すべて

ヴァレリー著『詩学叙説』、『文学論』、『固定観念』

は任意的なものになるでありましょう。詩は、機械的に置き並べられるために連結されたにすぎない一系列の符号に変化するのであります。」

詩には、今ある声、次に来る声、次に来るべき声との間に、継続的つながりがなければならないとしつつ、それを欠いては、詩はただの機械的な言葉の羅列に堕してしまうと、ヴァレリーはそう説いたわけだが、尹東柱は特に後半の悪しきかたちを説いた箇所にチェックを入れることで、自らへの戒めとしている。

『文学論』は、多くがアフォリズムのような警句で書かれ、批評精神が横溢《おういつ》している。多くの刺激的な文章のなかで、尹東柱は以下の部分に鋭く反応した。

「詩人が、韻文と散文の距離をいよいよ大にしていると僕は考える。興奮したり感動した人間は、自分の口から出る言葉を韻文だと思いこむ。そして彼が調子に依《よ》って、熱に浮かされて、野心に駆られて、自分の言葉の中に入れたものが皆そこに入って居り、また他人に感じられると信じる。ところが、これは、ポエジイに関する最も一般的な誤謬《ごびゅう》なのだ。不味《まず》い詩句も、感心な心がけで作られているのだ。これが予《あらかじ》め定められた法則の知識もなしに人に詩を作ろうという気を起させたりする過誤のもとになるのである。世の中には、熱中して作られた良い詩句より冷静に作られた良い詩句があり、また冷静に作られた悪い詩句より熱中して作られた悪い詩句の方がより多くある。」

尹東柱は、引用したこのくだりの冒頭の上に、赤い丸を付している。後半の傍線も、やはり赤鉛筆で引いてある。

ポイントは2点あり、互いにからみあっている。ひとつは、小説と詩の違いである。興奮にまかせてつづっても韻文にはならない、詩にならないと、ヴァレリーは断言した。「ポエジイ」という言葉は要注意だ。今ひとつは、まさしく傍線箇所で、熱に浮かされてはダメだと、よい詩句には冷静さが必要だと説いている。

尹東柱の詩はいったいに内省的、静謐で、どのような絶望、憤怒が底にあっても、声を荒げるところがない。それは私には、もって生まれた尹東柱の稟質《ひんしつ》で、特にヴァレリーから教わったことではないように思えるが、このような大詩人の至言に接して、彼が意を強くしたことは間違いなかろう。

この『文学論』の購入時期は1941年2月28日だが、『空と風と星と詩』を彩る名詩の数々は、まさにこの年の春から夏、秋にかけて詠み続けられたものである。言うまでもなく、それらの詩はすべて、「熱中して作られた良い詩句より冷静に作られた良い詩句」を地で行くような作品であった。

尹東柱が1941年10月3日に買い求めたヴァレリーの『固定観念』には、まったくチェックの痕跡がない。刊行から1カ月たらず、わざわざ新刊書で購入した本ではあったが、詩論ではなく、老いらくの恋を描いた演劇作品だったので、尹東柱としては当てがはずれたというところだったろうか……。

実はもうひとつ、意外なところで、ヴァレリーの詩論と出会うことになった。モダニズムの系譜につながる詩人、百田宗治が著した『詩作法』――。尹東柱は1941年9月9日、ソウルの古書店、壺山房で購入している。

このなかの「詩論と文学論」の節に、ヴァレリーの文章を引用した箇所があり、そこでも尹東柱は傍線を引きつつ、しかも共感の振動をかつてないほどに大きくしている。

「――詩《ポエジイ》は、活動の本原に還元された文学に他ならぬ。文学から、あらゆる種類の偶像と現実的なイリュウジョンと、また「真実《ヴェリテ》」の言語と「創造《クレアシオン》」の言語との間に起り得る疑義等を除去したものが即ち詩《ポエジイ》である。(ポオル・ヴァレリイ)」

傍線は、波を描く激しい筆致によって引かれ、尹東柱にしては珍しく感情があらわで、ヴァレリーの文章に対する圧倒的な共感を示している。ここで言う「ポエジイ」とは、単に世の人々がかたちとして呼んでいる「詩」のことではない。詩精神、詩の核となるものを言っている。詩の生まれ出るインスピレーションの泉となるもの、詩が詩であるためになくてはならない魂のようなもの……。

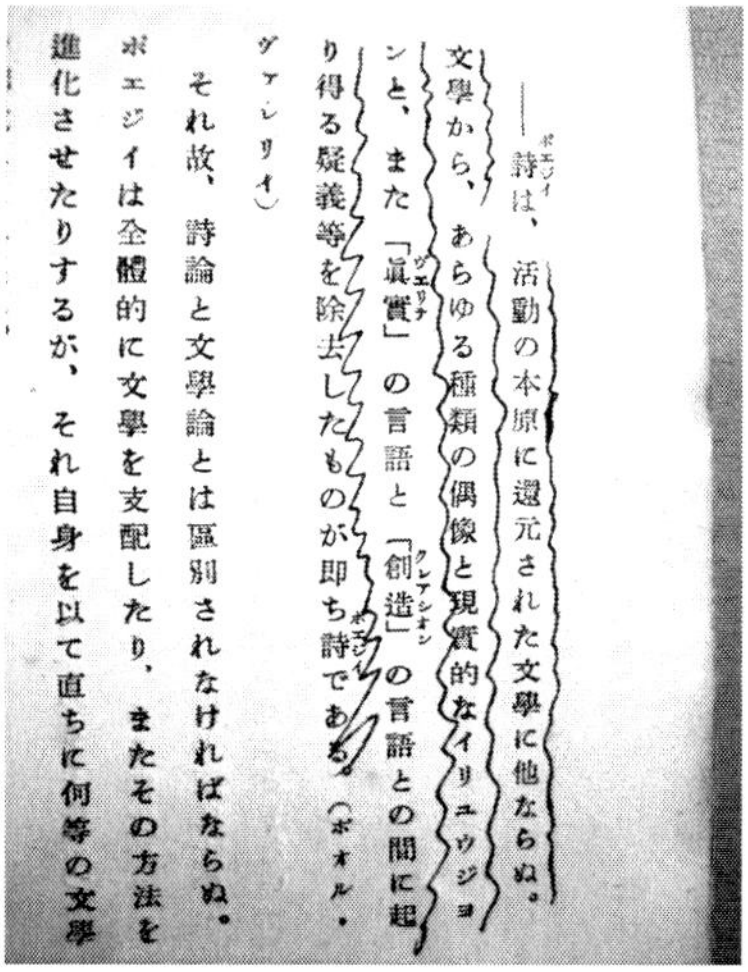
――詩《ポエジイ》は、活動の本原に還元された文學に他ならぬ。文學から、あらゆる種類の偶像と現實的なイリュウジョンと、また「眞實《ヴエリテ》」の言語と「創造《クレアシオン》」の言語との間に起り得る疑義等を除去したものが即ち詩《ポエジイ》である。(ポオル・ヴァレリイ)

それ故、詩論と文學論とは區別されなければならぬ。ポエジイは全體的に文學を支配したり、またその方法を進化させたりするが、それ自身を以て直ちに何等の文學

百田宗治「詩作法」に掲載されたヴァレリーの文章

詩（ポエム）とポエジイとは、正確には異なる。ポエジイをつかむことから、詩が生まれてくるのだ。高沖陽造の『芸術学』で、尹東柱がひたすらこだわっていたのは、芸術の本質、芸術の価値であった。それらも、詩人である尹東柱にとってもっともふさわしい、正鵠《せいこく》を得た言葉に置き換えたならば、この「ポエジイ」になるのではないだろうか。

百田宗治の『詩作法』では、このヴァレリーの引用文の他にも、いくつかの嬉しい発見があった。この本は詩関係の小話が集められた体裁になっているのだが、目次を見ると、「三好達治」の節と、「〝ambarvalia〟の広告文」の節の2カ所に、赤鉛筆で「✔」が付されている。目次を開いた時点で、すでに要注目とされたのである。

三好達治に対する尹東柱の関心の高さは、ここでも明らかだ。随筆風の本文には、チェックの跡はないが、三好に関するものなら、目を通したいと願ったのである。

「〝ambarvalia〟の広告文」のほうは、本文を見ると、次のように始まっている。

「西脇順三郎詩集〝ambarvalia〟のなかの「希臘《ギリシャ》的抒情詩」数篇が「尺牘《せきとく》」に掲載されたとき、刊行者の周囲の若い詩人達は思わず互《たがい》に眼を瞠《みは》り合った。率直にいえばそれは虚を突かれたという驚きであり、こういう詩の世界があったか。という驚きであった。」

「ambarvalia」はギリシャ語で「祝祭」の意味だが、１９３３年に、戦前のモダニズム、超現実主義を代表する詩人であった西脇順三郎が発表し、詩壇に衝撃を与えた詩集に付与されたタイトルであった。

つまりは、百田宗治『詩作法』の目次を開いた段階で、尹東柱が注目したのは、三好達治と西脇順三郎に関する節であったということになる。

ここで思い出されるのは、第2章でとりあげた上本正夫氏の証言のなかに、1935年、尹東柱と初めて平壌駅で会ったときに、尹東柱がボードレールや西脇順三郎を愛読していると語ったというくだりである。

私の知る限り、尹東柱の西脇順三郎に対する傾倒を述べた資料は、この上本氏の証言以外にはない。だが、1941年秋に購入した百田宗治の『詩作法』を見るとき、尹東柱の西脇への関心は明白である。意外なところから、上本証言の信憑《しんぴょう》性を裏づける結果となっているのだ。

この百田宗治『詩作法』の本文では、チェックを付した跡がほとんど見られない。だが、例外的に、「詩人と作家」の節において、尹東柱は次のような傍線を付している。

「現実から離れて小説は存在しない。このあくまでも現実と共にあり、これに添ってゆくところに小説の強みがあり、また芸術としてその純粋さを保持しがたい理由がある。詩はこれとは反対にそのモーティヴは現実から出発しても、それと離れれば離れるほど、遠ざかれば遠ざかるほどその純粋性を保つことができるのである。」

小説と詩の違いを述べたくだりだが、ヴァレリーの『文学論』のなかで傍線が引かれた箇所、「熱中して作られた良い詩句より冷静に作られた良い詩句があり、また冷静に作られた悪い詩句より熱中して作られた悪い詩句の方がより多くある」にも一脈通ずる考えといえるだろう。

詩は、現実にモチーフを得ても、そこに溺れず、むしろ徹底して離れることで純粋さを保つことができる。熱に浮かれず、冷静に言葉をつむぐことなくして、よい詩は生まれない——。このように説かれる詩の作法、極意に尹東柱が共感を示したことは、彼の詩を知り、愛する者たちにとっては、充分にうなずけるものだ。

たとえ植民地の愚昧《ぐまい》、悲惨な現実が詩を胚胎《はいたい》させる淵源になったとしても、尹東柱が詩をうたうとき、それはもはや皮相の現実をはるかに超えて、人間の本質、真実にまで昇華されている。その高みに達しているからこそ、尹東柱の詩は、時代を超え、国境を超え、言語の壁すらも超えるのである。

所蔵図書のなかの詩書、詩論に対する尹東柱の反応として、最後に、日本詩人協会編になる『昭和16年春季版「現代詩」』(河出書房刊)を見てみよう。

この本は、1941年12月、学友の鄭炳昱《チョン・ビョンウク》から卒業記念の祝いに贈られた2冊の詩集のうちの1冊だが、安西冬衛や草野心

『現代詩』昭和 16 年春季版と秋季版

平、三好達治といった総勢29人にのぼる現代日本詩人の詩作品を掲載した後、3篇の詩論を載せている。そのなかに、北園克衛の「新詩論」があり、ここに尹東柱のチェックの跡が残されている。

「即《すなわ》ち詩人は不意に且《かつ》瞬間的に現れる所の全く異なった知覚の衝撃に依《よ》って描かれる思考の純粋なフォムを精確にとらえ、これを〈ポエジイ〉のエネルギイとして適用することの出来るまでに訓練しなければならない。」（*注「フォム」とは「フォルム」のこと）

この本のなかで、傍線を引かれた箇所は、ここだけである。よほど尹東柱の心をとらえたことは間違いない。時期的にはすでに『空と風と星と詩』を完成させ、日本に向け旅立つ前に読みこんだものだ。

この時期になってなお、尹東柱は詩人とは何かという命題にこだわっている。詩の極意について、考えをさらに深めようと努力している。

東京に留学後、1942年6月3日に書かれた「たやすく書かれた詩」において、「詩人とは悲しい天命と知りつつも」とあり、また、「人生は生きがたいものなのに　詩がこう　たやすく書けるのは　恥ずかしいことだ」とあるのは、ここに傍線を記した尹東柱の心中を察してこそ、真に理解が可能となるものだろう。

尹東柱が天賦の詩才に恵まれていたことは言をまたないが、同時に、どこまでも勤勉かつ真面目で、常におのれの詩を深める精進を忘れない人だった。

しかも、ここで目をとめさせられるのは、「ポエジイ」が語られているからでもある。激しい共感を見せた百田宗治の『詩作法』におけるヴァレリーの引用文でも、文章の主語は「ポエジイ」であった。つまりは、『空と風と星と詩』の詩集の完成が射程距離に入ってきた１９４１年の秋以降、尹東柱の詩に向かう創作精神の核に、この「ポエジイ」が置かれていたと、そのように見てよいだろう。

小説と詩の違いもまた、現実を超えた純粋なポエジイがあるかないかの差である。

尹東柱は自分なりのポエジイを見つめ、その姿を確認するために、いくつもの詩論、詩書を紐ときながら、薄い紗幕の向こうにほの見える模糊とした実体の輪郭を固めようとしてきたのだったろう。

仔細に見れば、ヴァレリーが説いた「ポエジイ」論においては、ポエジイが主語で、それが何であるかを説いた文章になっていた。激烈な傍線のかなたには、その答えを懸命に模索する尹東柱がいた。だが、北園克衛の「新詩論」では、ポエジイとは何であるかという次元に、もはや尹東柱はいない。ポエジイに関する詩人の覚悟とそのための訓練を、自らに課す内容である。つまり、ポエジイに対して等しく強いこだわりを見せながらも、ひとつステージをあげている。

このような精進と成長の跡を目《ま》のあたりにすると、尹東柱がかかえていた可能性について思わざるをえず、またあらためて、27年という短さに終わってしまったその生涯が、痛ましくも惜しいものに感じられてならないのである。

6．生の哲学、ディルタイに期す

尹東柱《ユンドンジュ》が残した日本語書籍のうち、高沖陽造の『芸術学』と並んで、もっとも多くの読書の痕跡をとどめているのが、ディルタイの『近世美学史』である。傍線や書きこみなど、たいそう細かなチェックの跡が残されており、精読の様子がうかがわれる。

1941年の5月、尹東柱は有吉書店で、『近世美学史』と、同じくディルタイの著書である『体験と文学』という2冊の本を購入した。これは、ディルタイに対して、かなり意識的な態度を有していたことを意味する。積極的な関心を寄せ、集中的に購入におよんだのである。

この時期、尹東柱は詩集『空と風と星と詩』の中核をなす名詩を次々に詠んでいる。執筆時期が正確にわかるものだけでも、5月には「また太初の朝」「夜明けがくるときまで」「十字架」「眼を閉じてゆく」が、6月になると「帰って見る夜」「風が吹いて」といった詩が書かれている。

詩作に充実した実りを見せたこの時期、尹東柱は何故、ディルタイにことさらな関心を寄せたのだろうか。そして、2年前に高沖陽造『芸術学』を手にしたときと同じく、きわめて学習的な態度で、読書に臨んだのだろうか――?

ヴィルヘルム・ディルタイは19世紀後半から20世紀初頭にかけて活躍したドイツの哲学者で、狭義の哲学だけでなく、文芸や美学にも股をかけて精神科学としての哲学をきわめた人だった。高

ディルタイ著『近世美学史』と『体験と文学』

られている。

沖の『芸術学』でも、「ドイツ文芸理論の史的展開」という章のなかで、ディルタイにも1節が与えられている。

『近世美学史』は1892年に書かれた論書で、もとのタイトルは「近世美学の三画期と今日の課題」といい、これは徳永郁介による訳書の表紙にも、副題のように付記された。「一　従来の美学の三つの方法」と、「二　現代の諸問題の解決に関する諸理念」の2部構成からなる。

タイトルに記された「三画期」——つまり17世紀から19世紀にいたる美学の課題を明らかにしており、芸術思想史の趣きをもつ。（＊注　この本の書名は、現在では『近代美学史』と訳されることも多い）

ディルタイ自身の手になる序文のしょっぱなから、尹東柱は傍線を引く。本文の前に載せられたシラーの引用文、そして本文冒頭部は、次のようになっている。

「『終《つい》に美の要求が放棄せられて全然真理の要求によって置き換えられるといいのだが』

シルラー

美学思想を促進することによって芸術と批評と囂《かまびす》しい公衆との相互間の本然の関係を回復することは現代哲学の最も生きた課題の一つである。」

ディルタイは、哲学と美学を融合して論考する必要性を、冒頭から宣言した。

シラーの言は美を否定したものではなく、単に感覚に訴え、底の浅い満足で終わらずに、深い感動とともに享受されるべき高次元の美を唱え、美と徳の合一を逆説的に説いたものだ。

「公衆には、高い目標に向かって努力しつつある芸術家を支持するような世論というものがない。かくてわれわれの社会の指導者圏内には美的思惟と美的教育との潑剌《はつらつ》たる疎通が欠けているのである。」

時代と社会を嘆くところから筆をおこすディルタイに、尹東柱は寄り添いながら読み進めてゆく。19世紀末のヨーロッパの思想状況に、彼はどのような思いで、1941年の植民地朝鮮の現実を重ねるのだろうか。あるいは、ディルタイに何を期待しながら、尹東柱はこの決して容易ではない読書を進めてゆくのだろうか……。

ディルタイは、「生の哲学」の創始者といわれる。

生の哲学とは、理性を絶対のものとする合理主義的な哲学の流れに対し、理性、知性ばかりでなく、情意をふくめた人間の生の本質、精神的な生にもとづく哲学をいう。理性に対する生の優位が説かれた。

ディルタイが説く「生」は、ドイツ語では「Leben」である。英語でいう「Life」のことだ。翻訳によっては、言葉にひろがりをもつ。

生、生活、生存、人生、生命……。

尹東柱は、まず間違いなく、ディルタイが「生の哲学」の人であることを知って、この本に向き合っている。1941年5月に、ディルタイの著書を2冊買いこんだ時点で、おそらくはそのことをわきまえ、まとめ買いの行動に出たはずだ。「詩《ポエジイ》は、活動の本原に還元された文学に他ならぬ」という、ポエジイを説くヴァレリーの言葉に激しく魂を揺さぶられたのも、「生の哲学」に惹かれる気持ちと重なっている。生の哲学の人が美について歴史的に考察し、その解釈を述べた書があるとなれば、美の真理を模索し続ける尹東柱の関心を惹くのは当然だったのだろう。

ここで思い出されるのは、日本への留学を前に書かれた「懺悔録」の詩の余白にあったメモ書きの言葉である。「渡航」「証明」「詩란（とは）？」といった言葉に合わせて、「生」「生活」「生存」という「Leben」＝「Life」系の言葉が書きこまれていた。

一見すると、これらの言葉は、創氏改名という屈辱を呑んでまで、食いつなぎ生きぬかなければならないという、現実上の定めを言ったもののように聞こえるが、単に身すぎ世すぎの次元に終始する言葉ではなかったのだ。

ディルタイへの関心とともに「生の哲学」を引きずってきた尹東柱にとってみれば、それらは詩の真理の核心部分に座を占める言葉でもあったのである。だからこそ、「詩란（とは）？」という問いかけとともに並べられているのだ。

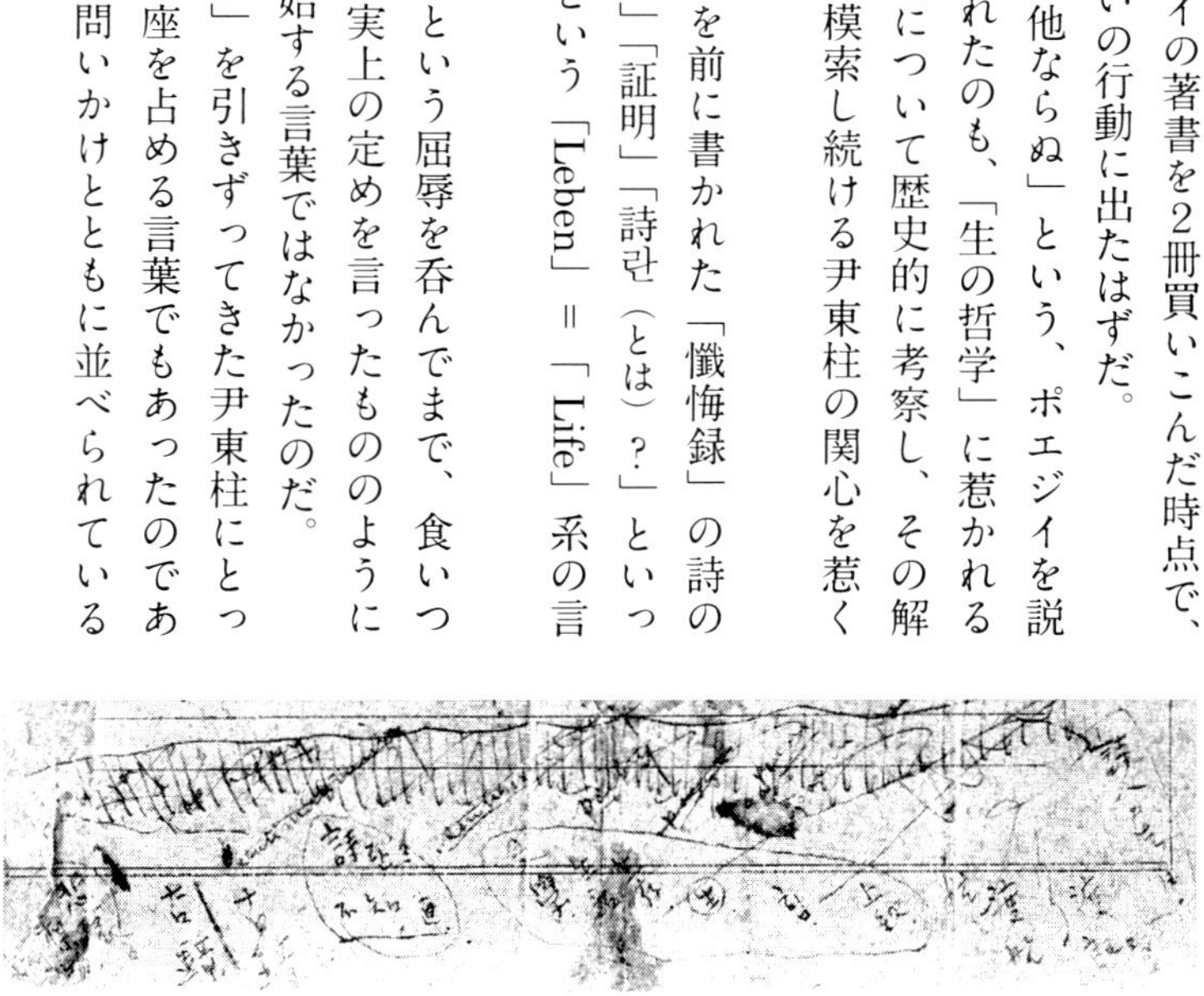

「懺悔録」余白メモより

尹東柱の『近世美学史』を追う読書は進む。

「序」に続いて、「一　従来の美学の三つの方法」に入る。そして、その第1節「十七世紀に於ける自然の美的諸法則体系と美学上の諸方法」において、それまで傍線だけであったチェックに加えて、上欄余白への記入が現れ始める。

ライプニッツに関して述べたくだりで「意味的対象」と、デカルトに関してのくだりで「感性的印象の問題」と、尹東柱自身の手になる日本語の書きこみが登場する。

そして次に、ライプニッツの創造になる「唯理的美学」（＊注　今では一般に「合理主義美学」と訳される）を述べたくだりで、決定的な、何か尹東柱の所蔵日本語書籍への反応の頂点を見るかのような、重要な書きこみを見ることになる。


「吾々は今ライプニッツの言葉を借りて先に進もう。この一定度の「統一」は「一致」、「秩序」として顕れる。「この秩序から凡《すべ》ての美が生ずる、そして美は愛を呼び醒《さ》ます。」もう一度説明しよう。美の喜悦はそれ故に心的力の中に存するところの、多の中に統一をば成し遂げる法則に従える心的力の強まった活動の意識的結果である。かくて「他の人間の美、おそらくまた動物の美、加之《しかのみならず》実に無生物、絵画乃至《ないし》芸術作品の美」は「その映像が吾々に刻印附けられる」ことによって、高められたる完全な存在とそれに相応する喜悦とを吾々の中に「植附け呼び覚ます」ということになる。然《しか》る後「吾々の心意」は、悟性は未《いま》だこれを理解しないが、それにも拘《かかわ》らず全く合理的な一つの完全性を「感ずる」のである。」

傍線についても、ずいぶんと集中した感がある。「美は愛を呼び醒ます」は、きっと尹東柱の琴線にふれたことだろう。

だが、それにも増して驚かされるのは、引用箇所の後半部分の欄外に、次のような日本語での書きこみ――項目のような単語、言葉ではなく、しっかりとした文章が現れることだ。

「完全なる理解をともなった時に果して美は全きものとして存するか。」

大事な点は、この書きこみが疑問文だということである。尹東柱は自問せざるをえなかったのだ。

悟性（おおまかには、知性と言い換えてもよいだろう）が理解していずとも、吾々の心意は、美の完全性を喜悦とともに感じるのだという。では、悟性が理解を完全にした時、はたして美の完全性は維持されるものなのだろうか。美はむしろ揺らいでしまうのではないだろうか……？

美とは何か――美の真理を求めて読書を進めてきた尹東柱は、この、まだ全体の3分の1ほどのところではあるが、ラ

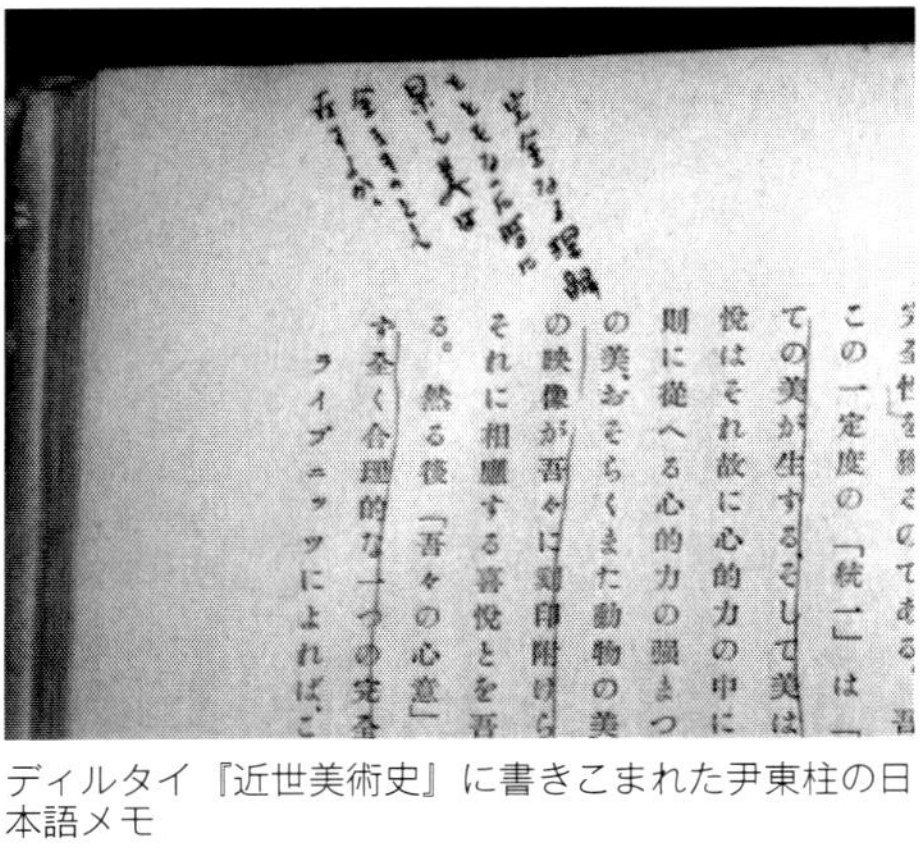

ディルタイ『近世美術史』に書きこまれた尹東柱の日本語メモ

イプニッツの唯理的美学に関する説明部分に、魂に響くほどの刺激を受け、かつそこに叙述された論から一歩進めて、積極的に自らに問いかけたのである。

ディルタイの叙述は、引き続き、「悟性」の理解を経ずして美を完全に感じる好例として、音楽の美的印象を語ったライプニッツの言葉を引く。

「仮令眼《たとえ》には見えないが（中略）かくて均衡を得た秩序はかくの如き振動によって、均衡を得た興奮をもたらし、この興奮は次に更にまた吾々の中に聴覚を介して一つの共鳴的な反響を起し、この反響によって吾々の生命精神も亦《また》興奮するのである。それ故に音楽は生命精神を動かすに恰適《こうてき》のものである。」（＊注「恰適」とは「ふさわしい」の意）

美の本質を解く鍵を求めて、尹東柱の熱い読書が続く。「生命精神」という言葉が重ねて登場する。音楽の美点は「生命精神」を動かすことだと説くライプニッツの言葉に、尹東柱は共感の傍線を付している。

このあたり、『近世美学史』全体のなかでもっとも熱心に読みこまれたと思われ、傍線などチェックの痕跡が他にないほどに集中している。

ディルタイは、さらにライプニッツを引きつつ説き続ける。

「かくて今や芸術的創造ということも亦《また》明らかになる（＊注　傍点は原文のママ）。「人は凡《すべ》て無限を、全体を知る、然《しか》し不判明に。私が海岸を逍遥して海の高い騒音を聞くとき、私がその騒音全体の合成部分たる波の一つ一つをば一つ一つ他の波の騒音から区別しないで聴取するように、吾々の不判明な表象は全宇宙が吾々に与える印象の結果である。」

「而《しこう》してレッシングは嘗《かつ》て全くライプニッツ的にいった。即ち「死すべき創造者、詩人の全体《ガンツェ》は永遠の創造者の全体の影像であらねばならぬ。永遠の創造者の中に万象が最もよく溶融しているように、詩人の中にも亦《また》溶融しているであろうという思想に吾々を慣らさなくてはならない。」」

このうち、「死すべき創造者、詩人」は黒色の傍線だけでなく、それぞれの文字に、赤丸も付された。よほど大切であると意識された結果であることは間違いない。

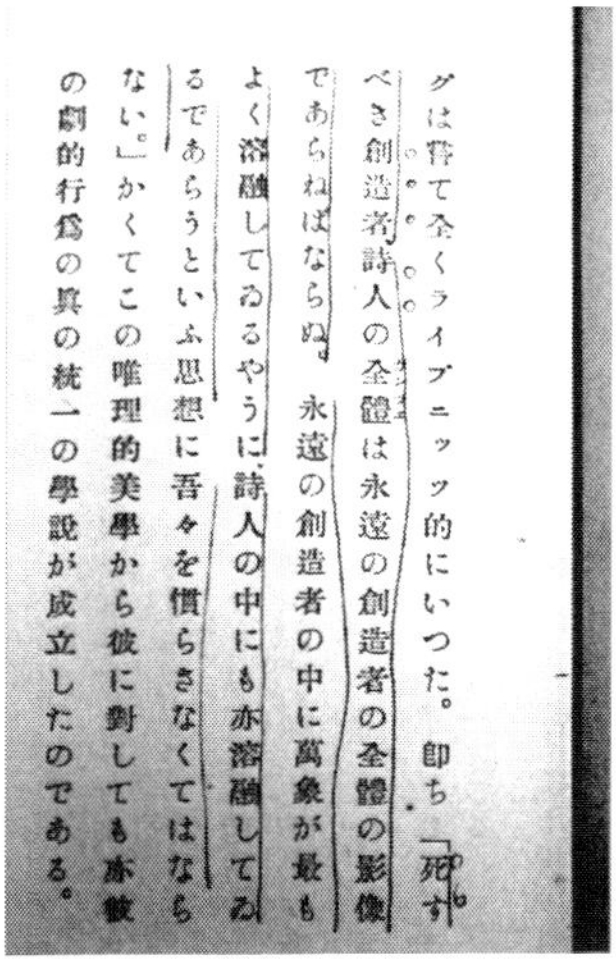
グは嘗て全くライプニッツ的にいつた。即ち「死すべき創造者詩人の全體は永遠の創造者の全體の影像であらねばならぬ。永遠の創造者の中に萬象が最もよく溶融してゐるやうに詩人の中にも亦溶融してゐるであらうといふ思想に吾々を慣らさなくてはならない。」かくてこの唯理的美學から彼に對しても亦彼の劇的行爲の眞の統一の學說が成立したのである。

『近世美術史』より

「死すべき」は、非難に値し、存在を否定されてしかるべき、そのような人でなしに与えられた形容ではない。訳語としてはこなれていないが、この「死すべき」詩人が「永遠」の創造者と対をなしていることに、注意を喚起していただきたい。すなわちこれこそ、「mortal」と「immortal」の対比そのものだからである。

死すべき、限りある生身《なまみ》の命を生きる詩人がもつべき創造性は、永遠なる宇宙の創造主と息をかわし、互いに溶け合うようなものでなければいけないとする。尹東柱は、美の真理をめぐる論議の頂きのようなところで、ほかでもない、「mortal」と「immortal」に出会っているのだ。

チェックが集中するのも無理はない。読書体験の濃密さが、時を超えて伝わってくる。

引用した文章は、節をまたいで、次へと進む。「二一　唯理的美学の価値」の節の冒頭部分であるが、そこでも尹東柱のチェックが続く。

「唯理的美学は美を論理的なるものの感性的なるものに於ける顕現と見、芸術を調和的世界連関の感性的実現と解する。（＊注　傍点は原文のママ）この世界連関をば芸術家の感性的直観は不判明に而《しか》も感情的には生き生きと見るのである。而《しこう》してこの連関は唯一なるものが故に、その中に支配している諸々の感性的関係は結局一個の原理に言い表すことが出来る。で自然美と芸術美とはこの連関を各々自分の言葉で言い表したものである。」

自問の書きこみまで残すことになった尹東柱の興味と関心は、完全な理解がはたして美を十全たらしめるかという疑問によって火がつき、ここに引いた文章によって、一応は落ち着くべき方向性を見出したかのように思える。

芸術家の感性は「不判明」なままに「調和的世界連関」を「生き生き」と感得し、美として表現する。しかも、「mortal」な身としての詩人は、「immortal」である創造主、宇宙の調和に溶け合いつつ、その秩序、調和的世界連関を、感性的に実現する役割をもつ存在なのである。

何か、とても貴重なものが、尹東柱のなかに熟しつつある気がする。ようやくにして、尹東柱が尹東柱として、深い目覚めを迎えつつあるように見える。

この後、尹東柱の『近世美学史』の読書は、最後までところどころにチェックが続く。ただ、自筆の書きこみ文を残した前後ほどに、密度の濃いものはない。美の真理を求めて学習を重ね、詩人として熟するものをあたためつつ、尹東柱は決定打となるような答えを待ち続けていたに違いない。『近世美学史』とともに購入した『体験と文学』には、何故か読書の痕跡は残されていない。だが、やがて尹東柱はその答えを見つけることになる。

ディルタイの著書とは別の、思わぬところで――、友人から借りた本のなかに、彼は自分のかかえていた疑問に答えてくれる、決定的な珠玉の文章を見出したのだった。

答えを与えてくれたのは小松清の『文化の擁護』、そのなかのウォルドー・フランクの文章だった。


「ウォルドオ・フランク　　美を求めれば求めるほど、生命が一個の価値であることを認める。何となれば美を認めることは、生命への参与を喜んで承認し、生命に参加することに他ならないのであるから。」


尹東柱は膝をたたくような思いに胸を震わせながら、『空と風と星と詩』の詩集の清書用に用意した「コクヨ　標準規格Ａ４」の原稿用紙にメモをとった。

美とは、生命にあったのである。生命への参与であり、生命への参加であったのだ。

ディルタイの「生の哲学」は、尹東柱にとっては「生命」という至高の言葉、概念を発見することによって、その詩精神に見事に腰をすえたのだった。

そしてこのとき、一方で尹東柱が数々の詩論に目を通しながら考えを重ねてきた「ポエジイ」の問題も、同時に結論を見たはずである。尹東柱にとっての「ポエジイ」とは、やはりこの生命への参加にほかならなかったのだ。

生命の発見は、尹東柱の読書体験を2分してきた哲学書と詩書詩論との2系統を、統一するものだった。読書のたびに頭をとらえてきた、芸術の価値と詩の真実との問題を、尹東柱は天の啓示を受けるような輝きのなかに止揚したのである。

7．空を仰ぐ尹東柱

尹東柱《ユン・ドンジュ》の所蔵日本語書籍のなかで、詩集の類いに対しては、チェックの箇所が少ないことは、前にも記した。

ところが、『空と風と星と詩』が完成した後で手にすることになった詩集のなかに、尹東柱のユニークな書きこみが見られるものがある。

1941年12月、学友の鄭炳昱《チョン・ビョンウク》から贈られた2冊の詩集のうちのひとつ、『昭和16年秋季版「現代詩」』（河出書房刊）――。28名にのぼる日本詩人の詩作品に3篇の詩論を載せ、その後で、海外の詩、論文の翻訳も併せて掲載している。

「アメリカ近代詩抄」として、7つのアメリカ詩人の作品が紹介されているのが目を引く。軍国主義と国粋主義が強まり、日米開戦の近づくなか、このような紹介欄をもうけただけでも、刊行者の勇気と気概を感じざるをえない。

安藤一郎の訳になるこれらアメリカ詩のなかに、「ジョイス・キルマー」の「樹々」という詩が載っているが、この詩の余白に、尹東柱はハングルで書きこみを加えている。

「樹々」

私は思う、樹のように麗しい詩を
見ることとは、到底あるまい、と。

その飢えた口をぴったりと
大地の甘い滾々《こんこん》たる乳房に押しつける樹。

終日神を仰ぎ、祈りのために
葉むれ茂る腕をさし上げる樹。

夏ともなれば、髪毛の間に

駒鳥の巣をおびる樹。

その胸に、雪は降りつもった、
また、雨と共に仲睦《むつま》じく住み合う者。

詩は私のような痴愚がつくるもの、
だが、神でなければ樹は作れない。

この詩の冒頭、「私は思う」で始まる行の下の余白に、尹東柱はハングルで「나는생각한다」と黒鉛筆で記入し、その後、上から線を引いて消している。ハングルは、文字通り「私は思う」を朝鮮語に訳したものだ。

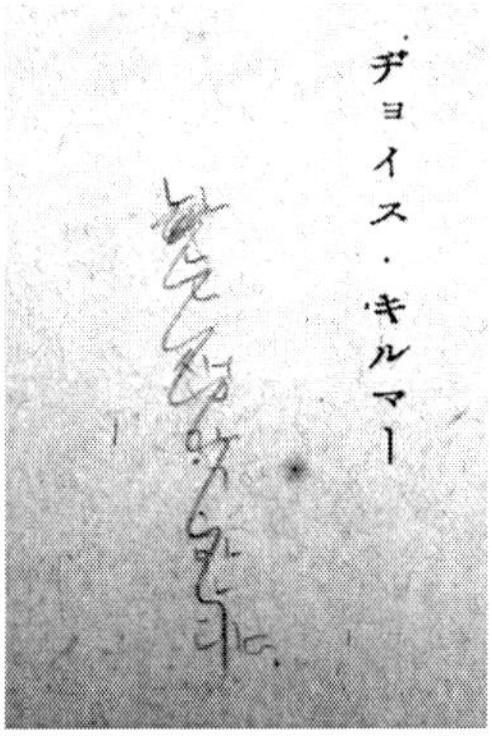

尹東柱が記入したハングルの翻訳

どうやら、尹東柱はこの詩に目をとめ、いったんは翻訳をしようと試みたらしい。

ジョイス・キルマー（Joyce Kilmer）はアメリカ・ニュージャージー州生まれのカトリック詩人で、第1次大戦で出征し、フランスの戦場で敵弾に倒れ、31歳の若さで戦死している。「樹々（Trees）」は1913年の作で、アメリカをはじめとする英語圏では、今でもたいそう親しまれた名詩である。キルマーは、ほとんどこの1作によって世に知られているといってよい。翻訳を思いたったくらいだから、尹東柱がこの詩に共感をおぼえたことは間違いない。後世の私たちの目からすると、この詩は、とても尹東柱に似ているように感じられる。平易さのなかに、深い生命への共感が宿っている。

哲学書や詩論の、難解な文章を目にしてきた後では、なおさら、ほっとさせられる。

私は、尹東柱のハングルによる書きこみを見つけたとき、とても嬉しく思った。尹東柱が生前にキルマーのこの詩に出会っていたことを嬉しく感じたし、目をとめ、翻訳を思いたったことにも感激した。ひょっとしたら、詩の余白に翻訳を書きつらねることはやめたものの、尹東柱はどこか他の場所に、翻訳をやりおえたのではないだろうかとも思った。そしてその翻訳は、日本語からではなく、オリジナルの英語詩からだったかもしれないとも……。

ここには、私たちの知る尹東柱がいる。写真が伝える、あのあたたかい微笑みを浮かべた、もの静かな青年詩人がいる。蔵書のなかにも、まぎれもない尹東柱が生きていたのである。

読書の跡を通して、私たちは尹東柱と出会い、息をひとつにする。キルマーの詩に対する尹東柱の共感は、そのような感激をおぼえる尹東柱に対して、私たちが寄せる共感でもある。

キルマーが樹を見あげ、空を仰いだように、尹東柱もまた樹を見あげ、空を仰いだ。

樹がおどれば
かぜがふき、

樹がしずまれば
かぜもやむ。

――1937年の作と推定される、尹東柱の「樹」というタイトルの童詩だ。

樹がある。
それはわたしの古馴みの隣人であり友人だ。
(中略)
芽をだした場所を守り、かぎりなく養分を吸収して、すがすがしい陽の光をあびてたやすく生活を営み、もっぱら空だけを仰いでのびてゆくのはなによりも幸せではないか。

――執筆年度は特定できないが、延禧《ヨンヒ》専門学校時代に書かれた散文詩「隕石の墜ちたところ」の1節である。

石垣を手探って涙ぐみ
見上げれば　空は気羞しいほど碧いのです。

――こちらは、１９４1年9月末に書かれ、詩集『空と風と星と詩』に収録された「道」の1節だ。

死ぬ日まで空を仰ぎ
一点の恥辱《はじ》なきことを、
葉あいにそよぐ風にも
わたしは心痛んだ。

――同年11月20日に書かれた、「序詩」の1節である。

尹東柱が残したすべての詩のうち、今に伝わる最後のものは、東京で書かれた「春」という詩だ。ソウルの友人、姜処重《カン・チョジュン》に手紙とともに送られたが、この詩の後に続く文面に、当局の目にふれるとまずいものがあり、そこから先が処分されてしまったことで、詩は便箋《びんせん》の変わり目で、途切れた格好になっている。

その「絶筆」となった「春」の、今に残る部分は、次のようになっている。

「春」

春が血管の中を小川のように流れ

どく、どく、小川ちかくの丘に
れんぎょう、つつじ、黄色い白菜の花
永い冬を耐えたわたしは
草のように甦える。

愉しげなひばりよ
どの畝《うね》からも歓喜《よろこび》に舞いあがれ。

青い空は
ほのぼのと高いのに……

（＊注　「樹」「隕石の墜ちたところ」「道」「序詩」「春」の翻訳は、伊吹郷氏による）

尹東柱は、絶筆のいよいよ最後においてさえ、空を仰いでいた。

地には、れんぎょう、つつじ、黄色い白菜の花が咲いている。空は高く青く、そこ

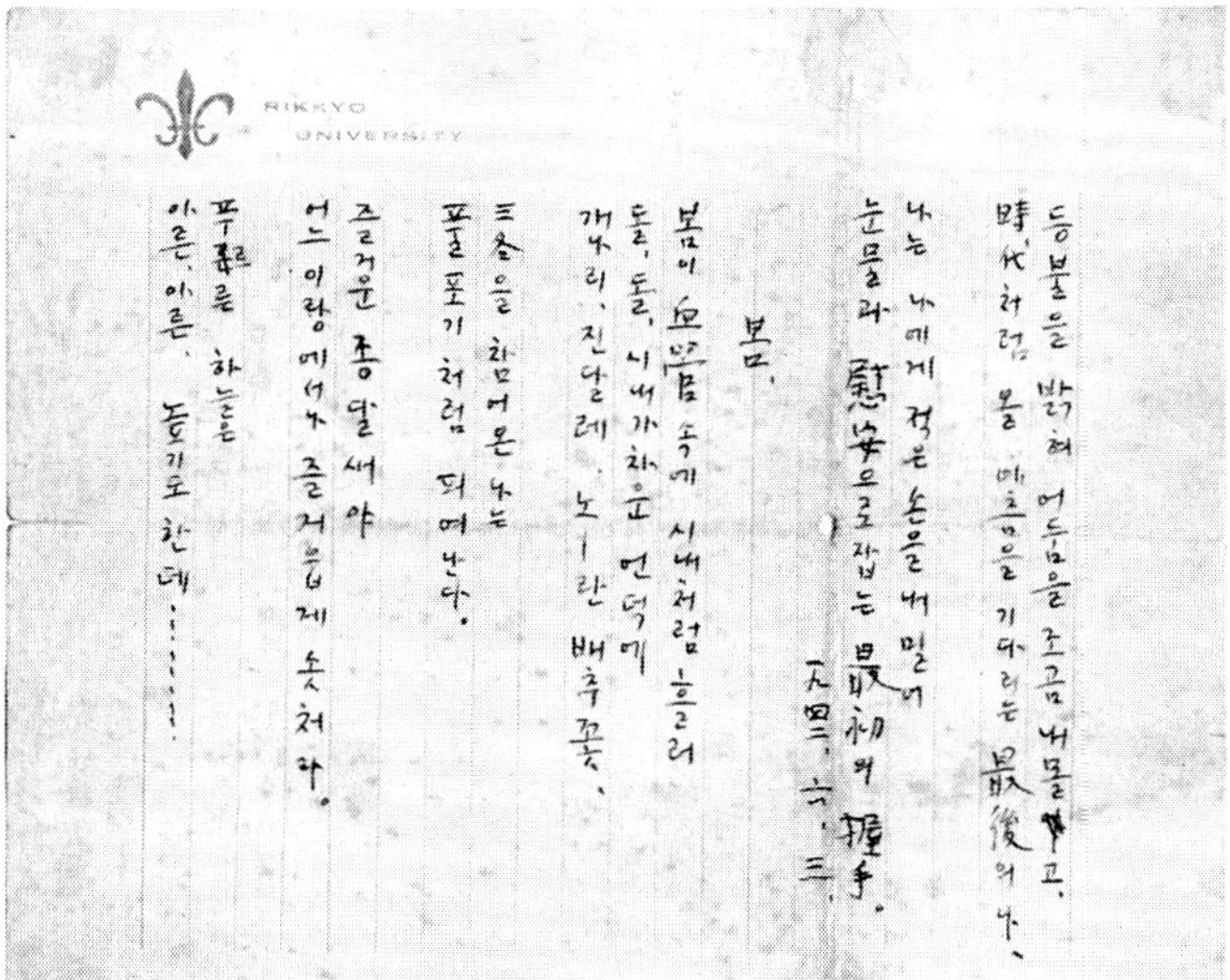
RIKKYO UNIVERSITY

등불을 밝혀 어둠을 조금 내몰고,
時代처럼 올 아츰을 기다리는 最後의 나,
나는 나에게 적은 손을 내밀어
눈물과 慰安으로 잡는 最初의 握手.
一九四二, 六, 三,

봄.

봄이 血管 속에 시내처럼 흘러
돌, 돌, 시내 가차운 언덕에
개나리, 진달래, 노ー란 배추꽃,
三冬을 참어온 나는
풀포기처럼 피어난다.
즐거운 종달새야
어느 이랑에서나 즐거웁게 솟쳐라.
푸르른 하늘은
아른, 아른, 높기도 한데……

絶筆となった「春」

には歓喜のひばりが歌い、舞っている……。

尹東柱が日本語蔵書のなかに残した読書の跡をたどりながら、追体験を試みてきた。

名詩を次々に生む尹東柱にとって、読書は、樹々をはぐくむ地下の水分や栄養素だったのだろう。

詩人の読書に目を重ねるようにして、そこから見えてきたのは、尹東柱がまぎれもない生命《いのち》の詩人であることだった。

暗黒の時代のただなかにあって、尹東柱は生命の詩人であろうとした。それが、彼がつきつめた美の真理であり、ポエジイであり、彼の詩を輝かす力でもあった。

重ねて言おう。尹東柱は、生涯に1冊の詩集すら世に出すことのできなかった詩人である。

やがては彼自身の生命さえ奪い、滅ぼすことになる時代の闇のなかで、尹東柱は自堕落になることもなく、詩の道の精進を怠ることはなかった。

詩集を出せぬなかで、詩人とは天命だと自覚したその意義はあまりにも大きい。民族としても、人間としても、生命をないがしろにし、破壊しようとする巨悪に呻吟しながら、彼は詩によって真に生きようとしたのである。

尹東柱は空を仰ぐ。

高みを目ざすひばりのように、まっすぐに伸びゆく樹々のように……。空疎で愚劣な現実を超えて、蒼穹《そうきゅう》の高みには、恥辱《はじ》を知らぬ、けがれなき生命が輝いている。

やがて彼は新たなポエジイを得て、ペンをとりだす。魂の言葉がつむがれ、詩が生まれてゆく……。

尹東柱の詩は、永遠なる生命《いのち》のこだまなのである。

詩集『空と風と星と詩』の巻末に置かれた「星をかぞえる夜」の詩は、尹東柱の歩みの集大成となるような詩である。幼い日々からの懐かしい記憶の一景一景が、夜空の星に重ねられて思い出される。これもまた、空を仰ぐ詩だ。

読書体験が結晶した作品でもある。フランシス・ジャム、ライナー・マリア・リルケといった、所蔵書籍にふくまれていた詩人の名が登場するだけではない。さまざまな詩論でたたきあげた尹東柱独自の詩の美学が、静謐《せいひつ》でありつつ、熱く、懐かしく、スケールの大きな、宇宙的詩空間を造成した。

百田宗治の『詩作法』に載る「小学校」の節を見ると、「小学校」のタイトルの横に、一文字ずつ赤丸が付されている。この節では、他にも赤丸を付した箇所がある。「辛（つら）さが堆積して」の「堆積」、「たのしい?」、「お辞儀」……。

尹東柱の残した詩のなかで、小学校が登場するのは、この「星をかぞえる夜」だけだ。赤丸を付した箇所は、何がしか、尹東柱自身の追憶と重なる部分だったのかもしれない。

この詩が、「夜を明かして鳴く虫は　恥ずかしい名を悲しんでいるのです。」のところまでいったんは完成とされながら、最後に4行が追加され、大きな転換を見せたことは、第1章で述べた。詩人の生涯のおわりに、ひとつ詩を選ぶとなれば、やはりこの「星をかぞえる夜」しかない。尹東柱の詩を、永遠なる生命《いのち》のこだまだと結論づけたが、「序詩」と「星をかぞえる夜」と、これらふたつの詩もまた、生命をめぐり、円を描くようにこだまをかわしている。

「星をかぞえる夜」

季節の移りゆく空は
いま　秋たけなわです。

わたしはなんの憂愁《うれい》もなく
秋の星々をひとつ残らずかぞえられそうです。

胸に　ひとつ　ふたつと　刻まれる星を
今すべてかぞえきれないのは
すぐに朝がくるからで、
明日の夜が残っているからで、

まだわたしの青春が終っていないからです。

星ひとつに　追憶と
星ひとつに　愛と
星ひとつに　寂しさと
星ひとつに　憧れと
星ひとつに　詩と
星ひとつに　母さん、母さん、

母さん、わたしは星ひとつに美しい言葉をひとつずつ唱えてみます。小学校のとき机を並べた児らの名と、佩《ペエ》、鏡《キョン》、玉《オク》、こんな異国の少女《おとめ》たちの名と、すでにみどり児の母となった少女《おとめ》たちの名と、貧しい隣人たちの名と、鳩、小犬、兎、らば、鹿、フランシス・ジャム、ライナー・マリア・リルケ、こういう詩人の名を呼んでみます。

これらの人たちはあまりにも遠くにいます。
星がはるか遠いように、

母さん、

そしてあなたは遠い北間島《プッカンド》におられます。
わたしはなにやら恋しくて
この夥しい星明りがそそぐ丘の上に
わたしの名を書いてみて、
土でおおってしまいました。

夜を明かして鳴く虫は
恥ずかしい名を悲しんでいるのです。

しかし冬が過ぎわたしの星にも春がくれば
墓の上に緑の芝草が萌えでるように
わたしの名がうずめられた丘の上にも
誇らしく草が生い繁るでしょう。

（一九四一・一一・五）

（伊吹郷訳）

《尹東柱略年譜》

本文を読みながら、時の迷子になることのないように、尹東柱の略年譜を添える。本文で詳述した上本正夫氏との関係や京都同志社での日々など、仔細な情報はここには載せることを控える。遺族の方々など、敬称は省略した。

1917年　12月30日、北間島《プッカンド》（当時は中華民国）の明東村《ミョンドン》にて出生。
父は尹永錫《ユン・ヨンソク》、母は金龍《キム・リョン》。いとこ（尹永錫の妹の子）、宋夢奎《ソン・モンギュ》は同年9月28日に出生。

1923年　妹の尹恵媛《ユン・ヘウォン》、出生。

1925年　明東小学校に入学。宋夢奎も一緒。

1927年　弟の尹一柱《ユン・イルジュ》、出生。

1931年　明東小学校を卒業。明東から1里南、大拉子《ダーラーズ》の中国人小学校6学年に転入学。宋夢奎も一緒。

1932年　尹一家は明東から3里北の小都会、龍井《ヨンジョン》に転居。
恩真《ウンジン》中学校に入学。宋夢奎も一緒。
この年、「満州国」建国。北間島もその一部となる。

1933年　弟の尹光柱《ユン・クァンジュ》、出生。

1935年　4月ごろ、宋夢奎は中国の南京にあった独立団体へ赴く。
9月、平壌《ピョンヤン》の崇実《スンシル》中学校3学年に転入学。

1936年　3月、崇実中が神社参拝拒否問題で廃校処分となり、龍井に戻って光明《クァンミョン》学園中学部4学年に編入。
宋夢奎は中国から戻るが、本籍地、雄基《ウンギ》の警察に拘禁、取り調べを受ける。その後も、要視察人として警察の監視対象となる。

1937年　このころ、光明中学のバスケットボール選手として活躍。

1938年　光明中学校を卒業、ソウル（京城）の延禧《ヨンヒ》専門学校文科に入学。
宋夢奎も同校に入学。ともに寄宿舎に居住。

1940年　鄭炳昱《チョン・ビョンウク》が延禧専門学校に入学、親交を結ぶ。
梨花《イファ》女専の協成《ヒョブソン》教会にてケーブル夫人が指導した英語聖書班に通う。

1941年　5月、鄭炳昱と寄宿舎を出て、楼上洞《ヌサンドン》にあった作家、金松《キム・ソン》宅に下宿。
9月、警察の監視が強まり、金松宅を出て、北阿峴洞《ブクアヒョンドン》の下宿に移る。
12月27日、戦時学制短縮により3カ月繰り上げで延禧専門学校を卒業。
卒業記念に詩集『空と風と星と詩』を手書きで3部作製、李敭河《イ・ヤンハ》教授と鄭炳昱に1部ずつ進呈。

1942年　1月、渡日を前に、延禧専門学校に創氏改名届を提出。日本名は「平沼東柱」。
4月、東京・立教大学英文科に入学。
10月より、京都の同志社大学英語英文学科に転入学。

1943年　7月14日、京都下賀茂警察署に逮捕、拘禁。
宋夢奎も7月10日に同署により逮捕。
12月6日、ともに検察送りとなる。

1944年　3月31日、京都地方裁判所にて治安維持法違反により懲役2年の刑を言い渡される。未決拘留日数120日が算入される。

宋夢奎は4月13日、京都地方裁判所にて懲役2年の刑を受ける。

福岡刑務所に投獄、独房に収容される。宋夢奎も同じく福岡刑務所送りとなる。


1945年　2月16日、福岡刑務所で死去。

遺体引き取りに刑務所を訪ねた尹永錫《ユン・ヨンソク》と尹永春《ユン・ヨンチュン》、宋夢奎に面会、訳のわからぬ注射を打たれたと聞かされる。

3月6日、龍井にて葬儀、東山《トンサン》教会墓地に埋葬される。

3月10日、宋夢奎も獄死。

5月ごろ、故郷の墓に家族たち、「詩人尹東柱之墓」の碑を建立。

8月15日、日本の敗戦。朝鮮の「光復」。

1946年　弟の尹一柱、ソウルへ移る。

1948年　2月、遺稿31篇を集め、初の詩集『空と風と星と詩』が刊行される。
12月、中学時代からの詩稿ノートを携えて1年前に故郷を発った妹の尹恵媛夫妻、ソウルに到着。

1955年　88篇の詩と5篇の散文を集め、『空と風と星と詩』が出る。今見る尹東柱詩集の基本となる。

あとがき

年に1、2度、きまって同じような夢を見る。

京都の住宅街の一角で、半世紀以上も前の原稿が発見されたという。瓦屋根をいただき、土塀に囲まれた古い民家から、人知れず眠っていた尹東柱《ユン・ドンジュ》の詩稿が出てきたというのだ。日本に留学して以降、東京と京都で詠まれたそれらの詩は、原稿用紙に万年筆で書かれ、漢字まじりのハングルでつづられていた……。

夢を見ている間は、たいそう昂ぶった気持ちだったが、夢から醒めてみれば、一気に落胆がおしよせる。日本での尹東柱の足跡をつかみたいと願い、それなりの努力を積み重ねてきたが、日本で詠まれた詩は、新たなものが1篇も見つけられていない。警察に押収され、返らなかったとされるが、せめて写しなりとも、どこかに眠っている可能性はないのだろうか……。

27歳の若さで命を散らすことになってしまった（奪われてしまった）その無念さは言うまでもないが、ひとりの青年の肉体を離れ、詩人の生命といった次元で考えると、日本での詩が散逸したままであるのが、何とも口惜しく、残念でならない。その心の風穴が、同じ夢を繰り返させるのだろう。

詩集『空と風と星と詩』の完成から東京での5篇の詩と、詩人の成長ぶりが著しいだけに、日本でつづった詩を、東京時代だけでなく、京都時代もふくめ、ぜひにも見てみたい……。もはや、奇跡を願うようなことだとは知りながら、なおもその夢が捨てきれないでいる。

20代のころに初めて尹東柱の詩を知ってから、30年以上の月日が流れた。

ソウルの延世《ヨンセ》大学の詩碑を初めて訪ねたのは、1985年のことだったが、韓国では民主化を求める学生運動の盛んなころで、キャンパスに入った途端、警察が撒き散らした催涙ガスの強烈な残臭にたちまち目と鼻をやられ、涙と鼻水でぐしょぐしょになりながら詩碑の前に立ったことを、昨日のことのように思い出す。

日本に留学し、日本で死んだ詩人である。しかもその死は、尋常ならざる死である。日本人としてできることはないか――、若き日にはそのような思いが、尹東柱の足跡を追う原動力になった。その延長上に、1995年、詩人の50周忌を機に、NHKスペシャルを制作、放送することにこぎつけた。

やがて、尹東柱は自分自身の生にとって大切な宝のひとつとなった。生きることの根幹に刻まれた道標となった。自分の生が闇に閉ざされ、足元がぐらつくとき、闇を裂くように一条の光を投げかけてくれる存在となったのである。たとえて言うなら、バッハの音楽のようなものだ。

今、尹東柱の日本での足跡を明らかにしたいという思いは、詩人に近づきたい、その魂に迫りたいとする気持ちが核になっている。何よりも、尹東柱その人とその詩への愛が、すべてにまさっている。

年を重ね、世界をまわって、こちらが経験を積み、成長したこともあるかもしれないが、それ以上に、尹東柱自身が、それだけの高みに立つ人なのだ。若くして世を去らざるをえなかった人ではあったが、尹東柱という詩人が到達した次元は、それほどに高く、そして深い。

日本とのかかわりで、その人にあたれば必ず何かが出てくるとわかっていながら、近づくことがかなわず、忸怩《じくじ》たる思いを重ねてきた人物がいる。

尹東柱の判決文にも登場した白仁俊《ペク・インジュン》氏――。延禧《ヨンヒ》専門学校から立教大学に学び、その後、学徒兵として出征。戦後は、北朝鮮で文化方面の高官職につく一方、詩人としても活躍、数々の栄誉につつまれた。

ＮＨＫスペシャルの取材をした１９９４年、東京の朝鮮総連を通して取材申請をしたが、許可がおりなかった。尹東柱の東京時代のことを知るキーパーソンであることは明白ながら、その後も接触の手立てがないまま、１９９９年に他界してしまった。

北朝鮮で発表した詩集のどこかに尹東柱の面影をさがすことはできぬものかと、ソウルの国立中央図書館にある北韓資料センターで、そのいくつかの詩集に目を通したこともある。だが、尹東柱、あるいは私が知る詩というものとは、およそ異なる理念によって書かれたものを目にして、絶望的な気持ちに突き落とされるばかりだった。

そんななか、２０１２年の春になって、韓国人作家・黄晳映《ファン・ソクヨン》氏の『北韓訪問記　人が生きていた』のなかに、黄氏が現地で会った長老作家の白仁俊氏から、「東京では尹東柱と一緒の下宿に住んでいた」との言葉を聞いたとの文章を見つけ、おおいに驚いた。

これまで尹東柱の東京での下宿先については謎とされ、立教大学に残る学籍簿からは、下宿に移る前の、朝鮮基督教青年会館があった神田猿楽町の住所しか記載されておらず、はたして東京のどこに住んでいたのか、つきとめることができないでいた。

白仁俊氏の下宿は、学籍簿に記載があるので、これによって、尹東柱の住まいが確認できることになった。この情報を「詩人尹東柱を記念する立教の会」代表の楊原《やなぎはら》泰子氏に伝えるや、氏は早速、学籍簿の住所から、その場所を特定された。住宅の様子などは様変わりしていたが、高田馬場駅からほど近い場所だった。「たやすく書かれた詩」に登場した「六畳部屋」のありかが、ようやくにして判明したのである。

とはいえ、白仁俊氏に面会し、直接の取材が可能だったならば、尹東柱が逮捕された事情など、もっと多くのことを具体的に訊くことができたはずだ。そう思えば返す返すも残念でならないが、敢えて未来志向に心を構えれば、この先、これまで調査のおよんでいない北朝鮮、あるいは旧北間島から、なおも新たな資料が出てくる可能性があるということでもある。

例えば、詩人の死後半世紀もたった2000年になって、中国の延辺朝鮮族自治州龍井市に住む沈湖洙《シム・ホス》氏が保管してきた尹東柱のスクラップ帖が公開されたということもある。朝鮮日報に載った150点を超す詩や文学関係の記事の切り抜きが収められていた。

尹東柱に関する新資料の発見は、決して夢物語でないと信じたい。日本での詩稿も、いつの日か奇跡がおきて、蘇ることを祈らずにはいられない。

さて、本書を契機にして、尹東柱の詩をもっとたくさん読みたい、日本留学以前のことを知りたいと願う読者もいることだろう。そのような方々の参考となるよう、以下、書誌情報をお伝えしたい。

まず、日本語で読める尹東柱の詩集となると、本文にも何度か登場した伊吹郷氏の訳による『空と風と星と詩　尹東柱全詩集』（影書房　初版１９８４）が定本的存在となる。他に一般人が手にとりやすいものとしては、金時鐘氏の編訳による『尹東柱詩集　空と風と星と詩』（岩波文庫　２０１２）がある。この文庫本では、日本語訳に合わせて朝鮮語でのオリジナル詩も収録されている。

その他、上野潤氏の訳による『天と風と星と詩　尹東柱詩集』（詩画工房　２００３）、上野都氏の訳による『尹東柱詩集　空と風と星と詩』（コールサック社　２０１５）などがある。一般には入手が難しいが、韓国で出された李恩貞《イ・ウンジョン》氏の訳になる『尹東柱日語対訳詩集　新しい道』（図書出版「序詩」２０１２）といった本もある。

尹東柱の伝記、評伝といった本になると、宋友恵《ソン・ウヘ》氏の労作を愛沢革氏が翻訳した『尹東柱評伝　空と風と星の詩人』（藤原書店　２００９）が基本となる。尹東柱の生涯を出生から死まで追った大部の書で、オリジナルの韓国語版は版を重ねるごとに新しい情報を加えてきたが、残念なことに、京都時代に関しては日本人同級生との話など、すっぽりと抜け落ちている。宋氏の著書に拙著を併せ読んでいただければ、今のところ、尹東柱の生涯を一応は漏れなくおさえることが可能となろう。

宋友恵著、伊吹郷訳の『尹東柱　青春の詩人』（筑摩書房　１９９１）は右の『尹東柱評伝』のダイジェスト版であり、金賛汀《キム・チャンジョン》氏の『抵抗詩人尹東柱の死』（朝日新聞社　１９８４）は、比較的初期に出た尹東柱関連のルポ風の本といえる。

尹東柱詩碑建立委員会編になる『星うたう詩人　尹東柱の詩と研究』（三五館　１９９７）では、私もＮＨＫスペシャルでの取材を通して知った事実を、「尹東柱・没後五〇年目の取材報告」という文章にまとめ、発表させてもらった。
その他、宇治郷毅氏による『詩人尹東柱への旅――私の韓国・朝鮮研究ノート』（緑陰書房　２００２）、『死ぬ日まで空を仰ぎ――キリスト者詩人、尹東柱』（日本キリスト教団出版局　２００５）といった本も出ている。また、読むだけでなく、耳からも鑑賞したい向きには、日本語と韓国語による朗読ＣＤ『尹東柱詩集』（キングインターナショナル　２００９）も出ている。

こうして見ると、１９８４年に伊吹訳の『空と風と星と詩　尹東柱全詩集』が世に出て以来、30年あまりの間に、日本での尹東柱の受容がずいぶんと進んだことを思い知らされる。尹東柱を知るきっかけは人さまざまであろうし、その詩と生涯に向き合う姿勢もいろいろとあってよいが、無念の死をとげざるをえなかった日本の地で、このような「復活」が進むことは、何よりもまず彼の詩がもつ力のゆえであると信じる。その詩を愛する者は、民族や国境を越え、これからも確実に増えてゆくことだろう。

２０１７年は詩人の生誕百年になるので、日本の各地で追悼行事やイベントが企画されていると聞く。宇治では、数年来の宿願であった詩碑がいよいよたつことになった。これで、日本にたつ尹東柱の詩碑は、京都に2つ、宇治に1つと、合わせて3つになる。詩碑に刻まれた詩は、これまでの「序詩」に加え、「新しい道」が登場することになった。
もちろん、詩碑をたてるだけが追悼のありかたでもなかろうが、１９９４年に、かつての同級生のアルバムに眠っていたハイキングの写真を発見できたことが、宇治の有志の方々が詩碑建立を思いたつ契機になったことを思えば、写真発見者としても感慨が深い。

詩集であろうと詩碑であろうと、私が望むのは、それらを通し、尹東柱に対する愛がひろがることだ。尹東柱の詩を知ることで、人は必ずや人生を深くする。人にやさしくなる。生命《いのち》の息づきに敏《さと》くなる。尹東柱への愛が、人類への愛、生命への愛へとつながってゆく。

尹東柱は、暗黒の時代を生きたもっとも純粋な魂であった。闇のなかにも光を模索し、そこに向け、まっすぐに歩み行こうとした人であった。

思えば、私が初めて尹東柱を知ったのは、日本がバブル経済に浮かれていたころだった。その狂奔《きょうほん》になじめず、孤独をつのらせるばかりのなかで、尹東柱の詩と出会ったのだった。時代としてはおよそ異なるが、私なりに闇のなかで尹東柱との出会いをもち、惹かれることになったのだ。

今もなお、時代の闇がある。

政治的なことだけを言うのではない。一例だが、ネット時代になって人は限りなくインスタントになり、非寛容がひろがっている。新たな闇の出現である。人間社会がうごめく限り、闇はさまざまに姿を変え、繰り返し現れるものらしい。

どのような闇であれ、尹東柱はそこにひと筋の光を射しかかげてくれる。清冽《せいれつ》な星の輝きのように、けがれない世界を人々の心に蘇らせてくれる。

尹東柱の詩と、殉教者を地で行くような27年の短い生涯は、いかなる時代にあっても、尽きることのない泉のように、人間性《ヒューマニティ》の凱歌となり、永遠の導きとして、私たちの胸に響くものなのである。

＊　＊　＊

この本の第1章から第6章までは、もともと韓国の同人誌『創作山脈《チャンジャクサンメク》』に2年にわたって連載した原稿がもとになっている。主宰者の金宇鍾《キム・ウジョン》氏と翻訳担当の李恩貞氏には、感謝の言葉よりほかにない。なお、1冊の本にまとめるに際し、構成も変え、原稿にもかなり手を入れた。また、第7章は新たな書きおろしである。

その詩に魅せられてより30年以上になるが、その間、尹東柱への理解を深めるにあたっては、日本、韓国を問わず、多くの方々の世話になった。逐一、ここで名前をあげることは控えるが、長い月日のなかのさまざまな出会いに恵まれた結果として、この本が成立している。感謝の念を新たにし、尹東柱をめぐる人の縁のありがたさをかみしめるばかりである。

尹東柱のご遺族の方々には、改めてここで謝辞を呈しておきたい。

詩人を葬ることになってしまった国から訪ねた私に対し、嫌な顔ひとつ見せることなく、常に心を開き、あたたかく接してくださった。詩人の妹の尹恵媛《ユン・ヘウォン》氏とご夫君の呉瑩範《オ・ヒョンボム》氏、そして弟の尹一柱《ユン・イルジュ》氏の夫人、鄭徳姫《チョン・トクヒ》氏らは、ここ数年の間に故人となってしまわれたが、目を閉じれば、その曇りない笑顔と声が浮かんでくる。

私と同世代のなかでは、尹恵媛氏のご息女の呉仁景《オ・インギョン》氏と、尹一柱氏のご令息、尹仁石《ユン・インソク》氏には、今もなお、ソウルに行けば楽しく歓談させていただいている。仁石さんからは、資料的なことでお世話になることも多い。おふたりともいかにも尹東柱の血筋らしく、静かで穏やかな方々だが、芯は実にしっかりとしている。おそらく、これも詩人譲りなのであろう。

そして最後に、誰よりも尹東柱その人に礼を言いたい。

この人の詩を知ったことで、私のような本来はヤワで怠惰な者にも、「私に与えられた道を歩み行かねば」といった気概を植えつけてもらった。人生における得がたい宝として、永遠の指針として、なおも私の屋台骨を支えてくれている。

編集にあたっては、影書房の松浦弘幸氏の手を煩わせた。原稿がかたちになりつつあったときから、この本は、尹東柱詩集を初めて日本で出した影書房から刊行したいと願ったが、まだラフな状態の原稿を見て、すぐにも出版を快諾いただいた。心からの感謝を申し述べたい。

２０１６年11月20日

詩集『空と風と星と詩』が完成してより75年目となるその日に

多胡吉郎

〈著者について〉

多胡吉郎 たご きちろう

作家。1956年東京生まれ。

1980年、ＮＨＫに入局。ディレクター、プロデューサーとして多くの番組を手がける。1995年、日韓共同制作によるＮＨＫスペシャル「空と風と星と詩　尹東柱・日本統治下の青春と死」を制作。2002年、ロンドン勤務を最後に独立、英国に留まって文筆の道に入る。2009年、日本に帰国。

＜著書＞

『吾輩はロンドンである』（文藝春秋）、『リリー、モーツァルトを弾いて下さい』（河出書房新社）、『韓の国の家族』（淡交社）、『わたしの歌を、あなたに――柳兼子、絶唱の朝鮮』（河出書房新社）、『長沢鼎 ブドウ王となったラスト・サムライ――海を越え、地に熟し』（現代書館）、『漱石とホームズのロンドン――文豪と名探偵 百年の物語』（現代書館）他。

訳書に『井戸茶碗の真実――いま明かされる日韓陶芸史最大のミステリー』（趙誠主著、影書房）がある。

生命《いのち》の詩人《しじん》・尹東柱《ユン・ドンジュ》
――『空《そら》と風《かぜ》と星《ほし》と詩《し》』誕生《たんじょう》の秘蹟《ひせき》

二〇一七年二月一六日　初版第一刷
二〇二一年二月一六日　初版第三刷

著者　多胡《たご》吉郎《きちろう》
装丁　桂川潤
発行所　株式会社　影書房
〒170-0003　東京都豊島区駒込一―三―一五
電話　〇三（六九〇二）二六四五
ＦＡＸ　〇三（六九〇二）二六四六
Eメール　kageshobo@ac.auone-net.jp
ＵＲＬ　http://www.kageshobo.com
〒振替　〇〇一七〇―四―八五〇七八
印刷／製本　三恵社

定価　1，900円＋税

ISBN978-4-87714-469-2